燭光織成歲月

不遺忘，不原諒——庚子大疫間的流年殘葉

逸之 Lauren X. M 著

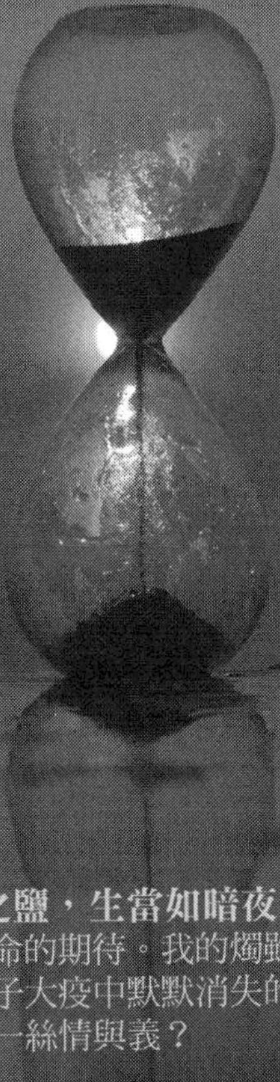

生當作世間之鹽，生當如暗夜之燭，
這是上帝對生命的期待。我的燭雖弱小如螢火之光，
是否也可為庚子大疫中默默消失的冤魂討一分公道，
於暗夜中傳遞一絲情與義？

自序——「玉壘浮雲變古今」

如果可以選擇，我想回到自己四歲那年的初夏。那時的自己每天站在姥姥院子裡貼牆種下的一叢鳳仙花前。我的眼睛剛剛可以與那蓬綠葉平視，一心尋覓葉片下是否藏有大紅的花蕾。鳳仙花是最普通的草花，不過卻是姥姥家族世居的W城中女孩們的珍愛，因為它盛開時那嬌紅多汁的花瓣，是那個年代小女孩難得的玩物，用那花瓣的汁水將指甲染上一層淡淡的粉紅。我的姥姥一生行醫為業，服飾講究端嚴得體，從未見她戴過女人的飾物，或認為胭脂唇紅亦不過是庸俗脂粉，卻還是為我破例，種下了鳳仙花。記憶中，初夏的陽光溫和地拂過我的脖頸，鳳仙花的綠葉在陽光下微微透明，風裡蕩了淡淡的槐花香，我滿心裡都是歡喜，期盼那花蕾快些長大、吐出嫩紅的花瓣。

時光剛剛邁入六〇年代初的那個夏天，雖高天已經是風雲疾捲，我遠在京城的父親已經是遭遇了紅色政權的整肅，而母親已經積鬱成疾將不久於人世。自落入人間便隨姥姥居於W城的我卻是渾然不知，滿心只惦記著我的鳳仙花開。那樣的初夏清晨，那樣靜謐單純的童年，養在玻璃缸中的一條小魚，畢竟是遠去了。我的鳳仙花，甚至我姥姥家族的院子早已經是在政府一聲令下中夷為平地，那一地殘磚碎瓦的場景距今已經超過三十年。

其實即使院子還在，我也再不能回到那個夏季的單純時光，因為姥姥已經不在人世。古人歎挽不住流年，曰「物是人非」，但華夏大陸早是物與人皆非。依然在這人世留存的只有我的記憶，蘊涵了不絕於縷的思念。思念，無處可以訴說。弗朗索瓦絲．莎岡寫過，「所有漂泊的人生都夢想著平靜、童年、杜鵑花，正如所有平靜的人都夢想著伏特加、樂隊和醉生夢死」。我在年逾花甲的歲月夢想著平靜與童年，那麼我是否也屬於始終漂泊於世間的那萬千人之一？

這人世間會有永恆麼？我不知道，也從未體驗過人生恒久的安好。於人世盤桓逾一個甲子，自己體驗到的僅有流年逝去如指間砂，多少人多少事，都埋沒於煙籠霧罩之下。我生於紅布罩頂的華夏大陸王土，自出生至年逾花甲，我看到自己的家早早消失，家人被迫各自東西，看到人世間無數如繁星般的學人殞去，無數歷經千年自然界風雨侵襲的古代建築在紅衛兵的鐵棒下被砸得支離破碎，繼後是百姓窮一生勤苦建起的家屋——那些青磚灰瓦的民宅，成片成片地被紅色權力批准的現代掘土機推倒、碾軋成一地殘磚碎瓦。那層層瓦礫上再建起的是政府機關大廈或國有企業的高樓，現代裝潢中透出千年皇權的豔俗，透出強盜的張揚與無恥。我沒有體驗到大陸中國百姓的日常人生中有永恆可以期待。那片大陸上唯一可期待的永恆是時間永恆地推移，一秒秒一分分，永無停止、永無窮竭。時間推移之中，也曾有可能為大陸王土的小民帶來片刻恬然歲月，希望的新綠再次萌芽。不過那無盡的推移永遠不會使王土人間駐留在那恬然一刻，我看到的始終是君王的野心勃發，夾帶了風狂雨驟，一場旋風轉折便砸碎卑微凡人夢中期冀的平安。

但是，反言之，在紅色華夏大陸王土，另一種永恆確實是存在，且存在至今。那是數千年至今日依然存在的永恆的獨裁、永恆的極權；那是在毛氏建起自詡「代表人民」的王朝上那永恆地對「獨立之人格，自由之思想」的敵視與屠戮；那是永恆地以國家之名粉碎小民追求個人平安康樂之夢的努力；永恆地以共黨之名閉鎖個人靈魂飛揚的空間，且那惡的「永恆」在今日一尊習氏❶治下愈演愈烈。

若將歷史與未來看作是一條滔滔不絕的河流，那麼或許時間的永恆推移是神對於我們的終極拯救。我相信隨著時間的推移，這世間現行的一切終會被衝擊為齏粉、被遺棄或遺忘，後代終會背離前代的人生軌跡；新一代人終將拋棄今日那些層出不窮的政治口號，而那些口號僅僅意在試圖砸碎先賢的理念，粉飾太平、修補大陸極權制度不斷呈現的漏洞。不過我相

❶「習氏」即指習近平，當今集黨權、軍權、行政權之魁首於一體的大陸中國獨裁者。時至今日，大陸民間對習氏毫無敬意的稱呼頗多，例如「今上、尊上、一尊、包子，兩百斤、別字先生、小學生、蠢豬、豬頭」，等等。

信任何修補都將無濟於事。隨時間的推移，我們從童年直至今日認爲性命攸關或無比關注的事務——例如某位或某幾位紅色魁首那冠以「光榮偉大正確」的稱謂，紅色權力那數十次整肅工商業者、鄉村地主士紳、文人學者的政治運動或紅布蓋頂下隱藏的政治醜聞、少年男女追趕的軍綠色衣著時尚、所謂紅色臂章與紅色歌舞，乃至我們一代人青蔥歲月時身上或心上刻印的疤痕，都會在將來的某一天被時間埋葬。或許也會從某時起被後來人看作那是些無可理喻的人生或人生觀念，是喪失理智的瘋狂，是華美辭藻掩飾不住的罪惡。有些隨時間推移卻永不會被遺忘的世間人與世間事也是存在的，但僅僅會是那些人性的風骨良知與人心的不屈，例如「六四事件」——那將永遠停留在「今時今日」，永遠不會成爲昨天或明天。

我相信許多如我同類的華人，無論如今生活於哪片土地，是大陸還是異域，都會善意地期待那「某時」會成爲現實。不過我們眞的只能是等待那「永恆的時間推移」帶來的終極拯救麼？如同是那著名的獨幕劇《等待戈多》中演示的場景，在無止境的時間推移與無休止的劫難輪迴中等待「戈多」臨於人世？前文提及，在華夏王土上時間的推移給百姓帶來的也可能並非社會演變的即刻驚喜（例如一九七八年的改革之始），而是不期而至的獨裁者回歸，例如當今的習氏執政。凡人如我，是否應自問自審，自己在等待戈多的同時，可否亦盡綿薄之力，以迎戈多來臨？

從大陸中國建立之時起，雖然已經有無數燃燈者不肯放棄的終生努力，但民主、自由，甚至只是民生為先的實現依然是遙遙無期。我自知無資格與那些燃燈者相比，他們是勇士，雖自知是以卵擊石，依然孤身前去挑戰那極權，而我只是旁觀者，雖然我心中贊同他們的主張。我也無能與那些筆力如椽的詩人或小說家相比，他們粲然如繁星，我只是一點螢火。不過我相信，「只要不停止努力，你就永遠不是一個失敗者」。我竭力在那「某時」尚未成為現實的歲月裡不放棄區區手中一支筆，做一名業餘寫手。年逾花甲方學巧，筆下流出的文字絕非盡善盡美，或許根本算不得文學作品，但即使是非驢非馬的散碎文字，也期冀會對於促使那個「某時」的到來添一分綿薄之力。

道家曰「大道無言，至言無文」。我理解這並非是否定文字的力量，而是勸諭眾生不得褻瀆文字，如木心言，「持平常心，不作平常語」。若是文字腐敗、言之無物，即如今大陸中國官媒那些連篇累牘的頌聖之文，或在眾目睽睽之下無恥地粉飾太平的謊言，自然是不若不聽不讀，棄之如敝履，只為持守心中的自由。我的文字雖僅如螢火之光，或也能將那些頌聖之文燒出些許孔洞，使其殘缺不全，漏洞四現，讀來文不成文。

自己讀木心，總是在讀出睿智、出塵的同時，也感受到那平和文字中蘊含著的淡淡憂傷。不過他的話看人生總是能一語中的：「我曾見的生命，都只是行過，無所謂完成」；或者「人生好在無意義，才容納得下各自賦予意義」（《魚麗之宴・戰後嘉年華》）。千年之前的杜甫也歎人生，道，「飄飄何所似，天地一沙鷗」。或許我亦可藉此自我勸慰，自己不過是這人世中紛紜過客之一，既然生命沒有完成，便只需行走，與芸芸眾生同行。不過人間眞的有「芸芸眾生」這一物種麼？佛稱「芸芸眾生」，或許只是對人性中「貪、癡、庸」的總稱？分解爲每個人，人其實無法類化。個人皆是獨立的個體，各自有不同於他人的喜怒哀樂，即使人人行走於人世，每個人心中所求之路也不盡相同。所以，人在旅途不可渾渾噩噩地一味行走，卻放棄追問自己將走向何方吧？木心的安慰只是悲憫地在紙上留給眾生的安慰，或者是聖者對凡人的安慰。但即使凡人如我，那些像野草般生長的問題，依然不可控制地在心中盤桓，依然要不斷追問自己的生命存於世間是否有任何意義；甚至是心中存了不可控制的焦慮——爲了他人，也爲自己。那焦慮並非是爲了宣示自己將始終跋涉於朝聖之路，只是爲自己的良心得安。

木心是人間罕見的藝術品，爲美而生。而我只是一介凡人。上帝將生命賜予人間，叮囑生命要成爲世間的鹽，成爲暗夜中的燭，於是我不斷審視自己，是否已經失了味道？若一粒鹽失了味道，是否還有生存的必要？年輕時的林徽因也曾感慨，「許多人都做了歲月的奴，匆匆地跟在時光背後，忘記自己當初想要追求的是什麼，如今得到的又是什麼」。若時常審視自己在人生行走途中的所得與所失，謹記自己當初的追求，是否便可以避開成爲「歲月之奴」的陷阱？

雖然對童年立於鳳仙花叢下那一刻靜好的思念無處訴說，卻依然是記憶中珍藏的片刻美好。若人一生的記憶全是無望的晦暗，人是否依然值得耗盡心血，一步步走完人生全程？超過一個甲子的人生中，自己也曾爲持守人生底線的執念，而屢屢將自己逼到懸崖邊。我不知道這是否也是許多他人的體驗，還是我個性的偏執？華人先祖教導說，「退一步海闊天空」。神卻教導說，「你要保守你心，勝過保守一切」。退步求生，求來的只是放棄自尊地活著，那麼換來的會否將是人之將死時分噬心刻骨的悔恨，或是每日自覺無奈地活著，是行屍走肉的內心失落？若不想以自尊換取渾渾噩噩的生存，便只能試圖從懸崖攀向更高的懸崖，咬牙用四肢緊緊纏絞住那些飄蕩在崖間的千年青藤。那些青藤是天地的兒女，以天地間的風霜雨露滋養，根系深深札入岩石，枝椏纖柔卻韌如流水，生發出接天碧色。它們可以將我帶離我站立其上的懸崖，卻無法使我避免落入下一座懸崖。不過，即使我能攀上最高的懸崖，立於懸崖之巓，見到華夏王土的全貌，我又能看清什麼？只怕也只能是木立巨石旁，俯瞰人世，相顧兩無言。

我看到王土依然覆蓋在華彩紅布之下，那紅布絲絲血染。紅布之下依然是數千年皇權壘成的一座極權殿堂，地基梁架屋頂的建築材料皆是文人學人百姓的白骨骷髏。我看到毛氏的承繼人習氏正在用鬼魅伎倆與威權，修補那本已經開裂出道道縫隙的紅布。我看到王土被密密壘起的高牆圍住，如一口深井，井底的萬民終有許多人漸漸悟到他們是失陷於井中，外面自另有天高地遠，只是他們面對的天地卻只如井口之大。井底陰黯，民怨漸起，卻山窮水絕，漫漫霧中雖亦嘗試尋尋覓覓，卻依然是路徑無尋處。時光催少年老去，那牆隨時光愈加高築，那井隨時光愈加黯沉，少年時的純眞飛揚終於漸成墨染，或歸於沉默。或許王土亦曾有浮雲晚翠，落日秋聲的片刻，自己卻依然是只覺這天地凜若冰霜，由於見到的只是個人的生命在他們自己顢頇的步履下被強權碾得一寸寸破碎，花凋玉殘，不知人生何所向？「世間無限丹青手，一片傷心畫不成」——這便是大陸中國天朝❷王土上的人生麼？難道這世間不存在雲淡風輕，欣欣如也的去處麼？

自退休歲月起，起意要爲那些如自己般自年少時即被閉鎖於牢籠中的人群與我們的後代而碼字以來，沉重似乎成爲我文字的標籤。這並非是我所想所願。我寧願可以只寫我童年時的鳳仙花，也可以如谷川俊太郎那樣優雅且從容不迫，自然而然地融入曼妙的自然界，「正午是長調的風和蜻蜓/黃昏是小調的噴煙/記憶乘著氣息歸來」。我的沉重，在於我曾生活於其中的現實不同，那裡只見極權碾碎了人間，連同人間歲月的長調。若人世間無靜好，又何來世人詩意的靜好？自己看華夏王土的世道殘酷，或許並非僅有「民不聊生」、「食不果腹」才是殘酷。喪失了言語的自由，喪失了掌握自己命運的選擇，華夏大陸十億人都在「等風來」的現實更是殘酷。這是酷政下的另類殘酷，荒誕且野蠻，敗壞人生，泯滅人性。如今的華夏小民，在那王土之下連想如古人陶淵明那般避世也不可得，要退避便只能是流亡異域。這便是爲何摩西要帶領以色列人出埃及的根本緣由吧？

我在默默碼字時會想起那些流亡異域的華夏學人，他們因不見容於大陸那自詡爲唯一代表眞理的紅色王權而不得不出走家園。他們雖然身在異國，卻似乎依然是尷尬的存在——非鳥非獸，非此非彼。例如木心，身處紐約街頭，面對中心公園湖面漣漪起落，心中所念卻仍是流連在華夏，文字皆是不脫華夏故土的傳統，不脫在那傳統中生活的人與舊事。木心甚至將其對華夏紅色王朝現世的批判與內心的憂傷抗拒，都以古《詩經》的形式寫出，取書名爲《詩經演》，端的是化古華夏樂章爲今日之長調華彩。只是那依然是華夏式的華彩與神來之筆。從此意義上，我們都是同路人，落日天涯，非驢非馬地生存在異國。亦從此意義上，雖是無緣相逢無緣相見，卻相識於文字中。雖是天涯，卻非孤旅，晚輩如我，何其倖哉。

❷「天朝」或「大陸天朝」、「天朝王土」，等等，是近兩年，自習氏於二〇一八年強權修憲，使大陸憲法規則不再成爲其終身爲居於皇座的限制之後，大陸中國民間眼見本國重現皇朝後，對於本國流行起的稱呼。這一稱呼的內涵不說自明。

Contents

自序——「玉壘浮雲變古今」……007

第一部　深不可測，測愚蠢

——從庚子（2020）到壬寅（2022）期間的大陸生態……021

「愚蠢深不可測」之一——庚子（2020年）記疫……021

庚子記疫之一——疑雲重重之疫（此一節起筆於2020年5月）……023

病毒驟起……029

病毒源頭之謎……033

時間之謎……039

瞞報之謎……047

庚子記疫之二——人性與人心……054

逝者與生者……054

「昔時人已歿，今日水猶寒」……063

「老子到處說」……066

「相鼠有皮，人而無儀」……071

Contents

庚子記疫之三——結局或開始……079
「愚蠢深不可測」之二——辛丑記封……082
辛丑記封之一——封城百態……083
「封城的是是非非」……083
「醉舞經閣半卷書，坐井說天闊」……100
四面楚歌聲，君聞否？……109
辛丑記封之二——人類與病毒的進與退……117
新冠疫苗與封城舉措……117
「愚蠢深不可測」之三——壬寅年（2022）記變……122
壬寅記變之一——是「清零政策」還是民如草芥？……128
「一春略無十日晴」……128
壬寅記變之二——「龍之逆鱗，不可觸也」？……134
「龍之逆鱗」其首……136
「龍之逆鱗」其二……143

Contents

壬寅記變之三——「禮失而求諸野」……146

「苛政猛於虎」……146

微信屢封仍有群……158

壬寅記變之四——「誰道滄江總無事，近來長血共爭流」……167

「收放自如」式結束「清零政策」……168

大陸官場隱身術與民間之怒……173

「愚蠢無止境」之四——大陸王土處處「爛尾樓」……189

帝王的加冕與民間的至暗時刻……209

第二部 「本是井內人，忽作井外客」……218

「井外客」之一——折疊的人世間……221

為何以「折疊」二字總繪世間景致？……223

初遇巴黎……224

富與貧的共舞……237

「井外客」之二——折疊的人……259

Contents

巴黎春光——「春心莫共花爭發」…… 260
在山與出山——「曲徑通幽處，禪房花木深」…… 270
「井蛙不可語海」麼？…… 282
後記之一——人性的歷程…… 293
後記之二——瑣記二則…… 299
瑣記之一——浮光掠影東西之間…… 300
浮光掠影之一——「內陸城市」的錯覺…… 301
浮光掠影之二——「樓以詩顯，詩以樓傳」…… 304
浮光掠影之三——「甘蔗沒有兩頭甜」…… 311
浮光掠影之四——「池魚」捷克…… 314
瑣記之二——旅途記病…… 317
記病之一——有病何妨「挺一挺」…… 317
記病之二——「病去如抽絲」…… 319
記病之三——治病救人醫生事…… 321

第一部　深不可測，測愚蠢

——從庚子（2020）到壬寅（2022）期間的大陸生態

古語有云：「編新不如敘舊，刻古終勝雕今。」怡紅公子賈寶玉則曰「敘舊不如編新」，遂揮如椽之筆建起一座似眞似幻的大觀園。大觀園中那亦眞亦幻的才情幾近空前絕後，後人如我連三分也無能學得，不過還是心生意願，爲庚子大疫做一篇編新文字，意在雕今，不似自己之前的幾冊憶舊文字[1]。自己力求記錄庚子年大疫期間大陸中國的疫病、百姓求生與極權愚妄之間重重糾葛的一二大事。其實敘舊與編新本無優劣或黑白之分，眞諦在於如何敘、如何編，所爲何來。自己那前幾冊小書的敘舊亦是想說明昨日之「舊」，無非是

[1] 即指《夢裡不知身是客——寫字樓歲月劄記》，《落花時節——我記憶中的家族長輩》，《方寸天地看人間：燈火闌珊處，尋一代少年背影》，《寂寞舟中誰借問：我們的「人之初」爲誰殉葬》

今日之「新」的因，今日之新災難中則飽含昨日之惡。

大陸天朝如同是片遭凶咒籠罩的土地。這片極權專制可爲所欲爲的土地上，使小民平安喜樂之新事會轉眼間消失，而舊時蠱毒之惡則瞬間重現於世。如此，編新與敘舊之間界限反而模糊，因而編新亦是敘舊，或曰無論敘舊還是編新，大陸中國人面對的始終是秦磚漢瓦的一地殘渣，極權專制的紅色新衣裡永遠包裹了秦皇漢武的幽靈。

據說大清有評價乾隆，稱乾隆此人是「深不可測」。自己孤陋，不知「深不可測」是指的其帝王之心？之術？之智？或是其人之學識與品味？不過是次大疫期間，自己終於見識到另一類「深不可測」。若說人類智慧可「深不可測」，則大疫期間大陸天朝自習氏帝王皇庭而下直至底層民間，某些人群所顯露出的，是人類另一面的深不可測，即愚蠢亦同樣可蠢至「深不可測」，且深厚之程度在極權操控下可埋沒人類智慧，碾壓人類智慧，逼迫得人類智慧在華夏王土中無處存身，更何談發聲。

「愚蠢深不可測」之一——庚子（2020年）記疫

庚子記疫之一——疑雲重重之疫（此一節起筆於2020年5月）

二〇二〇年，依華夏曆書則歲在庚子。華夏傳統視庚子年爲大凶之年❷，災禍頻仍之年。不知道華夏先祖是如何得出這一結論？是依據古代祭司的占卜？星象示警？或純粹是經驗之談？無論華夏先祖此說有無依據，西曆紀元爲二〇二〇的庚子年果然成爲大凶之年，首凶之事莫過於Novel Coronavirus（新冠狀病毒，簡稱「新冠病毒」）對於人類的襲擊。此次疫病始於武漢，繼而傳播於全球，地域與患者人數至今已經遠超起於二〇〇二年的SARS。

SARS於二〇〇二年春夏之交首顯於廣東，爲禍香港尤甚，在東南亞亦有少量傳播，但肆虐人類的病毒莫名地自行消失於二〇〇三年暮春，如「神龍見首不見尾」，因而未有任何繼後的醫學研究。SARS當年雖亦占盡大陸中國各官方報章新聞的頭版頭條，其爲禍人類的

---

❷ 例如之前的庚子年爲一九六〇年，是年爲大陸的大饑荒之年，死於饑餓者約在三千萬之數。一八四〇年的鴉片戰爭，亦是歲在庚子。

地域規模與程度相比於庚子年的新冠病毒，實在是小巫見大巫❸。

大陸天朝無分小事大事，一向都是共黨上層決策，不幸該等決策之最頂層雖一向是自詡「英明」，實際愚蠢無知且狂妄而不自知其無知者居多。頂層決策，層層下達，繼之方可實施於小民，及至民間已經是錯失最佳救災時間，最終背負慘痛後果乃至喪失性命的都是大陸小民。即便如此，依然有許多坐井觀天的小民（無論是眞心還是假意）地稱譽那黨及其黨魁爲「恩人」，似乎那都是些救苦救難的觀音菩薩。自己於武漢瘟疫初起時，惟希望天朝小民此次可以安然度過此劫，而無論政府如何作爲。繼後見瘟疫蔓延至全球時，則希望天朝小民能藉此一劫，眞誠反思天朝極權政權與每人自己的所作所爲所言，秉承「己所不欲，勿施於人」的古訓，領悟到人類本是一體。「一葉落而知天下秋」，一人遭難，便可以演化成人類群體的災難。因而切勿見鄰人有難便幸災樂禍，見獵心喜，否則人性何在呢？人類作爲群體又將怎樣共生於此一星球上？

自己或許也知這點微小的期待僅是奢望而已吧？天朝被洗腦的粉紅色人群❹在見到瘟疫漸次染及其他國家，尤其是被中共渲染爲「世仇」的國家如日本時，網上佔據多數的輿論，果不其然地落入自己的擔心中——見獵心喜，似乎瘟疫的全球傳播，爲華夏大陸獲得了一份天賜公平。他們難道已經忘記武漢大疫初起時，首先向大陸海運救濟醫療物資的便是日本麼？一貫做事細緻用心的日本人，在每箱救援物資上貼好標籤，配上對仗的漢文，例如「山川異域，日月同天」，實在是用心良苦。那意涵是否在傳遞一份溫潤的善意？那溫潤內蘊的漢文，是否是如風低語，低語中是不盡瀟湘之意，道是我們與你們雖身處異國，卻在同一天空下生活，沐浴同樣的日月光華，所以我們都是人類，是同類。我們願「與子同袍」，「與子偕行」。

事實上，日本自八〇年代初已經通過向大陸中國提供經濟援助，亦是在表達善意。華夏古人俗語有「滴水之恩，當湧泉相報」。反觀今日大陸被洗腦的小粉紅們，對這份善意以何報之？即使無以回報，又有什麼道理以怨報德？難道還是源於一個甲子之前那八年抗戰的宿怨麼？若是如此，大陸的小粉紅人群為何對我國竟無宿怨？俄羅斯在武漢大疫時，從未向大陸百姓提供過一毫一厘的援助，且歷史上侵佔大陸中國的領土之數則為歐洲國家之冠。例如在華人古稱為海參威，後被史達林時期的蘇聯改稱為「弗拉迪沃斯克」的濱海城市，不但強佔全部土地且屠戮原世代居住於是地的華人，被屠戮華人達數十萬。為何大陸的小粉紅們依然跟隨習氏身後，將俄國視為兄弟？我自認這扭曲的意識，皆是中共從毛氏到習氏數十年孜

---

❸ 查得官方紀錄，SARS患者在天朝——含香港——一共是五千三百二十七名，而此次患者按大陸官方報導在天朝僅武漢便超過八萬（且此僅僅是官方不實數字）。

❹ 指大陸網上民間稱那些附和官方輿論但態度較溫和的人群，後簡稱為「小粉紅」。

孜不倦地洗腦的結果。

華夏古代先賢亦曾教誨後人做人爲學的原則：「博學之，審問之，愼思之，明辨之，篤行之」，亦曾將先賢看得極重的「仁」——「仁者愛人」，反復教之。這些古時教誨早已經丟失於那強權洗腦的過程中。也因此，我常是不忍責備大陸小民如今的人性丟失，更莫提先賢教誨。小粉紅們在互聯網上那些無恥的表演，或許並非全是他們本性的顯露，對有些人甚至並非是全出於本心。他們的本性被壓抑、扭曲或迷失在皇權蓋頂的體制中。他們的本心則深埋在對權力的恐懼下。日復一日地忍耐，只有當在人生被逼入牆角避無可避之時，他們的本性方可見抑制不住地勃發，即如華夏數千年間導致數度改朝換代的民間起義。大陸天朝歷史經數千年至今，興衰、爭戰、裂土分疆、一統天下，反反復復，卻至今一如古人感歎，「興，百姓苦。亡，百姓苦」。無論是身著黃衣還是紅衣，大陸之爲帝王者始終是視人命爲草芥，視百姓人格爲豬狗，所謂帝國百年大業（習氏一尊則大話炎炎爲「千年大業」），又莫不是依賴百姓血肉之軀建成。征戰時是百姓送子出征，大旱或大澇之年，是百姓將活命的五穀盡獻給帝王皇庭。那帝王皇庭每日花銷皆出於百姓納稅納糧，難道不應是帝王對百姓感恩戴德？

民國之前的皇權王者至少還承認古訓，將那「爾俸爾祿，民脂民膏，下民易虐，上天難欺」鐫刻在縣衙大堂，警示百官。反觀大陸天朝毛氏掀起的「革命」，卻是連百姓向其政權納稅納糧的功業都拒絕承認，反而大言不慚地說其建政的紅色帝國，「養活了百姓，百姓自應感恩戴德」。經過毛氏所創極權治民的方式——對百姓代代洗腦，百姓強迫地坐井觀天至今，許多學者百姓已經忘卻古訓，漸漸相信井即為天，或井外即是亂世，井內才是福地。他們不幸地開始相信天朝即是上邦，皇帝之尊即是小民榮耀，甚至受窮受苦亦沾沾自喜，認為是在盡綿薄之力加固那口井。經多年洗腦，不知有多少天朝小民認為坐於井中，是唯一可保個人安全之地，因而感恩戴德之聲不斷。這一慣性軌跡，不知何時才會改變？我繼後觀察到庚子大疫的後果之一是天朝民間人心之變，即不再將中共集權官場與小民本身視為一體，或借中共本身之詞稱為「離心離德」。不過這是後話。

當今紅色帝王習氏或許於上位伊始，便領悟到經過近四十年經濟開放的改革，中共在百姓心中的重要地位已經大不如毛氏朝代，因而其治下的極權天下有意重振共黨之威，對於小民實施洗腦的嚴苛則更甚之，於二〇一三年即指令有七件事高校教師對學生授課時不得講（大陸民間俗稱「七不講」），即「不得講普世價值，不得講民主憲政，不得講司法獨立，不得講多黨競爭，不得講新聞自由，不得講紅色集團之錯，不得講納稅人權利」❺。更有甚者，若習氏真心認為這「七不講」是堂堂正正的真理，何不公布於光天化日之下？卻偏偏是猶抱琵琶半遮面，作為「機密」，凡洩露者即為「洩露國家機密」，定為刑事罪犯。例如年逾七十的女記者高瑜於二〇一四年將其公布於新聞中，旋即被捕，以「洩密罪」被判牢獄之難七年，上訴後改爲五年。爲何這「七不講」不得公之於眾？難道不是身披紅衣的習氏一尊自知這一禁令若公示於天下，必令天下所有民主國家與天朝內部悟到極權制度之非的學者百姓齒冷？亦令居住於華夏紅色王土的學人乃至抗拒洗腦之敏悟小民，當時便看透習氏一尊的眞面目？看透習氏自詡閱盡天下聖賢書，其實卻是只想獨裁的「司馬昭之心」？爲謹守此「七不講」禁令，大陸官媒遵習氏指令，對瘟疫中的民生劫難三緘其口，能瞞則瞞。

自己身處千萬里之外的異域，看大陸天朝疫情如同隔岸觀火，無法有親歷生死之境的體驗。從民間流傳的視頻與零星微信帖中，可見武漢民間全無預防，全不知大疫將臨。那大疫如錢塘江潮卻猝不及防地摧垮了堤壩，巨浪整千鈞之力、沒頂之勢劈頭砸向海邊人群；繼後可見人群恐懼地奔跑躲避，觀潮台上轉眼倒下被砸倒、窒息的一堆堆身體。總之大疫狂浪中是人間百態、千頭萬緒。爲挽留眞實，自己的記敘盡可能如一幅素描，勾勒輪廓，擇其要而記之，落墨之乾濕濃淡只能憑心判斷。

疫病於庚子年突起於武漢一事中，至今依然隱匿了重重疑雲。自己直覺這些疑雲中隱藏了武漢大疫終釀成大禍的癥結，因而擇其要而記之，如下。

病毒驟起

疫病初起於武漢，其時元旦的節慶氣氛尚徜徉於人間，而華人的農曆新年將接踵而至，那是傳統上最為隆重喜慶的年節。不過那舊曆庚子新年終於未能逃過病毒的黑色羽翼，除夕之前的一日（二〇二〇年一月二十三日）恰是官方宣布武漢封城之日。官方此時對大陸百姓依然三緘其口，甚至習一尊選擇此時在遠離病毒的雲南「與民同樂」地賀年，以示王朝吉慶

❺引自《維基百科》：「明鏡出版社《明鏡月刊》在二〇一三年八月刊發《關於當前意識形態領域情況的通報》（九號文件，亦即網上俗稱的「七不講」）即為高瑜所洩露出來的保密文件，此文件發放到市地師級以上幹部。文件中稱，要「確保新聞媒體的領導權，始終掌握在同以習近平同志為總書記的黨中央保持一致的人手中」。高瑜案於二〇一四年十一月二十一日在不公開的情況下開審，高瑜在庭上對公訴機關的指控予以否認，稱沒有非法向境外洩露國家祕密文件的行為，法庭當天沒有宣判。二〇一四年十一月二十四日，一定程度代表官方意見的《環球時報》社評表示，高瑜洩露的是中共中央對意識形態部署的機密，與《九號文件》相符。二〇一五年四月十七日，據北京三中院官方微博稱，高瑜因「為境外非法提供國家機密罪」，被判處有期徒刑七年、剝奪政治權利一年。國際特赦組織表示，七十一歲高齡的高瑜被判監，表明中國當局明目張膽打壓言論自由。無國界記者發表聲明呼籲中國當局，立即釋放高瑜，並撤銷所有控罪。香港市民支援愛國民主運動聯合會發起抗議活動，前往香港中聯辦要求立即釋放高瑜。美國國務院代理發言人瑪麗．哈夫「呼籲中國當局立刻釋放高瑜，並尊重中國在國際上的人權承諾」。

祥和，卻阻擋不住武漢民間漸有更多記錄大疫突襲的視頻與微信短帖流傳於互聯網上。

自己去國已三十年有餘，卻迄今仍未能做到一別兩寬。內心對大陸天朝的牽掛始終是「藕斷絲連」，不免格外關注那些武漢民間視頻。視頻中，有市民在街頭動作如僵屍，僵硬地徘徊莫名，隨即猝不及防地倒地不起，呼出人生最後一口氣之時尚是莫名所以，不知其死於染疫。周圍人群驚叫，卻無人敢於上前查看。視頻中有醫院急診室擠滿病患，甚至地上已經躺滿。繼後有短帖報導醫院已經「奉上級指示」不再接受此類病患，等等。據民間微信短帖，亦有人死於家中，是由於救護車千呼萬喚仍不見，家人只能眼見他們胸腹拚力起伏，直到呼出最後一口氣。亦有患者甚至是被家人勉力送到醫院門口卻被拒絕救治，理由是這些患者僅可去幾所「上級」指定醫院。

公平而言，在新冠病毒襲擊人類之初，由於缺乏對於病毒的認知，人類染疫難免，亦難免會有死亡，但醫院拒收病患，難道不是有悖醫生的天職？照顧病人，關懷生命，難道不是醫生最起碼的職業道德？如我的三姥爺，於抗日戰爭期間加入紅十字會，曾在台兒莊會戰中作爲紅十字會醫生分隊的領隊於戰場上救治傷患。槍林彈雨之中，做醫生之人雖無武器防身，卻人人憾不畏自身生死。三姥爺是隨最後一班士兵離開戰場的醫生，因爲他堅持的信念是「能救一個是一個」。如今的大陸人責任心何在，天良何在？醫生怎可以忍心將病人拒之於醫院大門之外？

使人禁不住潸然淚下的一則短帖，是講述一對年輕父母與他們三歲的幼女。先是母親染疫，未及受到任何救治而逝去，再是三天後亦已是染疫的父親追隨妻子而去。母親去逝時三歲幼童尚且懵懂，只知道向當時病重的父親不停地討要媽媽。父親離去時，那小小女孩兒卻似乎是一夕間悟了「死亡」的意義，悟到父母再不會回來，於是幼小的十指緊緊抓住那將父親拖走的擔架不放。她人幼力弱，阻不住擔架被抬出房門，卻依然雙手抱住擔架被一路拖行，一路哭求父親，「爸爸，帶我一起走吧」，「爸爸，不要留下我」……那幾夜，我總是夢見空蕩蕩的街道。夢中的我從千萬條看似無人的街道孤身走過，卻總是感覺到與他人身體的碰撞，但伸手去扶對方，碰觸的只有空氣。我夢中聽到無字的呼喊，身隨音轉，依然是身處處空中，雖空無一人卻感覺有無數目光投來，目光中是祈求、疑問、悲哀、憤懣、絕望與茫然不知所措的交融，厚重凝滯如牆。那夢中與我交錯或碰撞的陌生人，是否便是那些流連世間不肯離去的冤魂？

究其實，究竟是病毒驟起出人意料，無人預見？還是已見到「風起於青萍之末」，卻無人示警？還是有人罔顧小民性命，截留專業醫師的預警，致小民毫無提防地撞入病毒的黑色羽翼中，致無數家庭夫妻離散，甚或無數家庭父母一同離世，僅留伶仃孤兒？據網路之後流傳的各種民間消息，早已經有醫生於二〇一九年末提出警示，亦有傳言政府官員早已經獲悉當地有高風險疫病開始流行，為何官員們選擇視而不見？為何罔顧專業人士的警示，反而是一味操縱權力遮遮掩掩？王土小民難道不應有權利問那些官員，究竟是爲何遮遮掩掩，難道小民的性命不是性命？那答案則可說是呼之欲出，卻無牆內人去直面以對。那答案於我，便是於極權體制之下共黨的權力實爲一個共同體，「上有所好，下必甚焉」，於是，權力爲權力的失誤遮掩，官場整體壓制專業聲音，從下級層層遮掩直至上級，而最終又是下級官員淪爲上級官員的替罪羊。那亦是華夏數千年帝王極權體制的傳統。若下級官員向民眾曝露上級決策中的失誤，那便是大逆不道，因爲皇權體制歷來的所謂邏輯便是君君臣臣，父父子子，是非黑白均可顛倒，惟上下尊卑之序不可顛倒。

自毛氏於上世紀五〇年代中坐穩皇位後，對華夏學人以「思想改造」之名施行數輪整肅，華夏學人中僅餘的幾條風骨，最終只能以沉寂與極權相抗，如陳寅恪，「一生負氣成今日，四海無言對斜陽」。那字字直白中蘊含的詩意彷彿是寂寥了千萬年，也哀傷了千萬年，卻猶是要以嶙嶙瘦骨抗拒那天朝至尊。先生面向四海，將胸中千言化爲貌似雲淡風輕的一句詩。大清的無數文字獄往事中，有一件是「清風不識字，何故亂翻書」，本是文人無心戲作，卻觸到大清皇帝的逆鱗，判爲「對滿人不熟知漢文」的譏嘲，將詩作者滿門抄斬，以證明滿人可讀懂漢文。自覺大清皇帝的文字獄與毛氏手段相比，實在是小巫見大巫，如同地獄小鬼的呼喝與唐朝酷吏來俊臣刑訊人犯的手段相比（當然也可說這是相聲中嘲笑的關公戰秦瓊的比法）。

毛氏坐穩江山後便開啓了折辱、貶斥學界的過程，以共黨強權面對知識界擺出飛揚跋扈、強詞奪理的姿態，實是冠絕古華夏王土歷代帝王。在一九五七年對所謂右派的整肅中，毛氏有聽似理直氣壯、實則大謬不然的一句論斷，即曰，「我們就是要外行領導內行」。此一句話便將有專業知識的學人皆打入下等公民之列，無論是文史還工程、物理、生物學界、學人，哪怕是世界公認的學術佼佼者，亦要置於外行的黨組織官員治下。五〇年代初的共黨除高層外，多數成員均非學人，甚至目不識丁者亦多有之，卻對於任何學科、任何技術議題妄解之，罔顧之，妄下指令。黃河三門峽大壩便是實例之一，而一九五八年的大煉鋼、畝產萬斤稻穀，更是引致小民餓斃約三千萬的人間大劫。

我觀武漢大疫，又何嘗不是如此？病毒初起時已經有專業人士示警，但大陸官場從上層到下層皆罔顧專業示警，反將示警醫生，遣送警局「訓誡」。之後官場見疫病洶洶而至，依然是能瞞則瞞，直隱瞞到瘟疫廣泛散播，不可收拾。

病毒源頭之謎

新冠狀病毒與SARS時肆虐的病毒爲同一家族。新冠病毒之疫初發時，曾因其始發於武漢而被廣泛稱爲「武漢肺炎」。其後爲避免大陸中國指責該稱呼涉及「地域歧視」，由

WHO更名爲COVID-19。初始病毒究竟源自何處，則如同以國際爲舞臺上演的一齣羅生門，始終未能獲得科學結論。

迄今爲止，對於病毒起源大致有幾類說法，凡有出言稱尋得出處者皆言之鑿鑿，卻始終是未有任何說法獲得充足的科學實證。國際間的爭拗、各國各自的利益計算，大陸政權的排斥國際間合作，以及意識形態因素的介入，亦使得種種說法均蒙上了臆測之嫌，或導致進一步偏離實證。本應依賴科學與醫學確定的一件事，卻因不同意識形態之爭，各自賴以權力支持而無法實現，不得不說是現世的悲哀。

大陸中國新聞中屢見天朝崴腳部❻戰狼發言人與美國的嘴仗。川普大嘴一張，言道「疫情由中國輸出」，其實此語雖然逆耳卻本是事實，並未說是天朝有意爲之，只是指疫病起於武漢。奈何天朝一尊自覺這句話傷了臉面。於是，天朝崴腳部發言人將美國疾控中心主任的答記者問掐頭去尾、改頭換面，氣勢洶洶地反口指責道，難道不是武漢軍運會時，由美國運動員帶入天朝？之後是崴腳部發言人一貫的大哉一問：美國爲何不給一個交代？不知道此人何來如此包天之膽，以崴腳部發言人的官方身分，發起如此的無端指責？其實之前天朝官方已就此傳言闢謠，說軍運會時並無冠狀病毒感染病例，當時傳言病倒的五位軍人運動員均是瘧疾，不知爲何今日反口？美國旋即召見駐美大使崔天凱，抗議天朝無端指責，破壞外交關係。這段大疫中的插曲，亦反射了如今天朝崴腳部官員從文革承襲的紅衛兵風格。戰狼發言人此言甫出，大陸民間多數人認爲那只是他個人行爲，且推論如此紕漏或導致該官員被免除歲腳部發言人資格。不過事實是那發言人並未受到指責，反而仕途步步高升，因而又有大陸民間猜測是該人早獲得授權，授權來自大陸中國金字塔之頂，爲的是轉移天朝民眾因本國政府行動遲緩的不滿。若眞是如此，那只能說端坐權力金字塔之頂的習氏本人是愚不可及了。

綜括大陸天朝民間說法，病毒襲擊人類的起源或有如下幾類：

說法之一曰，新冠狀病毒是自然界生物傳播於人類，禍端或是蝙蝠或穿山甲爲其載體，而天朝某些官場與豪富人群近年來窮奢極欲，奢食昂貴且刁鑽難得的野味以炫耀富貴，包括蝙蝠與穿山甲，致使病毒得以傳播並侵襲到人類。禍起武漢則緣於其正是華中至華南野味集散中心，雖然名爲海鮮市場，實則經營各類野生動物。這一說法據說未能證實，原因是疫病初起之時，當地政府便火速關閉市場，並徹底清洗全場一切有可能藏汙納垢的角落，因而已經無法找到該市場是否有病毒樣本。不過大疫初起時的染病人，多數從未進入過海鮮市場的事實，似乎是這一說法的明顯漏洞。這說法自然並非天朝悅見的版本，但可以歸咎於小民之愚加上耽於口舌之欲，無涉尊上本人之英明。雖差強人意，尚可爲天朝皇庭接受。

---

❻ 即指大陸中國的「外交部」，因其發言人屢失作爲外交官的例行禮儀與言語分寸，撕裂天朝刻意營造的「文明友誼」面幕，大陸民間以諧音戲稱其爲「歲腳部」，該部官員則在大陸民間被稱爲「戰狼」。

說法之二曰，武漢有天朝頂級的P4實驗室❼，且有實驗室中人曾公開宣示曾涉及刻意研究重構類似SARS病毒的研究，當年另有極端派軍人羅援曾公開蠱惑天朝準備生物戰爭❽。見到有海外媒體報導，日美國當年也曾資助該實驗室，但聞知實驗室該研究課題後即提出異議，並終止資助。記得當時讀過疫病初起時小粉紅人群曾有的大話，意思是病毒倒了霉運，竟敢挑武漢進攻，武漢的實驗室是國家大牛，對付小小病毒是手到擒來，云云。不過事實則證明以上小粉紅人群大話云云完全是吹牛皮，想當然耳，如同走夜路壯膽時吹的口哨，遇見鬼即不成曲調。疫病出現僅僅幾日後，病毒即大獲全勝，毫無抵擋地蔓延人類，倒下的先是武漢再是天朝處處，東西南北無處不見瘟疫傳播，該實驗室卻迄今為止全員失聲，對於抗疫措施毫無建樹。據天朝民間傳聞，該實驗室本是中法合作，由於中方未遵守雙方約定的保密規程，致使法國退出合作❾。此說法已經證實爲眞，但實驗室病毒因操作過失而導致病毒外泄的傳言，則迄今未得到證實。此說法亦並非無邏輯鏈條的漏洞，例如，若是實驗室洩露，則首先是發生於實驗室之內，遭病毒襲擊而最先染疫之人，最可能是實驗室工作人員，但事實上最先報導中所見的染疫之人，都與實驗室工作毫無瓜葛。再者，雖有實驗室研究蝙蝠攜帶病毒的解構，但是否已經研製出成熟的新冠病毒產品可供人類間傳播？似乎亦未見有提及。自然，反之亦可以想見，在目前天朝加強一黨獨裁嚴控輿論的環境下，想獲得那實驗室眞實原始資料以進行純科學研究已是絕無可能。不過關於實驗室發生操作失誤的傳言或亦有一項佐證，即疫情襲擊武漢不久，該P4實驗室即由天朝軍隊派員接管。若該實驗室之日常運營無異常之處，爲何會在此敏感時刻由軍隊接管呢？天朝軍隊接管的行爲豈非欲蓋彌彰？

說法之三曰，病毒是美國有意在大陸投毒，旨在摧毀天朝經濟，從而使美國一枝獨秀。此版本不知源於何處，支持者有大陸民間小粉紅人群，與數個大名鼎鼎卻被民間廣稱之爲「無賴」的御用學者，其皆是「金玉其外，敗絮其內」，人品與「知識水準」之低下，連尙有良知的大陸普通民眾亦嗤之以鼻。此版本或許是天朝官方屬意的版本，不過天朝政府對此說法亦提不出證據，或許同時考慮不願徹底與美國翻臉脫鉤，因而持低調謹愼態度。對於此

❼ 官方名稱爲「中國科學院武漢國家生物安全實驗室」。

❽ 例如二〇一八年十一月曾有官媒刊登該實驗室石正麗與報人合照，照片標題爲「蝙蝠冠狀病毒及其跨種感染研究」。

❾ 另有傳言曰，曾有在美工作的華人雇員將病毒樣本攜帶回國，這一傳言似缺乏實證，因爲對於病毒樣本是否隨身可以攜帶似亦眾說紛紜。

❿ 疫情初起時，天朝政府確實頗謹言愼行，但疫情盛時態度似有轉變。前面提過之崴腳官員趙某人確實出口指責美國，引得中美之間一時又興起劍拔弩張之勢。多數輿論認爲趙某闖禍，或被撤職，但是趙不但未丟職位反而繼續囂張，因而又有猜測說，其是由一尊授意方敢出口。總之，亦可作爲一齣羅生門的注腳。

類言論之帖在疫情初起時亦是務求刪除⑩。有位在疫情中因直言不諱而聲名鵲起的張文宏醫生，對此說法一語駁之，曰這是無稽之談。若是美國散布，經何管道進入中國？又爲何挑選武漢——無論政治還是經濟地位僅稱得上是中流的城市，而非大陸最重要的城市帝都北京或魔都上海？一時間張先生在天朝民間擁躉無數，均佩服他的勇氣與極端情勢下仍堅持常識的赤子之心，堅持其專業標準。那一度曾爲小粉紅們擁躉的「美國投毒」版本，似未獲官方正式支持，但也未見有官員做到如張文宏醫生的直言不諱。作爲官員而悶聲不響，難道不等同於助紂爲虐？不過習氏登上大寶以來，在體制內討生活之人群中天良泯滅之輩漸次增多，尚有天良者漸次被淘汰。如今官員中十之八九眼中只見利祿之道，算計的只是獲利幾何，且口頭都是緊跟尊上口徑。

憑心而論，極端意識形態也並非大陸天朝獨有產物，美國亦有類同之人的存在——大約是三月六日，電視新聞中看到美國一位議員，堅稱病毒乃大陸政府有意散播，意在摧毀美國經濟，也捎帶摧毀全球資本主義，等等。自己按常人邏輯推理（不過亦難以排除那些非同常人的邏輯與此不同），武漢實驗室研究之物不慎外洩或可有之，但存心傳播似乎令人難以置信。若中共確有能力散播病毒，爲何不將其散播於境外，尤其是中共所謂是「宿敵」的美國領土，卻首先用以荼毒本國小民？此次病毒感染，首當其衝遭受其荼毒的是天朝大陸，一時間小民死者無算，百業凋敝。元氣只怕其後數年間難以恢復。或大陸中國經濟元氣將永不能再恢復，緣於世界格局於庚子大疫終結之時已經是幡然大變。不過此是後話。

時間之謎

病毒雖然已經更名爲中性的COVID-19，病毒源起何處雖依然是羅生門，但該病毒於人類的襲擊首起於武漢則是事實。武漢的患者始見於二〇一九年尾——或曰於十二月，亦有傳說是始見於該年十一月。疫病在武漢究竟起於何時？不過在封口盛行的天朝——媒體封口、小民封口、官員封口，無論是被封口或是自願封口，弄清眞相亦絕非易事，自己也只將紛紜的說法紀錄在此⑪。

若論民間所知的時間之謎，必得從李文亮醫生寫起。自二〇二〇年二月初起，連續數天，大陸微信刷屏消息的都是李文亮醫生去逝。李文亮醫生是於二〇一九年十二月末曾在

⑪ 二〇二〇年四月三日看到流傳網文〈高福失聲痛哭〉，寫道武漢出現疫病一事的訊息，是高福於網上流覽訊息時偶然發現。其時是二〇一九年十二月三十日深夜，「網上訊息」則指湖北與武漢衛建委分別發布的紅頭文件，內容均是出現不明肺炎。高福於次日即急招專家趕赴武漢調查。若此確實爲疫情被發現的緣起，則武漢與湖北均未上報高層便成爲事實，高層似乎可以洗清嫌疑。不過若眞是如此，武漢與湖北官員又豈敢言之鑿鑿、嘵嘵爭辯，說他們早已經按規則層層上報？似乎依然無解。

微信「朋友圈」中，對「武漢肺炎」有過預警的八位武漢醫生之一。那時大規模疫情尚未爆發，他們的預警未被採納，人反被警局拘去，寫下「訓誡書」，並於二〇二〇年元旦日被所有官方媒體斥責爲「造謠者」。這似乎是黑色幽默的絕佳題材，卻讓人心中無法生出一絲幽默。由於他預警了「武漢肺炎」而被官方認定爲「造謠者」，幾日後世人卻均見到他預警過的肺炎大規模爆發，至今未能控制。所以李文亮醫生並非造謠，只是其眞言未符合當時所謂的官方口徑而已。

「造謠者」的謠言幾日後即證實爲眞，而「造謠者」李醫生終於未能躲過這一劫。本爲眼科醫生的李文亮，隨即於一月十日被派往接診「發熱病人」（實則是COVID感染患者）的「第一線」急診科，幾日後他感染新冠病毒，醫治無效，於二月六日晚病逝。雖然他的心願是「病好後再返抗疫前線，不想做逃兵」，卻再也不能穿回白大褂面對病人了。或許是我們在天上的父認爲這人間太過污穢，才決意召回這單純善良的靈魂吧？

李文亮醫生被民間公稱爲「吹哨人」（whistleblower）。他向朋友們吹響警示哨是在二〇一九年十二月三十日，是在微信同學群中告知醫院出現數起類似SARS的病例，「在我們醫院後湖院區急診科隔離」，「冠狀病毒感染確定了，正在進行病毒分型」，甚至叮囑說「大家不要外傳，讓家人親人注意防範」。如此羔羊般小心翼翼的微信，卻使他成爲官方眼中造謠生事之人，李的微信次日便爲警方獲悉。是有人告密？還是網警監控之下已無漏網之魚？似乎至今無解。武漢警方遂通報稱，「一些網民在不經核實的情況下，在網上發布、轉發不實消息，造成不良社會影響」。警方通報之日是二〇二〇年元旦，並於一月三日訓誡了「吹哨人」。央視，黨的喉舌，亦於元旦之日義正辭嚴地批判武漢八人爲「造謠者」。疫情大白天下後，民間輿論大嘩，因爲八名造謠者均是醫生，且在網路微信中對其友人所說皆爲實情，僅是不合黨意而已，可是迄今爲止，卻無任何警方乃至央視人員因此受到訓誡。

新年伊始，萬象更新，本應是個普天歡悅的日子，警方卻是連年節之凡人快樂亦不肯給予李醫生。李醫生於一月三日即受到警方訓誡，並簽署了《訓誡書》，承諾「永不再犯」。或許這就是紅色政黨宣導的宗旨吧——對待敵人如同嚴冬一般冷酷無情。不過李文亮難道是敵人麼？他只是個平和友善的普通人，從無涉批評政府的傾向。他有普通人的怯懦——對警方訓誡簽下「明白」、「能（遵守）」，並無一絲念頭要反抗當局。他也有普通人的嚮往——歲月靜好、家人相伴，只是大疫將他命運的軌跡轉向他未曾意料的方向。

暫且擱置李文亮醫生身前身後事，回到本節的起點——疫病究竟起於何時？詭異的是與訓誡李文亮與其同事的同一天，即於一月三日，天朝政府官方確認其即開始向美國政府通報大陸染病情況。爲什麼天朝政府於該日開始向其一貫視爲「亡我之心不死」的敵人通報？原因爲何？似乎又將永無謎底。

可以確認的是，李文亮吹哨之日並非疫情初起之時。疫情起始之時早於他的哨音，且亦並非無人知曉，卻只是有人有意將一眾天下人都蒙在鼓裡。若盡可能大致梳理莫衷一是的說法，基於《南華早報》庚子年三月十三日報導，官方最早有記錄的感染病例出現於此前一年的十一月十七日，某湖北居民。由於從地方上報到中央尚需流程，因而可以推測新冠病毒感染可能於二〇一九年十月底或十一月初已見端倪。持同樣說法的據報導還有香港與米蘭薩科醫院生物醫學科學研究所所長加利博士。依然是依據《南華早報》，中共中央政府有文件顯示十一月總共報告病例為九人。雖中共中央政府該份文件迄今為止仍未公開（可能永遠不會公開），但病毒於十二月中已經肆虐於武漢確實屬實，市政府於庚子元月三日——即李文亮醫生簽署《訓誡書》的同一日，迅捷關閉武漢華南海鮮市場或可作為佐證。若無危機襲來，政府何須倉促關閉這棵市政搖錢樹？

據說政府隱瞞疫情只為幾樁「國家盛事」得以於武漢操辦，武漢政府大小官員均希冀可以因盛事操辦圓滿而使武漢聲名鵲起，官位也得以更上一層樓。

盛事之一是第七屆世界軍人運動會，據說本是國際上不見經傳的活動，被天朝隆重妝點，對於肯來參會的各國軍隊運動員極盡款待。不過應邀來者多是天朝近幾年極力拉攏的第三世界「小兄弟」，美國所派人員的級別則極低。由於軍運會時間是十月下旬，故不希望有疫情起於十一月的說法。之後是年關將近，武漢百步亭社區如常舉辦「萬家宴」，盛宴意在彰顯全民共享盛世。之後便是湖北省於其首府武漢按例逐年舉辦的「兩會」，舉行期間是一月上旬，自然希望會議期間呈現「一片祥和」，「歲月靜好」。若眞如官員所願歲月靜好，則接踵而來的便是農曆新年的節慶期間，亦是華人最看重的節日。一般一年辛苦謀生的人們，大都會爲此拋灑大半年辛苦勞作的積蓄，盡可能貌似衣錦還鄉地看望家中老人，富裕人群攜家人國內海外旅遊。無論家境貧富，此時都須盡興吃喝購物，以示感恩年華，辭舊迎新。急景凋年，官員們自然是多一事不如少一事。自己不知官員們是否對此有關鄭重討論，但繼續隱瞞確成爲政府事實上做出的選擇。不過妄圖憑藉權力而逆天行事之人，這一次終不能得償所願，新冠病毒侵染人類非權力欺瞞即可抵擋。

武漢疫病蔓延，病勢已漸成不可控之勢。大批市民感染，許多家庭無一倖免——父母兄弟姐妹。第一批專家組不得不倉促組成，十二月三十日赴武漢調查。據傳言說調查結論是「未見人傳人」，但該結論無助於遏止病情。疫病蔓延更見迅速，第二批專家組遂於一月初抵達，得出的結論則是無需驚慌，病毒「可防可控」，輕描淡寫的結論，卻未提如何防、如何控（可笑的是，專家組組長自武漢回來，亦感染了新冠肺炎）。「可防可控」的結論使得醫護人員疏於防範，大批醫生遂遭遇感染，包括吹哨人李文亮，也包括他的同事⑫。究竟

⑫ 據民間報導，李醫生所供職醫院的眼科醫生幾乎全軍覆沒。

是專家組技術失誤，還是稟承上意存心掩飾，眾說紛紜，似乎永遠不可能眞相大白了。

不過謎局遠甚於此。據說國家疾控中心專家組（帶隊人高福）其實先於該批專家組抵達武漢，且率先完成研究，並在世界頂尖雜誌《柳葉刀》刊登關於冠狀病毒的論文，卻並未向公眾公布疫病來襲。通告且迅速控制疫病似乎本是國家疾控中心之職責所在，所謂守土有責，此緊要關頭其專家組領頭人卻放任不理，似乎是明顯失職。爲何如此？有說法是專家貪圖在《柳葉刀》發論文的功績而刻意隱瞞，又有網傳高福不學無術、貪天之功的劣跡，特別是二〇一九年春曾經公開吹牛說，中國已經研製成功防治百病（且是人獸皆宜）的疫苗，因而疫病將永遠絕跡於天朝云云。一時亦是輿論大嘩，群情洶洶，最終卻不了了之。時至二〇二〇年夏末，武漢疫情進入尾聲之時，高福似乎亦安全著陸，毫髮無傷。輿情似乎也已經將他遺忘在某個角落，群起追逐其他熱點、喧囂而去。亦有傳聞云，疾控中心與高福可以安全著陸，有賴於其握有上層的某些把柄，他曾要脅說，「若要怪罪於他，則魚死網破」。自然，在天朝重重封鎖消息之下，這傳聞亦成爲無法證實的謎團。

這一羅生門中另一有趣（或可謂令人扼腕嘆息）的觀察角度，則是天朝網路熱點話題變化的速度端的是駟馬難追，「扁舟陡轉疾於飛」。網路上興起一輪又一輪話題，旋即失落於新話題中，往事埋葬於新話題墳塚下的速度快捷如颸風。難道天朝民眾與媒體的記憶，都短暫到如同魚缸中的小魚，彈指之間便將過去遺忘乾淨？例如，自己雖在前文中寫道「六四天安門事件」將永遠停留於今天，不過那僅是歷史視野中的「今天」。現實中，那事件亦漸漸遠離公眾視野，唯有內心執著的人群，才會在每個週年時點燃哀悼的蠟燭。雷洋⑬無辜之死，曾於一週間佔據自媒體的版面與大陸民間的手機微信，無數人呼籲探究眞相與眞凶，但不過數月間，這事件便消逝得無影無蹤。不知道小民是眞的忘性大於記性，還是無可奈何之下，「相濡以沫，不如相忘於江湖」？生活於極權制下，僅聽到權力那肆無忌憚的聲音，是否忘卻人之爲人應守住的底線，即在不得已之下以「善」作爲自我救贖？不過多數小民可能僅得無奈地選擇遺忘，否則怎可以心中有片刻安定？

不過，若我們每個人誠實地反躬自問我們的內心與眼中的現實，遺忘眞的會帶來安寧麼？終極答案自然是「不會」，且只會使權力更加肆無忌憚，這在大陸天朝自習氏接掌皇位後這短暫幾年間的變化中，便可見言之不枉。回溯時間表，天朝政府一月三日起便向美國定期通報疫情。如此，按時間推論，至少中央政府於十二月最後一週便已經獲悉疫病，且對其危險程度並非無知，不然爲何會鄭而重之地向美國通報？那麼，又爲何不肯告知小民，致使

⑬雷洋事件是二〇一六年五月七日晚，在中華人民共和國北京市昌平區發生的一起非正常死亡事件。昌平區公安分局東小口派出所便衣員警懷疑市民雷洋有嫖娼行爲，在拘捕過程中雷洋逃脫後被再次拘捕，押解途中雷洋死亡。次日，該事件發布到網路，引起輿論廣泛關注，並引發對警方執法的大規模質疑，媒體和警方在事件中前後矛盾的表述也引發了爭議。（引自《維基百科》）

民間完全疏於防範？眞相雖然被重重掩蓋，病毒卻不會等待。一月中的武漢已經淪爲人間地獄，整個家庭因病毒而滅門已非罕見，醫療器材嚴重缺乏，網上可見醫護人員當眾失控、嚎啕大哭的視頻，有傳言說，甚至全武漢火葬場焚燒爐晝夜開工，依然無能處理完全部屍體。眞實死亡人數似乎亦已經成爲無解之謎。

無奈之下，第三批專家組則由鍾南山先生率隊於一月十八日抵達。鍾先生年逾八十，於SARS時一戰成名，以高專業度著稱。初抵武漢時，鍾老先生確實無負眾望，確認了「人可傳人」、要求開發出快速試劑盒，以及逐項其他預防規則。鍾老先生經此次疫病二戰揚名大陸中國的十數天後，小民卻觀察到鍾老先生的變化，即年逾八旬的老先生在抗疫時居然「火線入黨」，且作爲同批入黨之隊列的領誓之人。從此鍾老先生從「高專業度人士」只講科學之理——變而成爲「黨代表」，以「政治正確」爲要。爲何老先生在耄耋之年拋卻一生「高專業度」的名節？自己不想以惡意忖度，只是忖度這一變化背後是否亦有某種背景，鍾老先生自汙名節是爲利所誘還是屈服於權力威懾？只怕眞相亦會永遠湮滅。似乎天朝抗疫背後的種種人生故事——無論是「吹哨人」與他的同事們，或者是無名病患與其家人，還是官方特意稱道的「英雄」，都終將永遠隱於幕後，若極權不滅則將永不見天日，無怪大陸天朝曾被稱爲鐵幕或竹幕國家。

繼鍾老先生趕赴武漢「救火」之後是武漢市政府官員全員撤換，撤換的後果立時可見者有二：一是武漢當日公布病案數目激增，理由據說是新任不肯背前任之鍋，索性將前任瞞報之患者人數一次報出。再是武漢封城，湖北省緊隨其後，省境皆封。

此節主旨本是試圖厘清疫情起始時間之謎，但由於天朝新聞封鎖、官員緘口，實難以索解準確時間。可確認的起始時間大約在二〇一九年十一月⑭，而被政府拖延欺瞞的時間有超過五十天之久，終於釀成大禍。

瞞報之謎

若庚子大疫僅僅是天災，小民只能自歎命薄；若病毒確是源自天然生物傳播（在無確切科學結論之前，暫且假設如此），此極權政府亦並非可自詡清白。事實是，恰是由於政府未即刻通告病毒已然存在的風險，致使小民疏於防範而致病毒蔓延，因而政府官員罪無可恕。如前文推論，按有證據可以溯及的時間表，政府向小民隱瞞疫情至少五十天有餘，小民懵然不知瘟疫降臨，毫無設防地相互接觸，相互傳染，終釀大禍。若政府不向小民隱瞞，雖然疫

⑭ 三月二十八日起微信中流傳一位英國人的自述，其封城期間滯留武漢且感染新冠病毒，仗恃年輕體健加每日威士忌自療熬過病患。根據其自述，他的起病即是在二〇一九年十一月下旬。

病不能避免，卻不至拖延到如此慘烈的程度吧？從武漢封城數日之後病患人數大幅下降的效果判斷，答案應是肯定的。若早些拉起警笛讓市民人人防範，病毒感染的範圍必可以大大縮小，染病死亡之人數亦可大大減少。是次大疫死亡人數雖官方通報迄今爲止僅三千餘人，但身歷武漢煉獄之人都質疑這一數字的眞實，因爲小民眼見周圍親人朋友鄰居如雪崩般逝去，雖無統計卻是身在其中，自有直覺[15]。不過此是後話。

武漢市官員對於當地居民隱瞞疫情確實是有目共睹，無法抵賴。不過武漢官員卻極力表白，即使膽大包天，他們也不敢對上隱瞞，他們早已經上報，而要求他們隱瞞的指令則出自上層。其實這些辯解按邏輯而言似乎確非胡攪蠻纏，而是基於極權體制運行規則。天朝體制之下，官員只對上層負責而無需對小民有任何交代。官員因小民之怒或之怨被罷官的事例並非絕對不存在，但只有在官員之誤可能危及黨或上層的權力之時才會出現，例如近幾年屢屢倒下的貪官們。

關於究竟何人延誤通報疫病，民間早已經流傳出各種版本，綜述之，則有以下幾種。

版本之一，武漢衛建委於十二月三十日要求各級機構將疫情上報，並且爲掩飾此日之前的瞞報責任，而製造其在此之前已經上報的假象。其手法是通過一則央視新聞將訊息公之於眾，而該新聞據說便是十二月三十一日央視十三套新聞頻道的新聞，稱「武漢部分醫療機構出現不明原因病患，而國家衛建委已經派遣專家組」，云云，但事實則是所謂專家組只是例行衛生工作檢查組，有意張冠李戴。不過若是央視新聞有關專家例行檢查工作的說法屬實，則依然難以索解專家組爲何是趕在元旦假日前一天派出？顯然不可能是爲趕去武漢過元旦吧？據說武漢衛建委繼之發出第二份通報，依然是公開在官網掛出，稱已經有相關研究，罪魁禍首便是華南海鮮城，而海鮮城管理不善，云云。以上說法的言外之意，明顯是武漢衛建委意圖將未能及時上報的責任，「甩鍋」給武漢本地下層官員。

版本之二則出自武漢市官員的自辯，稱市政府並未失職更未曾瞞報，疫情於十一月末已經逐級上報，但囿於許可權限而無法對社會民眾公開，並援引政府許可權規範作爲自辯理據，等等。如前所述，自己認爲此一版本並非僅是胡攪蠻纏，而是有書面體制規則可循。事實上，此官員自辯版本聲音微弱，民間回應者寥寥，更無官方上層回應。武漢市長等人旋即被「上級」免職，成爲替罪之羊。在天朝體制下，替罪之羊的自辯又有何人會加以關注？

版本之三則顯示當今天朝一尊的自大且愚蠢，並非是對於問題具體過程的解答。WHO專家組於二〇二〇年二月中旬（其時武漢疫情依然未了）考察天朝，習氏出面會見WHO總

⑮據天朝民間自媒體流傳，三月二十六日武漢市允許市民去殯儀館領取死於大疫期間家人的骨灰。僅一家殯儀館堆放的待領骨灰盒已經超過三萬五千只，而武漢共有八家殯儀館。只怕是小學一年級的算術水準也可大致推算出大疫的死亡數字。

幹事一行。這是大疫以來他首次爲疫情露面，之前其主持的帝都人大會堂春節團拜、刻意蒞臨雲南的春節節慶活動等等，皆是在疫情洶洶之時，一尊卻對於疫情皆未置一詞，視之爲無物，似乎他治下的土地與小民從未遭此災禍。習氏此漠視民瘼的態度，似亦是承繼了毛氏正統，恰與毛氏在華夏大饑荒之年、餓殍遍野之時，爲友人寫下華彩文字「九嶷山上白雲飛，帝子乘風下翠微」⑮，如出一轍。會面期間，習氏一尊告訴WHO到訪官員，天朝對抗疫情「一直是他親自指揮、親自部署」，說時大言不慚，洋洋自得。對於一尊此言，民間解讀者眾，解讀皆落於最重要的一點，既然其自陳是其「親自部署，親自指揮」，那麼豈非習氏便是指令地方官員隱瞞疫情的幕後之手？習氏掌政以來強調政令皆須定於一尊，而重大決定之發布皆須出自一尊之門。若非他點頭，何人有膽將如此天大禍事公告於小民？反言之，是否小民的人命便眞如草芥，一文不値，都要遵從習氏穩固其政權的需要？雖然官媒之後在報導中刪除了一尊的談話內容，但是阻擋不住該等言辭一夕流傳至民間，民間議論聞聲蜂起。

大陸民間各微信群中都可見一波轉帖潮，對於習氏的言辭多數人雖不加評論，卻意在言外地轉抄該言辭，反復流傳於大陸網路微信各群。雖「微信人」著意隱去習氏大名，卻可見微信短帖中出言譏諷者有之，表達憤怒者有之，表達失望者亦有之。爲其辯護者自然亦有之，只是當眞有何服人的理由可爲其辯護？

金庸寫武俠，曰「俠之大者，爲國爲民」。習氏一尊自然非俠，但是身爲一國之首，爲國爲民本是其職責所在，分內之事。天朝的皇權傳統逾三千年之久，中共的極權制度只是以換另一種名目更加強了皇權的大一統意識。天朝數千年來皇權以降，或曰直至民國建立，繼後則是紅色王國建立，多數小民所期盼並非民主制度，而不過是明君、清官、廉吏。若三者皆不可得，則盼有大俠伸張正義。其時疫情依然洶湧，這片國土上的小民有可能無一倖免，起碼誰都無法保證小民不被感染，自視有君王之威的習氏一尊卻敢於如此矜誇自己？小民有心，誰人不會爲此心涼？煌煌華夏天朝，不會心涼者總有存在，大概可以首推對一切媒體質問均是冠冕堂皇，卻實質是言之無物或無恥無賴的崴腳部官員吧？

民間流傳版本之四可視作以上「之三」的延續，均是出於民間流傳之帖。其實第四版本可見於人世應首推互聯網之功，再多網警亦阻擋不住各類訊息流傳於民間。此一版本，即推原肇始下令隱瞞疫情的禍首實爲習氏本人。此處僅舉一文爲例：《財新傳媒》與《財經》均提及（二月二十六日）天朝科研機構於二〇一九年底已經發現了新型冠狀病毒（即今日的COVID-19）的存在，但被下令要求銷毀病毒樣本並禁止發表論文。有報導說二〇一九年十二月二十七日，廣州微遠基因的實驗室[17]已經完成新冠狀病毒基因測序，並將其與中國

---

[16] 毛澤東寫於一九六一年的《答友人》，全文爲「九嶷山上白雲飛，帝子乘風下翠微。斑竹一枝千滴淚，紅霞萬朵百重衣。洞庭波湧連天雪，長島人歌動地詩。我欲因之夢寥廓，芙蓉國裡盡朝暉。」

醫學科學院分享，甚至爲此建議專程赴武漢交流。二〇二〇年一月一日，武漢衛建委受上級指令要求各機構不得洩露研究結果、同時銷毀病毒樣本、禁止發表論文。究竟爲何要對病毒樣本毀屍滅跡？爲何如此忌諱？又如此隱匿？那從未在光天化日之下露面或披露姓名的「上級」又是何人，是誰如此膽大包天地草菅人命？當其時，對病毒存在知情的機構計有微遠基因、華大基因、中國醫科院、上海公衛中心、武漢衛建委、國家衛建委、武漢疾控中心與國家疾控中心。據說事發伊始已經上報習氏，而習氏一尊決定壓下有關病毒研究結果的消息。

若此說爲眞，習氏究竟爲何決定壓下疫情消息？是由於對於病毒危害性的無知？是由於心存僥倖，希望病毒如SARS般自行消失於無形？或是由於更惡劣的原因，即病毒的出現果眞與天朝實驗室的洩露有關？前面提及我始終不相信病毒散播是有人有意爲之，即便是再愚蠢的一尊或是再邪惡的中共，或許也不至於以自己百姓的生命做賭注，賭上自己掌控之國的政治前途吧？但由於失誤而釀成惡果的可能性，似乎難以僅憑大陸高層之口頭否認即可排除。據聞大陸中國至今對他國提議的病毒溯源堅持反對。難道只有小學生教育程度的習氏會不懂人人皆知的俗語「紙包不住火」，或「若要人不知，除非己莫爲」麼？或者，習氏寧願新冠病毒起源如「葫蘆僧亂判葫蘆案」般永遠纏不出頭緒？難道隱瞞疫情發生乃至民間死亡人數等等，便眞的可以隱瞞其起源眞相麼？若國際上無數科研機構與學者在疫情後有閒暇時慢慢追根究柢，難道眞的追究不到眞相麼？若眞有一日科學界追溯到病毒起源與天朝有關，習氏真有一日面臨身敗名裂，那麼是否會將大陸天朝十幾億小民一同拖入萬劫不復，破產破家的淵藪？自己惟願那時被破的是毛氏建立之國之黨，而非百姓千辛萬苦、如燕銜泥築巢而成的小家。同時心中亦萬分糾結，雖已經是化外之人，依然怕見「物傷其類」，怕的是其時會泥沙俱下，不分青紅皂白，如數千年來結局相同，即雖是帝王之過，最終的困苦依然是落在小民肩上。

百姓在帝王一尊眼中雖然卑微，卻依然是上蒼恩賜於人間的一條條生命。唯有生命存在，才會有人類，才會有人間。這一條條無辜生命的被虐致死，或被忽略致死，是誰的罪孽？誰是始作俑者？「造諸般惡業者，若不能懺，若不曾悔，那受難之人，如何釋懷？」

⑰ 搜索網路引擎，可得「微遠基因（Vision Medicals）──廣州微遠基因科技有限公司，位於廣州科學城華新園。

庚子記疫之二——人性與人心

逝者與生者

武漢庚子年初的一波疫情中逝者幾何？官方始終是語焉不詳，先稱僅稍多於三千，見那數字實在難以敷衍民眾，後改稱爲逝者約八萬人。

此官方數字亦是不攻自破。封城結束之後，政府允准家人申領逝者骨灰，接連數日申領者行列皆是無窮無盡，一眼望不到頭。從此一事實看，數字遠超官方計數，而淒慘之狀則全未見之於官媒。此輪瘟疫似乎攻擊人類不計是青年中年或老年，卻格外「憐憫」地繞開了幼童，因而在一眼望不到頭的骨灰領取行列中，可見無數醫院護士手牽的幼童。他們都是一夕間因瘟疫而喪失怙恃的幼兒，雖劫後餘生，卻從此成爲孤兒。幼童小小的身形低頭懷抱那只無語的木盒，從此再也不聞爺娘召喚聲。他們過於幼小，除滿眶淚水，尚不懂表達內心情感的其他方式，甚至不懂鮮活的阿爹阿娘怎會一夕間化爲一捧散碎灰白的骨灰？不知道那一列纖小的身影中，是否有那個拖住父親擔架不放手的幼女，還是她眞的實現了心願，已經隨父母遠行彼岸？那些幸或不幸地繞開此劫的孩子們，此刻是否會懂得了他們將面對的這人間，竟是如此寒意凜然與空曠無人？有境外報導，是次武漢大疫中死亡人數約在二十萬到三十萬之間⑱，可謂是一場人間大難，也可謂是小小百姓的無妄之災。這數字中，究竟有多少人是直接死於新冠感染？有多少人是因新冠期間醫院拒收其他類病人而延誤病情致死？甚至有多少人是出差或其他原因不幸被封城延擱於武漢，只得棲身街頭而死於饑餒與凍斃？未見有官方統計資料，亦未見諸於民間流傳，即使民間自有統計，只怕亦早已經被官方毀屍滅跡吧？古人對帝王謊言心中不信時往往輕慢說道，「姑妄言之，姑且聽之」。於今且學古人，任官方姑妄言之，小民則僅是姑妄聽之。無論是三千餘人還是八萬餘人，一人死亡豈非亦是意味數萬乃至數十萬個家庭的破碎？民眾希望追究隱瞞之責亦是人之常情。不過天朝竹幕重重之下，小民豈能得知眞相？究竟又是哪一層「上級」膽敢下令隱瞞，則又成爲集權制度下的一齣羅生門，或許亦是永久的謎局。

古人歎息人心不古，曰「人情翻覆似波瀾」，但也有反言，例如「長恨人心不如水，等閒平地起波瀾」。或許平民之心不似文人之心七竅玲瓏，因而民間俗語極是直白，只道是「大難見人心」。武漢大疫之中亦見人心，見凡世間人性天良於暗夜中的閃光，自己惟願世

---

⑱《CIA報告不給看，不如我們自己算：武漢新冠病毒感染和死亡人數估算》引自曹雅學，二〇二〇年四月十二日，China Change

間劫後留存之人對此莫失莫忘。其實自古看淡生與死、灑脫以對的華人在華夏大陸不在少數，儒家傳統，似乎凡英雄者必得是看淡身前事，獲取身後名。例如我們在學校讀書時便背得滾瓜爛熟的詩句，「人生自古誰無死，留取丹心照汗青」，「生當做人傑，死亦為鬼雄」，「我自橫刀向天笑，去留肝膽兩昆侖」，等等。若某人自願為自己的信仰或信義而慨然赴死，那自然是英雄之舉，他人無權非議。不過自己始終認為，對於為信仰或為情義，自己選擇慨然赴死與遭強權摧殘而無辜受累抱憾而逝、與受人逼迫、蠱惑誤入迷途而離世的概念絕不應混淆。任何人雖無權利選擇生於人世間何處，生於哪一國度，但再卑微的人生亦有權利選擇是求生存或是去死亡，這是天賦之人權。無論是何種制度的國家，何種機制的政府，或所謂國家「領袖」或是一黨一派之魁首都沒有權利逼迫、激勵或蠱惑小民去獻身（即死亡的紅色代名詞），無論是為何種理由去獻身。若以宗教為例，基督教應是最恰當的例子，耶和華為救贖世人而獻出的只是自己的兒子，且是與自己一體的兒子，並非任何其他人。任何領袖、政權或宗教，若蠱惑小民或教眾為領袖、政黨或政權去獻身，便都是邪惡，例如希特勒、史達林、大陸天朝的開國皇帝毛氏，等等。

大疫將一切假面揭開，只餘赤裸的人性展現於世。有醫生心存善良，雖不免膽怯卻依然諄諄叮囑親人好友注意防護，先被訓誡後染惡疾，病中還惦記病後重回一線抗疫，只為未來不會愧對同人；有作家視紀錄疫病真相下的小民生態為己任，筆耕不綴，每日寫下封城日記，並在政府壓力下依然日日發布；有記者從官媒辭職，明知前面既有病毒當道又有警方攔阻，均虎視眈眈，卻依然是「雖千萬人吾往矣」，坦然赴武漢充當民間記者；其中有些繼之被捕入獄，至今蹤影全無；有外賣小哥以憐憫之心冒感染風險為老弱婦孺、醫生護士送餐。是這些小民的善良與勇氣，使得武漢不至於完全成為一座死城，使得老弱婦孺與一線醫護，不至於凍斃於饑餒之中，使得那封城的死寂中依然有人間溫暖，使得被隔絕的人與人之間，依然有脆弱的橋梁溝通。這其中許多人已經被強權治下的員警羈留，罪名或是「尋釁滋事」，從此默默無聞，生死茫茫，不知如今是否還存活在人間？

李文亮醫生被大陸民間公稱為「吹哨人」。大陸許多微信群中，李則被稱為「庚子八君子」之一。以「君子」稱罹難之人多是指政治運動的犧牲者，例如「戊戌七君子」——皆大義凜然，慨然赴死。孔子曾被問道何為君子，答曰「君子有九思：視思明，聽思聰，色思溫，貌思恭，言思忠，事思敬，……」。大陸民間則另有約定俗成，稱「君子」似乎並未指孔夫子之標準，「君子」的稱謂通常屬於正直、坦蕩，行事磊落，不因利而廢義之人。

李文亮醫生並非政治化的人格，只是個典型的鄰家大哥哥，他是八〇後的大男孩，日常生活內容並非是有「聖人之範」的憂國憂民。他喜歡當時的流行電視劇《慶餘年》，喜歡美食，感歎「一百五十八元一斤的櫻桃真的吃不起」。他也經常為祖國點贊，卻未能脫離在這個國家的體制下落入滅頂之災的命運。或許正是如此，作為說了一句真話的普通人，李文亮醫生才受到如此多來自民間的惋惜、哀悼，以致引發了民間的憤懣、不平……，種種與政府對抗的情緒。

李醫生是否符合孔夫子對於「君子」的定義並不重要，重要的是無數小民對於李醫生的一片心意。他本是一名眼科醫生，受到「訓誡」後卻旋即被派遣在「第一線」診治「肺炎病人」（不知道這只是隨機安排還是懲戒措施？），亦旋即被感染，最終不治，逝於他吹響哨子的新冠病毒。他只是個性情溫和如同羔羊般的大孩子，生於一九八六年，被訓誡時尚未滿三十四歲。照片中瀕臨死亡的他生得五官清秀周正，澄澈的雙目雖因染病而失去光澤，卻依然直視鏡頭，眼神平和。聞知其死訊，在武漢被強權鎖閉於家中而閉門多日的市民，不約而同地衝破員警攔阻，敞開大門，加入或有病毒流竄其中的人群，將一束束鮮花送往李醫生供職過的醫院，放置在醫院門口，鞠躬致意。武漢市民還發起關燈紀念——全市在8：55-9：00之間關燈五分鐘，之後打開電筒與手機向天空照射五分鐘，之後是集體吹哨五分鐘——這在天朝也是史無前例的民間紀念吧。在微信中有人發起點燃蠟燭的送別（而在蠟燭超過十五萬九千枚時被網警截停），也有人發起「微信上的國喪」，以帖流傳。WHO爲李文亮醫生的去逝致哀；外媒也將其去逝定爲頭條新聞。這片心意也是對於大陸中共官媒與官方另一種方式的抵抗吧，公道自在人心。強權封不住的不只是人口，更是人心。

若深究其實，整個武漢事件何嘗不是習氏一尊治下之體制愈加極權獨裁造成的後果？自習氏掌政以來，可見官場的淘優擇劣機制全速運轉，可見官場的迅速墮落——一味迎合上意者火速上位，例如自詡的三朝「帝師」王滬寧、北京新任市長習氏的鐵杆打手蔡奇，等等；而悶聲不響乃至消極怠工則成爲多數官員的新常態。也或許消極怠工者是那些心中尚存些常識、同時又惟恐損害自身利益之官員吧？一尊理政無能，整治異己卻是駕輕就熟，因而百官畏懼、因循，不越雷池一步，遇事則相互推諉拖延。無實心任事之人在此氛圍下可依然立足官場，多數官員只求官位穩固，平穩退休。

習氏治下之極權體制的另一特點是縱容員警權力無邊，遇事只知抓捕、封口、操控輿論。武漢一疫，將極權至極的天朝體制種種弊端顯露無遺。是天譴？是天意？不過不幸的是惡果依然要落在小民身上。承受人生不可承受之重的依然是萬千小民的肩膀，是他們的血肉之軀，也是他們本已經負荷滿滿的心與身推動天朝的巨大機器依然運轉。這似乎是數千年華夏帝王制度的重複，百姓爲己身生存而以忍耐換取生存，但也因此使那些帝王遺留的「爛尾樓」屹立不倒。這究竟是誰人之幸？又是誰人之不幸？自己亦常是疑惑如此的循環究竟出路何在？這難道可稱爲「文明」麼？還是應稱爲「文明」的不幸，因爲這不過是某種「文明」形態遺留的垃圾於現世的固化？

自幼便被灌輸紅色教育的數億大陸人中，自然不乏此時甘爲鷹犬之人，或阿諛諂媚官方之英明，或各盡所能地爲政府洗地，或不計手段地攻訐那些因俯首在一線忙碌而袒露脊背任人攻擊的小民，或鼓噪醫護人員，要求他人不計個人生死，須慷慨奔赴抗疫第一線，面對病毒奮勇當先……。種種汙糟手段，種種謊言，難道這些人真的不在意人神共憤，不在意末日審判？或許天朝官場之人是真的不在意古人篤信的「舉頭三尺有神明」吧，紅色中國幾十年治下，只認強權、只崇拜領袖、只求官場現政權下的步步高升、富貴利祿，或經過洗腦與坐井觀天的教育而黑白不辨、眞僞不辨者確實大有人在，不知道是否可以占到天朝人口的一半之上？反言之，若比例如此之大，是否大陸天朝便成爲了歐威爾筆下的「動物農莊」（**Animal Farm**）？細思恐極。

自己對於大陸在天朝治下人性的普遍墮落一直以來頗爲悲觀，不過此次大疫中華夏民眾閃現的人性靈光，似乎證明自己的看法未免有失偏頗。其實大疫雖一時使人間愁遍，但民間在大疫之外仍不乏其他關注。近日讀到一本新武俠小說《一枕山河》中一段人物對話⑲，覺得可以寫出如此對話的小輩人，也必然不屬於動物農莊中圈養的家畜。同時也希冀天朝於習氏獨裁治下沉默不語的大多數心中仍有自由，有意氣飛揚，有黑白眞僞之辨吧。哪怕是囿於強權而選擇沉默，也不去與強權同流合污。我相信上蒼的憐憫與神的關愛與他們同在。

緣於此，自己亦留意到近些年大陸天朝網路中興起新的寫作流派，或可通稱爲「玄幻小說」，文字常模仿古言，故事背景是所謂「架空朝代」，即指杜撰的朝代，杜撰的大洋大洲山川河流，雖看得出故事背景多是取材於華夏古史，但故事本身確實絕無涉現代的大陸中國。此類小說或俠或神魔或皇權問鼎之爭，均可作一番演繹，或在同一部作品中兼有之。故事中也不可少的是人間之情，或愛或義或恩或仇，甚至同性戀亦可成爲故事，而神魔情愛權謀與家常瑣事，在許多作品中也可融爲一爐。有趣的是此一寫作流派的寫者與讀者，相比於年逾花甲的我們一代，大都極年青，約是八〇後、九〇後甚或是〇〇後的年輕人。此類寫作大約是起自千禧年初期，此後無論作者還是讀者，人數都是增長不斷，似涓涓細流漸拓寬河道，長流不衰。此類作品敘事或凝重，或輕盈，後如空中起八寶樓閣，讀者可以於其中尋得「當軒對樽酒，四面芙蓉開」的闊朗，亦有「杏花疏影裡，吹笛到天明」的婉轉寂寞。或許作者與讀者，都是自覺或不自覺地藉此於心中逃離華夏大陸今日紅布[20]下的壓抑、禁錮、齷齪，或藉此以抒胸臆，消胸中塊壘吧？雖不能直抒，至少可借「玄幻人物」而抒之。此類作品中亦免不了夾雜許多華夏王土數千年皇權與男權的垃圾，不過自己依然相信是勝於那片

⑲ 在此錄對話如下：「蘇璇才道，『師叔一席話，我受益良多。爲善者不得善，是世人錯；見惡行而袖手，是己身錯；我寧願世人錯，不願己身錯。』沖夷眞人看著少年，驀的大笑起來，『好一個寧願世人錯，不願己身錯。又是一個傻子！』……『師祖道紅塵如濁浪，誰能不逐流，逆行者必受百般之挫，萬般之難。』蘇璇一字字複述，語氣平靜又清傲，『然而我鏡玄門下，只收溯流者。』」

⑳ 我曾在《方寸天地看人間——燈火闌珊處，尋一代少年背影》中解釋過「紅布」二字在大陸中國語境中的涵義。「紅布」二字引自崔健的一首搖滾「一塊紅布」，如今其已成爲中國十大禁曲之一。

大陸如今連篇累牘的稱頌「皇帝新衣」的御用文人吧？

細想，曹雪芹先生筆下《紅樓夢》中的大觀園，豈不亦是座玄幻之園？園在何處？是「山在虛無縹緲間」，還是「雲深不知處」？園中有流向不知何處的桃花溪水、有瀟瀟細吟的鳳尾竹林，還有那一群不知屬於何朝何代、錦心繡口的少男少女，無人可以確證那園與園中諸人均是杜撰，還是確曾存在於人世？因而才有了紅學，有無數學人考據與爭議，經久不衰。若如此，我相信大陸中國的文人中，後代人中，仍有人性的潛流源源不絕。

華夏大陸雖再次淪爲王土，已經無人在現實人世間可有幸如陶淵明，歸隱南山，東籬採菊。如今自己卻在那些玄幻故事中察覺到仍有無數當代人拒絕將心靈禁錮於那口井中，因而各自構建玄幻世界，其中人物可隨心所欲，言所欲言，愛其所愛，快意恩仇。不過對「玄幻流派」的未來自己亦有憂心，因爲猶記得毛氏曾對文學界祭出的那根大棒，曰「以小說反黨，是一大發明」，一時間多少才情風骨俱在的文人或遭屠戮，或遭禁言，其作品皆被強權焚之一炬。

自己只能祈禱上蒼，善待華夏王土那生存不易的人性，那雖難定義爲任何主義，卻是疏離了現世集權制度牢籠的那些眞性情，使其永不泯滅。我亦惟願大陸華夏今日習氏與明日可能坐上皇位的各種一尊們如圈養的牲畜般愚蠢，永不懂得人性如水，對強權終會如水滴石穿。

「昔時人已歿，今日水猶寒」

李文亮醫生成爲大陸民間的「吹哨人」，皆因他明知可能觸犯「禁言令」依然警告已有疫情，諄諄叮囑親人朋友面對兇險的病毒要注意防護，且不忘悄悄地叮囑「不要聲張」。他對人世不忘善良與關愛，使他自己終於成爲殉道人。李文亮醫生染疫之後未能熬過，撒手人寰，留下父母與妻小，也留下無數遺憾——遺憾因捉襟見肘而無法爲幼女買一包「每斤一百五十八元的櫻桃」；遺憾未能見到妻子腹中正孕育的胎兒出世；遺憾不能再吃到喜愛的火鍋、不能再追電視劇；甚至遺憾不能再與同人們一同抗疫。他心性單純善良溫和，甚至面對記者、官員，自知將走到生命盡頭時發出的批評也是溫和的。他僅僅是說：「這世界不應該只有一種聲音。」可惜他溫和的聲音從開始即被權力封殺，封殺之後對他依然不依不饒——警方訓誡、醫院領導施壓、央視聲討。一味上綱上線也是文革遺風之一，最無理的訓誡詞出自他所在醫院的院長：「你視武漢市自軍運會以來的城建結果於不顧；你是影響武漢安定團結的罪人；你是破壞武漢市向前發展的元凶。」若單聽這幾句訓誡，一定認爲被訓誡之人是大奸大惡、反革命罪犯吧？其實他不過只是一名普通醫生，說了一句醫生應說的眞話而已！

《環球時報》有一篇刊出後又迅速自行刪除的報導，寫出李文亮醫生在遭訓誡之後在醫院的待遇。他作爲眼科醫生，接診肺炎病人時得不到任何防護用品，甚至與他的同事們均被禁止戴口罩，且診治病人時不得給出診斷爲「病毒性肺炎」的結論。重重紅色強權壓制之下，結果是天災終釀爲人禍，他所供職的中心醫院眼科醫生幾無人倖免於難。李文亮醫生甚至瀕臨死亡都不得安寧——醫院領導終於意識到他在民眾心中，已經成爲一座庚子大疫紀念碑，因而醫院不願承受他去逝的壓力，在明知他已經病重不治時強行施治。強力心肺復甦措施甚至使得去逝的他肋骨根根盡折。疫情曝露之前，醫院領導本有心將他開除，作爲「殺雞儆猴」的典型，只是疫情隨即洶洶，因而進一步懲戒李醫生的時機未到。若他能熬過疫病，是否在疫情結束後仍會面臨被開除出醫院的處罰？

李醫生是普通人，天性善良溫和，大疫卻將他命運的軌跡轉向未曾意料的方向。他永遠閉上了年輕的眼睛，生命之短暫如同劃過夜空的流星，卻同時點亮了無數人心中的星，使夜空永不寂寞。斯人已逝，卻成爲無數人心裡的夢中人。李文亮醫生去逝，他的微博不再有本人更新，卻並未沉寂，因爲其下每日有人留言，據說自他去逝起至今已經超過了百萬條留言。大陸網路詞彙中有詞曰「樹洞」，即松鼠儲藏冬糧之處，而李文亮醫生的微博，便成爲這樣一處大陸百姓的「樹洞」。留言之人從老翁老媼直到學齡少年少女，向李文亮醫生娓娓敘說生活瑣事、心境陰晴、疫情起伏，天氣冷暖變化，也不忘與他分享自己的美食體驗，似乎他並沒有遠去，似乎他的生命仍在延展，在民間延展，在無數人心中延展。「無論去與往，均是夢中人」。或許是緣於他是普通人，從未想成爲「英雄」，因而卻成爲普通人心中接納的英雄。嚴歌苓說李文亮一生的微博成爲萬民的哭牆，我更想他本人是成爲了小民心中的鄰家兄弟，如朋友乃至如同親人一般，在他面前可以敞開心扉，可以與他親近無距離。回望天朝歷史，又有幾多人能在小民心中有如此的位置？

網傳國家監委調查組對李文亮醫生的調查結果已經公布。千呼萬喚始出來的調查結果，不出所料的是含糊其辭、離題萬里、甩鍋街道派出所的小民警，欲蓋彌彰，再次引來民意洶洶。互聯網上一時飄滿質疑之帖，要求追究出元凶。例如微信人群質疑「是誰下令派出所民警訓誡李？」、「是誰下令央視新聞指責八位醫生爲造謠者？」、「是誰下令封口」？「是誰令央視於元旦時向數億民眾妄言，李文亮與武漢的另七位醫生都是『妖言惑眾者』？」不過官方面對質疑自然是一貫的耳聾目盲，不會給出答案。天朝政權依然是你自有民意，我自有權力，冷處理或強力壓制，小民能奈我何？

不過李文亮醫生已經無需期待這個政權還他公道，無需這個政權再來侮辱他、侮辱大陸數億民眾的智商。華夏漢代即流傳有言，「是非自有曲直，公道自在人心」，人心便是小民以無聲的行動，爲那個善良溫和純淨的年輕靈魂討得的公道。他去逝消息傳出的當晚，被封閉在家中的武漢市民，在網上相約在自家窗前向他告別——齊齊將手臂向夜空舉起；當晚那被視若恐懼之門的武漢中心醫院門前鮮花匯成花海，那是禁足在家多天的武漢市民，不顧員警阻攔而默默走到門前放下的鮮花；還有天朝各地的無數小民，當晚爲他在網上點亮蠟燭。如同大陸微信群中流傳的感歎——這便是天朝平民爲另一介平民在微信上舉辦的國葬。小民那發自內心的悼念才是他眞正的榮譽，無論是在世間還是在天國。

天朝民間那些微博下的留言，也已經爲李文亮醫生立起最厚重的墓碑。那些延續他生命的微博留言便是他點亮的星星，使暗夜仍有希望，使善良依然堅守，使神性依然在人間。

「老子到處說」

繼李文亮被稱爲「吹哨人」，他的同事艾芬醫生則被小民公稱爲「發哨人」，此公稱源於庚子年三月十日《人物》雜誌一篇報導《發哨子的人》。那是一篇採訪李文亮的同事艾芬醫生的報導，其中提及她是第一個將發現感染病患的消息傳遞給李文亮，因此成爲發送那枚哨子的醫生。艾芬醫生於二〇一九年十二月三十日將哨子發給學弟學妹，於一月二日即被嚴厲訓斥，據報被指責爲「罪人」。艾芬醫生受訪之中語氣是五味雜陳，讀得出曾經的隱忍與如今的懊悔與憤怒。她見到自己的同事其時遭病毒感染者已經超過二百人，不免後悔當日未做到更廣泛地「發送哨子」。受訪時她脫口而出的名言是，「早知道有今天，管他批評不批評，老子到處說，是不是？」

「老子到處說」一句滿載有擔當的俠女氣質，隨採訪的刊出即如野火燎原，在互聯網瘋傳，甚至有二十多家官媒亦爭相轉載，亦立即成為網警刪除的第一目標。「老子」一詞，可謂是一詞多意。「老子」是春秋先賢，公推為道家學派創始人和主要代表人物，後被道教尊為始祖，稱「太上老君」。老子的結局如何？世傳他於亂世中騎青牛、出函谷關，不知所終。「老子」在民間語彙中卻另有其解，自稱「老子」等於自稱我是你父輩或祖輩，自可桀驁不馴，言心中所言，兒輩可奈我何？那正是得知李文亮醫生與她另幾位同事染疫去逝之日，她的一句「早知有今天」中，不知又蘊含了多少憤怒與憂傷！網警想必認為一刪了之，公眾必會如同過往歷次刪帖一般選擇遺忘，卻不料這一次小民的出離憤怒，使他們一時不懼威壓，輿論如「離離原上草」，官方剷除不盡，愈刪愈生。小民用盡一切可以尋得的方式與縫隙——微博、公眾號、文庫、網頁、頭條、圖片、朋友圈，將那篇報導一轉再轉，海量流轉，蔚為天朝民間鼓勇抗拒網警的奇觀。有篇網文描述當時情景，曰，「一下子就形成了兩個鮮明的陣營，一邊是刪帖軍，一邊是轉帖軍。刪帖軍擁武器上的絕對優勢，而轉帖軍則以人數取勝。大約是從三月十日晚開始，到三月十一日下午，雙方多輪搏殺，一時網路如戰場，殺得是字字流血，屏屏冒煙。一開始轉發軍節節敗退，刪帖軍的刀也捲了刃。但是轉帖軍如海潮一般，根本不顧生死，完全是殺紅了眼！他們以至少三十二種版本㉑從四面八方源源不斷地衝上來，向前衝……。面對一浪高過一浪的海嘯，刪帖軍在下午開始潰退，文章遍地開花，有手機處就有轉發。刪，還有意義嗎？如崔永元先生所評，本是一則新聞，卻硬生生被官方刪成了一篇《聖經》，艾醫生的名字在風中高高飄揚」。

據說〈人物〉那篇文章自刊出起二十四小時之內的點擊量逾七十五萬，而大陸網路上的閱讀量達數億。「老子到處說」一句成為無數漫畫的題材，亦在大陸互聯網路上一時獨領風騷。據說為避開網監搜索，文章被演繹為多種文字版本，除常用英文、德文外，甚至有甲骨文版、十六進制編碼版、Base64Encode版，等等。一時間，「髮如韭，剪復生，頭如雞，割復鳴。吏不可畏，小民從來不可輕」的古語，是否又成為現實？雖然小民的此番抵抗強權只是曇花一現，卻是石縫中開出的曇花，風情萬種，香遠益清，深藏民心，彌足珍貴。

艾醫生[22]與「老子到處說」成為庚子大疫中的又一座紀念碑，紀念的是小民的訴求，小民的不屈，小民對於強權的抵抗，甚至是勝利，哪怕是短暫到只有一日的勝利。那無數轉帖如海潮洶湧的一日，二〇二〇年三月十一日，值得身陷大陸高牆、分分秒秒逃不過監控的互聯網人與有幸生活於高牆之外的互聯網人永遠銘記，無論他們是來自大陸中國，還是天涯盡頭那些綠草遍地的民主國家。

武漢疫情其實自初始襲來之時，即伴隨了天朝民意與權力意志的交鋒。民意時起時伏，雖一直在強權壓制之下，卻始終未完全失聲。前有「吹哨人」與「發哨人」，後有方方的《封城日記》（繼後為與其他封城日記區分，常被稱為《方方日記》）；間或有網路文章如同劍客般飄然現身，一劍攜勇而來，直插各種熱門話題；又有自告奮勇的「民間記者」甘冒染疫風險，去醫院、醫護中間採訪；種種民間行爲都被當政者視爲挑戰其執政權威，因而由警方出面以各種手段打壓——或訓誡，或封口，或拘捕關押，卻美其名日爲保護，因爲可以免除其暴露於病毒之下的風險。且每個被懲處之人還要保持緘默。不知道這是黑色幽默，還是由於中共官方亦自知其作爲與手段太過卑劣而不希望爲人所知？究竟從何時起，這片土地上的權力執掌者（共黨與其領袖）與民眾的好惡如此南轅北轍？其對於民眾只剩壓制、欺瞞或收買？從何時起曾自詡爲「代表人民」的中共施政手段，竟是如此卑劣骯髒，見不得天日？是否可一直追溯到毛氏文革那座迄今爲止，在華夏大地依然可見骸骨矗立的「爛尾樓」㉓？

㉑ 據微信人計算，終戰時已經是五十一種版本。版本之一是老子騎青牛，風雨中出函谷關，「老子到處說」幾個字淋漓酣暢地在青牛蹄下翻滾而出。

㉒ 三月三十日微信中流傳起艾醫生的照片，並加注爲「突發，艾醫生已經失聯！」自己無法核實這一消息的眞僞，只是希望天朝政府／中共不要再蹈對待李醫生的覆轍，不要再施行滅口／封口的愚蠢舉措。「紙包不住火」，「若要人不知，除非已莫爲」，這些老祖宗都曉得的淺顯道理，今人豈有不知之理？也惟願艾醫生安然度過此劫，可以如老子騎青牛走天下，斜風細雨不須歸，「老子到處說」！直到二〇二三年才見艾醫生再度露面。此是後話。

大疫期間的民眾更為敏銳，對人的接納與否，全在於判斷該人是真誠還是作偽。方方的《封城日記》之為大眾接受，因為她的聲音中沒有諂媚，沒有私怨，沒有私心，沒有私利。被執政者不能容納的方方，卻被學者譽為「最出色的戰地記者」，她的《封城日記》亦成為大疫中惶惑不安的人心的慰藉，成為被閉鎖於家中的民眾每日必看的讀物。亦有熱心人將其流傳於互聯網路上，使其屢次遭封、屢次遭禁，卻依然如鳳凰涅槃般不斷重現於網路。

楚人血性，古已見證，曰「楚雖三戶，亡秦必楚」。其後果然是荊楚出身的項羽率其江東子弟兵首先攻入秦都城。亡秦之勇至今流傳於民間，楚霸王雖敗猶榮。同樣，高冠廣袖，風致楚楚，卻以沉江維護其高潔人格的文臣屈原，其實也是楚人。楚人勇氣於武漢大疫期間不只見於方方一人。

中共建政以來，凡有高層視察地方，地方政府常是造假以迎之，其實高層與地方官員對於造假之事心知肚明，似乎已經是慣例。武漢大疫中，官方造假勢如對民間怨憤火上澆油。火上澆油的還有官員的種種口惠而實不至，民生艱困，而官媒上依然一派鶯歌燕舞、形勢光明等等，陳詞濫調，徒增不齒。曾有副總理孫春蘭視察武漢，藉以向外界（特別是外媒）表達大陸官方關懷民瘼。於是街道上出現各種官方擺放以粉飾太平的臨時「道具」，例如員警假扮成肉食菜蔬攤販，供官方記者擺拍。此時被強行閉鎖於逼仄家中的沿街居民，居然齊齊地從窗棱內向外高喊「假的！假的！」也有染病的母親屢次被醫院拒收，女兒為救母親性命而開窗敲起平日炒菜的平鍋大喊求救。也有武漢大媽憤極，破開自家窗扇公然大罵，歷數官員不作爲的種種劣行。

楚人並非任人擺布的羔羊，而天朝土地上並非俯首貼耳甘爲羔羊的，亦並非僅有荊楚一地之民。不過此是後話。

「相鼠有皮，人而無儀」

大疫之中，民間人士屢屢顯示擔當之心。

小民平日絕不會自詡是國之棟梁，絕不會自謂是一身繫家國天下，但大疫病中卻屢見小民勇於任事，雖膽怯卻依然冒死前往，只爲一分責任心，一分悲憫心。例如有身陷武漢的外賣小哥，瞞了家人去給醫院醫生護士送外賣餐食。他並非不知道冒得是性命之險，也並非未想過拒絕接單，但最終還是自認「責任所在」，不能讓醫護人員挨餓；有咖啡店的店員，自願爲醫護人員準備咖啡，作爲公益，日日不停；有九〇後出生的護士，在醫院徵調護士增援

㉓「爛尾樓」是大陸民間對於無論因何原因而半途而廢的項目的通稱（可能最早興起於廣東）。例如因資金鏈斷裂而未完成的房屋或工程，因政策轉向而不得不中途擱置的項目或規劃，等等。

武漢時主動報名，說她年輕，無男友無兒女，所以「不要讓那些做了媽媽的護士姐姐去，還是我去吧」。她心知有可能一去不返，卻寧願一去不返的是自己，而不是有了兒女牽掛的同事們。

相比小民的勇氣與擔當，大疫之中各級當政官員相互推諉，渾渾噩噩，似乎可評為歷屆中共政府官員面對大災大疫表現最差的一屆，而其中最差者當屬其魁首習氏。中共得以在大陸建政本是靠取得「民意」起家（且暫不論那民意是靠瞞哄欺騙取得），一貫自詡為「代表人民」。因而若遇天災、地震、大水、大疫等等，天朝高層官員一般會赴一線巡視，以示與民休戚與共，安定民心，例如汶川大震未息時，時任總理的溫家寶已經趕赴震區；例如二〇〇三年SARS依然肆虐時，時任黨魁的胡錦濤亦出現在醫院，在醫護人員中現身交談，且不戴口罩。胡肯於主動領取過失，說，「若疫情擴散，我對不起世界人民和中國人民」。武漢此輪疫情結束時，時任總理李克強未曾矜誇有功，即使他亦曾在疫情危急中到武漢醫院視察。我想以他一介書生的性格，亦算是善始善終吧。偏偏是自詡「大國」一尊的習氏，從未表示過關心武漢小民，更在疫情期間從未曾踏上武漢寸土。小民從未見官方有一字提及習氏關注抗疫，但對於防疫方案未曾提及一字的習氏一尊，居然在WHO官員到大陸中國訪問的會面中侃侃而談，聲稱是次武漢抗疫由他「親自決策」，「親自指揮」。習氏亦曾力圖為自己營造古今中外之書均囊括腹中的形象，之後因在公眾面前別字連連而原形畢露。不知道他是否讀過《詩經》中的一首四言詩？起句爲「蛇蛇碩言，出自口矣。巧舌如簧，顏之厚矣」，或簡言之，他是否懂得「厚顏無恥」四字應怎樣寫，怎樣讀？

天朝官場歷來有上行下效的傳統，或曰有「上梁不正下梁歪」的惡習。官員的庸碌表現，亦是天朝一尊本身行爲的反射。自一尊主持修憲㉔以來，天朝官員明顯地多是持鄉愿之道，爲官不求有功但求無過，尸位素餐，人人諂媚、無人肯於任事的情形愈演愈烈。是次疫情遠較SARS慘烈，截止三月二十二日，天朝染新冠疫病之人按官方公布已超八萬。封城、封省、普遍停工皆已實施，亦是從未有過的嚴厲舉措。此期間習氏的行爲卻令人不恥。於二〇一九年十二月底疫情興起時已見端倪。習氏一尊致新年賀詞對於疫情隻字未提，繼之的新年團拜會依然隻字未提。甚至在疫情已轉爲慘烈、離武漢封城（一月二十三日）僅差兩天的一月二十一日，習一尊居然赴雲南慶賀舊曆年，載歌載舞一派「普天同慶」的氣派，全然不理睬武漢乃至湖北全省疫情蔓延，民間已經出現「路倒」與不知多少家遭疫病襲擊而滅門的慘狀。大陸民間對此並非毫無所知，也不乏憎惡習氏全無責任心的表達。我曾見到網

㉔「修憲」，指二〇一八年一尊當政時的《中華人民共和國憲法》修正案，將國家主席連任不得超過兩屆的法條刪除。所謂「司馬昭之心路人皆知」，本次修憲的目的一目了然，似乎與袁世凱當年修憲一般無二，即消除一尊成爲終身國家主席的憲法障礙。

路流傳的小詩〈主席您在哪裡〉，流傳時間約在一尊會見世衛組織總幹事之後。當時他洋洋自得地向全世界宣稱天朝的抗疫是他「親自指揮」、「親自決策」。那首小詩署名「吳漢民」，可以理解自然是「武漢民」的諧音匿名，問道「主席您在哪裡？聽說您剛剛主持了中央會議，可是沒有見到您的身影。當家人生病的時候，當我們在疫情的恐懼裡，我們特別想念您——想聽聽您的教誨：發生了什麼？該做什麼？——因爲您親自部署，親自指揮！……」如此充滿諷刺，直言不諱的小詩，對於現任中共黨國元首如此不敬，似乎亦是大陸中國建立七十餘年以來罕見的現象。經此一疫，大陸王土小民之民心向背已是霍然轉向。

習氏遲遲不在疫區現身，不知是否格外珍惜自己自詡的一條帝王性命，不過著實是違背了中共建國以來衛護政權合法性的冠冕堂皇口號——「爲人民服務」。於是據說高層有人勸勉，有人力諫，亦有人批評，一致催促其赴武漢露面。習氏一尊終於在三月十一日姍姍蒞臨武漢。屆時武漢疫情已經趨緩，甚至可說是已至尾聲。三月十日武漢新增病患僅十三例，出院則有一千二百一十二例。在此之前武漢的方艙醫院已經陸續宣布休艙，至三月十日則宣告最後一批方艙病患出艙，至此武漢市全部方艙醫院關閉。人人都心知肚明，此時已經無需再有尙方寶劍來「指揮決策」，何需一尊此時赴武漢視察工作？此時視察，明顯是到現場「宣示主權」吧？網上小民紛紛評論此舉是習氏「下山摘桃」。「下山摘桃」在天朝政治史上，也算得上紅色教育之下小民耳熟能詳的典故，起源於華夏大陸城頭王旗從青天白日變爲眾星拱月的紅旗後，中共官方對其治下之民的教誨，即中共用以譏諷蔣公抗戰時遠在大後方「躲避」，在日本戰爭結束後卻從後方回到上海接收勝利果實。若譯爲淺顯白話即是「他人栽樹，公來乘涼，厚顏無恥」。這次經小民自發地用於中共黨首自是反諷，也可見習氏在民眾心中淪爲何等面目。

遵循毛氏（或亦是千年帝王統治）的慣例，習氏一尊蒞臨，如皇帝出巡，慣例有對當地大眾的講話，以彰顯其聖德，宣揚其功績。方艙醫院雖已經關閉，但是不妨礙一尊演講之地定於名爲雷神山的方艙醫院建築門外。雷神山方艙是武漢爲收納患者統一治療而倉促建成的首座應急醫院，選擇此地似乎亦可藉此提醒公眾，抗病毒戰疫已經告捷。「告捷」自然並不等於當地已經是病毒歸零，那麼一尊眞的有膽量立於方艙醫院之前麼？難道不懼怕那醫院會留有潛藏病毒？習氏視察，慣例有照片公之於眾，供小民觀賞其領袖風範。其中有照片是一尊立於方艙醫院大門外，身後與身前均有聽眾。

不過造假便是造假，終有百密一疏，有細心小民看出了照片中的蹊蹺。照片中作爲背景的方艙醫院顯示是一面紅磚牆，寫有醫院名的牌子掛在大門旁，格局如同一般機關大門，似乎頗有些滄桑感，而現實中武漢名爲雷神山的方艙醫院，則是以水泥預製板快速搭建，形似一座碉堡，外牆呈灰白色，醫院名高高立於堡頂，全不同於一尊「偉人照」中顯示的紅磚建築。更有趣的是照片中一尊的影子投放在地上很短，似乎顯示是中午時分，而現場民眾的影子則斜斜地拖長，投在地面，顯示是晨起或傍晚的投影，與一尊的身影角度相映成趣。唯一的解釋只能是這照片是合成照片，一尊並未在場或是現場並無聽眾。小民的質疑旋即在網路上流轉，之後亦有故事版本流出，據說是一尊因畏懼感染，根本未蒞臨任何方艙醫院，而是由隨從另覓一座建築，掛上醫院招牌，供一尊對空氣演講，之後合成照片。只是照片合成者未想到照片標題可以隨意造假，但陽光對人身的投影方向不能造假。「天網恢恢，疏而不漏」，如今天亡其謊言，奈何奈何！大疫中的小民變得耳聰目明，公然挑出破綻，並迅即流傳於互聯網各個微信群中，即一尊身影與聽眾身影居然是不同時間段的太陽投影。至此，眞假何須再辯？

記得習氏尚未稱「一尊」時，對當年蘇聯解體曾有評語，且流傳頗廣，是其感歎當年蘇聯解體時，「三十萬軍齊解甲，竟無一人是男兒」。據此推測習氏一尊必是男兒，起碼自詡是堂堂男兒，硬漢一條，混不畏披甲再戰，實際上卻膽怯到連曾經有無數青年醫生護士晝夜工作甚至喪命於此的地方都不敢涉足。作爲堂堂一尊，臉面緊要，「摘桃」緊要，展示領導地位更爲緊要，似乎三者都抵不過他一條性命的緊要。若丟了性命又如何再享受那寶座帶來的無上尊榮呢？因而便有了上述一幕。這一幕不免應了民間一句俗話，叫做「又想做婊子，又想立牌坊」。語雖粗俗，卻不失一語中的。

習氏的表現不知道是否堪稱「前無古人，後無來者」呢？「前無古人」確有可能，但

「後無來者」，在天朝繼續極權治下則難以確定。明代的正德皇帝被後代史家一再譏嘲為無腦且無德，卻偏偏有勇，自號為「威武大將軍」，十分享受披掛上陣，在一線率兵與蒙古軍人對陣。天朝開國元首自詡「俱往矣，數風流人物還看今朝」，激揚文字之餘，想必是自信其開創的新天國下元首會一代強過一代，起碼勝於歷代帝王。為什麼紅色天朝數代元首一路傳承，卻僅見每況愈下，一代不如一代？自毛氏建國七十年左右傳到一尊，則已經淪落到沐猴而冠，醜行百出。

習氏為炫耀能力而自誇可以扛二百斤糧食走百里山路不換肩，遭我們一代當年「上山下鄉」頗有務農體驗之人譏嘲不止，因為皆知那是不可能之事，因而習氏遭民間戲稱為「二百斤」；為炫耀學識而假造數十頁囊括中外名著的閱讀書單；亦是為炫耀學識而要求秘書寫稿時引經據典，結果是中學生都不會認錯的字，卻由煌煌大國一尊在國際大會發言中當場念成別字。例如本是「通商寬農」，極淺白的四字，卻由習氏於眾目睽睽下讀作「寬衣」。「寬衣」歷來與「解帶」合為一詞，曰「寬衣解帶」，指男女間的巫山雲雨之事。實在是讓華夏讀書人在全世界丟盡臉面。大疫期間，一尊的表現不僅僅是乏善可陳，實在是劣跡斑斑，醜態纖毫畢現。堪稱人間慘禍的疫情，卻成為他矜誇「親自指揮、親自決策」的功績，現實中則怯懦到不敢踏入真正的方艙醫院。如此人品卻成為天朝的元首，治下小民也只能眼睜睜地看著，除內心鄙夷，卻無奈他何！若與小民相比，一尊的表現可謂怯懦、自私、污穢，因為他罔顧民生、一心爭功，不在意屢次披上「國王的新衣」。不過，即使在天朝極權之下公道不得昭彰，卻依然是公道自在人心，只看李文亮微博下至今仍未停止的留言便知，或者看帝都政府號召大眾爲抗疫捐款的網頁下無數小民回覆「捐你M」，即可知民間輿論之怒，或許還蘊含了對這天朝政府的深深失望。

庚子年尚未過半，疫病已經肆虐至全球，感染人數已經突破三十萬㉕，各國政府紛紛推出緊急救濟方案。例如行動一向遲緩的澳洲政府此次居然一改頹勢，推出的方案亦著眼於民生，包括資助雇主，使其保留雇員就業、爲小型企業紓困、爲貧困家庭添薪，乃至銀行推遲收取房貸，等等。反觀天朝，共黨一向標榜爲人民利益而建立「新中國」，在百姓面對瘟疫、封城與無工可作的三重擠壓之下，卻始終無任何惠民方案，而是任由民營中小企業潰敗如山倒。截至庚子年三月末，據官方公布資料，宣告倒閉的企業已經超過四千家，自然都是民企。或許疫病又會成爲「國進民退」的有效契機？那也是以「黨國」與「國有制經濟」爲其權力後盾的習氏所喜聞樂見的成果吧？

早年有「革命詩人」之稱的臧克家先生白話詩淺顯易懂，目的本爲頌聖，似乎此處可反其道而用之：「有的人活著，卻已經死去；有的人死去，卻依然活著。有的人騎在人民頭上：『呵，我多偉大！』有的人俯下身子給人民當牛馬。有的人把名字刻入石頭，想『不朽』；有的人情願作野草，等著地下的火燒。有的人他活著別人就不能活；有的人他活著爲了多數人更好地活。騎在人民頭上的，人民把他摔垮；給人民作牛馬的，人民永遠記住他！把名字刻入石頭的名字比屍首爛得更早；只要春風吹到的地方到處是青青的野草。他活著別人就不能活的人，他的下場可以看到；他活著爲了多數人更好地活著的人，群眾把他抬舉得很高，很高。——」

庚子記疫之三——結局或開始

大疫實是一場人間大禍。

大禍之中大陸天朝的人世百態——官場與民間交錯而行，實例實在無可盡數。例如大陸中國官辦紅十字會貪婪斂財，之後被憤怒的民眾掀翻蓋頭而不得拱手將壟斷援助物資的權力交出；陰錯陽差踏入武漢而無法離開的異鄉旅客流落街頭無處棲身；父母去逝卻不允許兒女去送別時劫餘親人的悲情、憤怒與無奈；陳秋實、方斌等人恃孤勇闖入武漢誓爲「民間記者」，卻被警方拘押至今下落不明；與方方同樣身爲作家的六六也東施效顰地撰寫武漢疫情，卻被小民一眼看穿她隱藏在字裡行間的「頌聖」與爲政府行爲失誤洗地㉖的本意；還

㉕二〇二〇年三月二十五日數據。

有執掌醫護人員補助分配的醫院行政官員們，居然厚顏無恥到藉此機會斂財，剝奪普通醫生護士因於急診室救助病患而應得的補助……。總之是上行下效，官場污穢，官員猥瑣，諉過爭功，庸碌自私，大疫之中將其眞面目曝露小民眼前，無處藏身。以上每件事都値得以濃墨銘記，因爲這是血肉與靈魂的慘烈經歷，是民間尚有人性、勇氣、悲憫與擔當的顯示，卻不幸同時也顯示了極權體制之下，權力愈益加強的冷酷、無情、貪婪、怯懦、自私與污穢，甚至是官員對小民性命的爲所欲爲。更値得人類銘記的，還有大陸小民被逼到窮途末路時的甦醒與反抗。慚愧這冊小文無法一一悉數。緣於自己身在異域，對大陸民間人與事難免僅獲知十分之一二，再則是擔心某日我的小文是否亦會被某些人歸類於魯迅所歎的「人血饅頭」，緣於自己亦是以他人的悲情作爲自己文字的靈感？

此輪武漢庚子大疫，値得濃墨銘記的還有另一面，即是許多人經此一疫，開始了對言論自由與權力封鎖民間發聲之路的反思。若有言論自由，若有新聞自由，武漢疫病又何至於釀成如此大禍？這已經是天朝民間許多人的共識。無論中共未來將如何辯解，又是否會扔出某官員爲替罪羊，只怕都難以自圓其說。靠欺與瞞的執政手段，是否可以日久天長？行文於今日是二〇二〇年三月末，武漢自一月二十三日起封閉的高鐵將於四月初重啓。武漢大疫已經接近尾聲，或許這便是此輪疫情的結局。但是這便是大陸天朝民間之怒的結局麼？惟願這雖是此輪疫病的結局與經濟活動重啓的開始，但眞正的「結局」與「開始」不會止步於此。

「以太陽的名義，黑暗公開掠奪。沉默依然是東方的故事。人民在古老的壁畫上，默默地永生，默默地死去」㉗。於我而言，如果人民依然懸掛在古老的壁畫上，這便不是結局。惟願始於庚子年大瘟疫的最後終結，亦可以再次啓動這片古老土地上掠奪與沉默的終結過程，因爲若無結局便無開始，而唯有人民尋求自我權利意識甦醒的開始，才是華夏王土的眞正救贖。

以上的心願寫於二〇二〇年夏秋之交，是源於庚子年初自己遠觀大陸中國疫情，有感而發。那時曾眞心期冀一場瘟疫可使得小民看透極權（或曰皇權）體制下，官場的腐敗與視民如草芥的現實，從而以民眾輿論衝擊這一體制，而天朝一尊與中共終會在民意洶洶中，做出些對於人權控制的讓步。小民如我，相信華夏古訓，「民爲重，社稷爲輕」與「民可載舟，亦可覆舟」，而這古訓即使是從不讀聖賢書的習氏一尊至少是有耳聞的。不過逐漸演變的事態則證明自己那可謂十分中庸的期冀至今仍是落空。天朝極權體制的抗疫與防疫機制反其道而行之，華夏大陸的百姓，至今依然在強權壓頂下，在「古老的壁畫上，默默地永生，默默地死去」。

㉖「洗地」是大陸中國網路中民間常用詞彙，即指以文字將官方之黑洗刷爲白。

㉗引自北島詩作，《結局或開始》

「愚蠢深不可測」之二——辛丑記封

我寫我的父親，寫他一生是驛馬星罩命，而我似乎繼承了父親的命數，自幼年直至成年工作，能得「浮生半日」閒坐自家院中看清秋庭槐的片刻，始終是可望而不可及。徹底退出全職工作後，自己於二〇一九年依然未能擺脫那罩命的驛馬星。於二〇一九年爲家人各類瑣事數度往返於歐洲、美國與大陸中國。自己最終在天朝帝都料理完瑣事，離開時已經是十一月初，最終抵達澳洲M城則是庚子年（二〇二〇年）二月中。與帝都辭別的時間，恰恰稍早於大陸疫病爆發之時，而抵達M城時則澳洲政府尚未啓動封閉國境，自己得以堪堪避過落入疫病致使雙邊封鎖國境的窘境。這必是神的憐憫吧。

庚子年終於在全球各國此起彼伏的辭歲鐘聲中退出人間，而疫病卻並未隨之離去，而是愈演愈烈，世界各國幾乎無一倖免。逃不過病毒傳播的各國紛紛採取封鎖疫區的措施。慣於坐井觀天的大陸天朝小粉紅們，於是紛紛在互聯網上津津樂道地嘲笑各國封鎖疫區的舉措是在「抄天朝的作業」。位於天朝大陸的武漢是此次疫病的首發之地，自然成爲全球最早封城之地，所以這實在不是什麼光彩的「老師」，有可以驕人的業績。那些出言嘲笑之人，實在是達到兩個「至極」，一是孤陋寡聞至極，再是傲慢無禮至極。封鎖疫區其實自古以來便是疫區當局防範傳染型疫病的基礎措施，特別是在疫病初起，醫學界尚未能確認病因，尚未能確認有效藥物時，一般均會採取如此防止疫病擴散的臨時舉措。

不過「封城」一詞僅是概括地統稱該舉措而已，專業人士包括律師業中有句俗話，謂「魔鬼存在於細節中」。因而，觀察不同國家「封城」舉措中細節的差異，方可顯示極權制度與民主制度國家對小民生命的對待如何有輕重之別。自己親歷的封城僅有澳洲M市，因此僅以M市的舉措與所知的大陸中國訊息互為參照。

辛丑記封之一——封城百態

封城的是是非非

澳洲首次感受到新冠疫病的衝擊是庚子年初，於南半球則是春夏之交的季節，病毒源起於外來大型遊輪停靠雪莉港。繼後郵輪無法如期離港，由於郵輪遊客中有超過百人感染新冠，其中不乏性命危殆者。郵輪中乘客相互感染的速度終於令當局震驚，卻因措施的疏漏而使病毒得以在當地迅捷擴散，遂蔓延至澳洲其他各州，尤以我所居住的維州為甚。澳洲對疫情的防範措施並非全無瑕疵，初始之時亦顯露出面對大疫洶洶而來的混亂。例如各州紛紛封城，且先後封閉州境，對於各州是否有權力自行封閉州境？聯邦政府似有不同看法，但在依據憲法解釋得出結論的程序完成之前，各州封境已爲既成事實。澳洲聯邦政府旋即封閉國境，卻爲歷史上曾一脈相連的英國網開一面，結果疫情在英國肆虐之初，眾多英國人避往澳洲。那些似乎視澳洲爲世外桃源的英國旅客（或是被澳洲政府視爲血脈源頭的親戚），成爲澳洲的最大疫病感染源頭。

遊船靠岸不過數日後，疫病即蔓延到我所居住的維州M市，M市封城令於庚子年三月初首次實施。封城舉措以每日新增病患數字與重症須留醫院救治病患數，以及每日死亡的數字相互參照，作爲「封」與「解封」的標準，亦是封城舉措「嚴」與「寬」程度不時調整的參照座標，因而病患數字逐日變動，遂使得M市封城舉措時有變動。例如曾在庚子年六月份疫情有所緩和時，使封城舉措稍加寬鬆，但繼後又因病患數字增長而重啓嚴格封閉舉措，也因此使得封城時斷時續。若以庚子年首次封城直至辛丑年十月末封城最終結束爲止計算，據說M市封城期間之長居全球之冠。

不過雖是與武漢同稱爲「封城」，但若論其對於小民日常生活造成的困擾與武漢封城相比則頗有差異。武漢在封城期間可謂全市成爲一座「死城」，而居民之家無異於成爲「囚籠」。例如武漢全市全部商鋪，包括超市、日用雜貨店、旅店等即刻關門停業；武漢全市公共交通即刻停運。全國途經武漢的共同交通工具均不得停靠武漢，於是相當數量因工作出差而滯留武漢的人，瞬間成爲無家可歸的流浪漢，不得不在立交橋下棲身超過七十天，等等㉘。再如武漢居民均是以家爲牢，不得外出，無論遇有何等緊急狀況，亦不得走出家門一步，甚至家中無糧下鍋，甚或家人急病突發，亦只能枯坐家中，只依靠撥打熱線電話求救。或許是由於求救人數眾多，電話打出後難以保障救援可如期而至。

M市封城天數雖冠絕全球，但是民間生活卻未見慘烈變化。M市的公交系統在封城期間自始至終運營如常，封城期間街車幾乎全程空駛，只偶爾可見零星乘客，亦日日運營不綴。自己感覺街車的照常運營成爲居民心中之錨，因爲它們如同一張無字的告示，通告眾人這座城市依然「活著」，城市運行如常，正常生活依然是延續不斷。M市封城爲市民保留幾項允許出門的例外，例如允許市民外出購買生活必需品，每日允許出門遛狗或出門健身一個小時，等等，但是以離家五公里之內爲限。與武漢封城相比的另一大差別是，M市有關民生必需的行業一律每日如常營業。例如超市、郵局、診所醫院、藥店與遍布M市街區的便利店（當地人稱爲「奶巴」），等等，因而整個封城期間，百姓無需擔憂日常生活物品的匱乏，更不可想像如武漢市民被逼入無菜無糧、無醫無藥的絕境。

㉘ 因《方方日記》有詳盡描述，此處不贅。

M市人多是視咖啡如性命，一日不可缺，他們於封城期間亦不必憂心那「性命」的缺失。咖啡店雖不可開門迎客，但允許另闢外賣窗口，連帶餐館亦允許外賣營業。封城期間，澳洲人一日不可或缺的一杯酒亦獲得寬容，所有liquor cellars（酒品專賣店）歸入「生活必需品類別」，均獲准照常營業，據說封城期間的收益數倍於常日。不過飲酒並非全無負面作用。每日多數時間坐於家中，從窗口張望公園綠地，並非是許多M市男人的日常習慣，於是不免借酒發洩，酒膽激起夫妻齟齬，甚或拳腳相加。據說M市的家庭暴力事件亦三倍於常時。於是除電視中增加了政府對於家庭暴力的警告外，M市亦多開設心理諮詢服務，以求紓解市民因封城而增加的焦慮、煩悶等等負面情緒。

若進一步比較M市封城與武漢封城的不同，則不可不提及至關重要的不同，即政府行政管理體制的不同，體制不同則對待小民的定位絕然不同。大陸中國的執政機構一向是只對上級負責，而對百姓的態度則一向是高高在上，所謂「管理」百姓便是粗暴治理的同義詞。武漢封城時，權力者對於小民毫無尊重，如對待牲畜般呼來喝去，阻止記者採訪乃至抓捕民媒記者，罔顧小民的知情權。澳洲各市包括M市，則是由最高執政官在新聞中每日報告當日疫情，例如增加的病例數、城中疫情高發的具體區域，以及每日死亡人數等等，逐一解說，缺一不可。這種由最高執政官每日向小民解說疫情，便是顯示了對於小民的極度尊重。官員皆知民為重，社稷為輕，自是源於此政權承認小民作為選民與納稅人的基本權利，且此基本權利是家國得以安身立命的基礎。

封城伊始，澳洲政府即刻開始發放兩種津貼，一名爲「雇主津貼」（Job Keepers），旨在使雇主不因無法營業減少收入而裁員；另一種則名爲「雇員津貼」（Job Seekers），旨在鼓勵居民受雇，以減少失業人口。自己始終認爲這是爲民生計的德政，使得雇主雇員均可收益，也使封城結束後的經濟可以平穩地延續運營。這德政自然也並非全無弊端。澳洲是移民形成的國家，以國土與人口之比，或可謂是「大國寡民」。澳洲亦是實施歐洲版的福利型國家，即政府傾向於通過稅收以補貼低收入人群，且閒漢亦不愁衣食。澳洲國民來自五湖四海，卻在這片氣候溫和慵懶的土地上，或多或少地形成了某種共性，可形容爲「今朝有酒今朝醉」的人生態度。弊端遂見於封城結束後，領到津貼且帳戶中尚有餘款的人群便不急於復工，而是忙於先用完帳上的存款，或旅行，或流連於餐館酒肆時裝店鋪，等等。那津貼的數額之高，亦使得本是低端收入的人去比較打工所得與津貼的差數，因而缺乏了打工的熱情，於是一邊是急於復工卻苦於無底端雇員應聘，另一邊是依然在享受津貼餘惠的閒散人群。不過這是後話。

M城政府的另一德政是將平時流落街頭、隨地露宿的無家可歸者，全部收留到停止營業的旅店中，並免費供應一日三餐，即是爲減少街頭流動的感染源，亦是避免流浪人群相互感染疫病。相比於武漢封城時，當地政府機構對於因武漢被排除於全國鐵路系統運行之外，而意外地被阻留在當地的人群全然是不聞不問，任由他們露宿在立交橋下，於冷風寒夜中超過七十天。兩種制度下，政府機構對於凡人乃至社會最底層人群的關懷孰優孰劣，可謂是窺一斑而見全豹。

如此依據疫情變換動態而時解時封的政策，雖是科學與理性結合的安排，不過也會因冷不防地封城，而爲某些工商業主帶來難以預期的困擾。我曾爲封城期間M市在華人農曆年元旦悲喜變幻之莫測的情景寫過一則日記，在此摘錄一二段，或也可讀出M市封城時的氣氛：

二〇二一年二月十二日，華夏舊曆牛年元旦，恰逢M市政府宣布施行寬鬆「封城」舉措，包括每年的華人農曆年露天街市將如常舉行，爲時一週，緣由是染疫人數降低。雖自己在M市歷年從未去湊過街市的熱鬧，但畢竟這一宣告是意外地增了些華人舊曆年的喜氣。將近午時有先生的朋友從阿姆斯特丹打過來電話問候我們平安否，理由居然是「聽到墨爾本今日宣布因疫情再度蔓延而將緊急封城」。我們才想起翻查新聞，看到果然是維州（Victoria）州長安德魯斯（Daniel Andrews）宣布緊急重回嚴格封城舉措，自今日午夜開始。封城內容之一是全城餐館與咖啡館均不得開門迎客，可以外賣但不得堂食，華人露天街市亦隨之取消。相比於西式炸雞、三明治或漢堡，中餐更適宜熱食，冷後便色香味俱失，因而多數中餐館只得選擇不做外賣，代以完全停業。印象裡維州州長在公眾面前一向是溫文有禮，喜怒不形於色，此次卻顯露出懊惱，居然對於記者的提問回懟，答，「難道我希望封城？難道我希望看到更多餐館倒閉？我只是遵循專業意見罷了！」我可以理解他的懊惱，餐館與咖啡館本是M市的城市名片之一，亦是這座城市街巷的生氣所在。

維州是澳洲大陸中面積最小的州。不過若以占地面積而論，維州首府M市則爲世界第二大城，因其面積之大僅次於洛杉磯。那些大小不一的私家花園圍起的住宅，自市區向四面八方無限延展，似乎永無盡頭。M市與洛杉磯之不同，則在於其不同於洛杉磯早期移民隨心所欲地形成的鬆散格局，各suburb各行其是，而M市則有傳統的市中心，亦有完整的城市區域規劃與修建得四通八達的公交系統，可以想見英國人最初開發澳洲時曾如何費盡心思，似乎是要打下天長地久的基業。M市中心區頗有歐洲風格，至今依然可見十七與十八世紀的建築，建築上鑲嵌有繁瑣的石刻花紋，雖歷經百年已經褪色，卻更顯出歲月滄桑亦不能湮滅的舊時精緻，建築物內部亦是拼出各式紋樣的大理石鋪砌成地面，高挑的拱形屋頂，廊角甚至嵌有自動旋轉報時的小人，長禮服袍角微翹，手持閃亮的黃銅號角。當年建築師的優雅品味，遠勝於如今那些新起的摩天樓式建築。那些俯視人類的摩天式建築，只顯示出現代商業的速度與貪婪。M市人有散淡閒適度日的氣質，街巷中隨處可見咖啡館，無論週末週日都可見有人閒坐，點一杯咖啡，看時光在咖啡杯口升起的嫋嫋白汽中緩緩流過。

英國十九世紀興起的有軌電車，依然在M市街道上悠然行駛，且是市民，特別是老人與孩子出行的主要公共交通工具，於我也是一樣。不過M市的街景只是尋常日月景象，並無山川之勝。地勢平緩，民宅從容而安靜地隱在門前園子的花木之間，景色遠遜於雪梨海灣那一派海天開闊的壯觀。若形容雪梨是頭角崢嶸，而M市則頂多是沉穩安然罷了。想起雪梨，我總不免會聯想到香港，雖然香港維多利亞灣規模遠小於雪梨海灣，卻同樣是房屋建築一路依海灣而建，山水相接處可見民宅，那些凹凸的海岸線成爲意外的風景。愛山者見山，愛水者見水，若是能偷得半日閑，則可隨意選擇相看兩不厭之處，隨意坐到日落月明。自己可算是一隻城市老鼠，曾在香港居住工作十年，深愛那裡的氣氛：山水與民宅相接，各式店鋪林立，市面繁華，人氣蓬勃，同時又人人心中皆是尋常人間煙火。那樣的香港在習氏引入苛厲地懲治異己的《國安法》之後，是否可以再次見到，還是從此只能是「故國不堪回首月明中」？

聽到封城自今日午夜開始，先生的第一反應是幸好獲知通告尚是在中午，我們趕緊駕車出門，去海邊沙灘散步，不然接下來又不知何時見到大海？先生兒時與海灘結緣，至今情緣不減，一日不見如隔三秋，每週至少兩次要去看海。我們家相距海邊並不算遠，在五公里與六公里之間，但封城的規則是居民不得出行到五公里之外，所以那多出的一公里便如同天塹，將海灘分隔到遙不可及的天塹那邊。我們駕車上路，未料今日路上居然是車流滿滿，遠超平時。車輛相接，車行緩慢，一路擁塞，我笑道，「看來全城人都是想法相同，趕在封城之前去瘋玩一晚！」先生亦笑，道：「大概我們早是後知後覺了。」或許這可看作是典型的澳洲人看待人生的態度，「今朝有酒今朝醉」，「醉裡且貪歡笑，要愁哪得工夫」？

M市是海邊城市，初期歐洲移民登陸澳洲的第一處移民局關卡便是設在M市港口。時移世易，這規則早成歷史，那當年令移民心生畏懼的移民局關卡早已蹤影全無，那碼頭如今僅餘短短一段，不知是否是往日風光的留念？不過如今只是一道短短堤泊，看來平平無奇，也只泊些國境內客運船隻。我們慣常停留的海灘無浪無風，躲在菲力浦灣的盡頭。那裡海水清淺，水紋爲海底白沙印上婉轉飄逸的光影，甚至讓我想起杭州濕地公園的溪水，是同樣的清淺與平和。這段海灘常是冷清，只見寥寥數人沿海灘散步。不知道是M市人對於海並不鍾情，還是嫌棄這段海水過於慵懶平淡，無法衝浪？直覺認爲後者才是原因吧。我們卻喜歡這裡的冷清，與他人和海鷗都是互不相擾。我們隨意席地坐於沙灘，靜靜看海與天相交處日光如扇面漸漸合起，直到在瞬間沉沒，天地似渾成一體。那短短一段碼頭已經亮起點點燈光，倒影在水中晃動不休，拉起曼妙的水線，有無心的美麗。那碼頭的燈光也落在碼頭上唯一停泊的輪船上。那是艘澳洲州際間的遊輪，按船身標誌應是來自塔斯馬尼亞島。自庚子年二月底首次封城以來它一直泊在那碼頭，悄無聲息，棄置於碼頭，如同失落後無人認領的物件。只有燈光每晚依然會柔和地勾勒出它的輪廓，向星空顯示它的存在。不知道它未來命運如何？何年何月才能返回那海灣盡頭的家？

自海邊回程仍是車行緩慢，十幾分鐘過去才駛入海邊第一條商業街。沿街餐館已經家家亮起店招，而食客也熙熙攘攘。炸魚薯條店前露天座位居然全部坐滿，店前甚至排起等位的行列，至少有二十餘人站在行列中，不焦不燥，悠然四顧，似乎人擠人地露天排隊也成爲一種享樂。越南湯粉店前的露天排座也幾乎滿員，地中海風味的希臘餐館同樣是食客湧動。這或許是澳洲「多元文化」爲宗旨的種族政策最顯明的功績吧，各國風味的餐館毗鄰而居，英國炸魚薯條的鄰居是越南湯粉，接下來是西班牙海鮮飯。M市人則在口味上相容並蓄，絕不排斥任何異國風味，雖然這絕不等同於各種族在其他方面必有融合。

M市此次已經是第三度嚴格封城，斷斷續續封閉，總長度已經超過一年。此次封城前開放了餐館客人堂食，但距此次封城令下，也僅是開放了一週的堂食而已。不知道餐館老闆與雇員有多久沒見到如此暢旺的景象？只可惜僅僅是一晚的繁華，轉眼即逝。想想接下來又是要閉門家中，我們也還是從眾好了，便停車，挑了家不太擁擠的泰國餐館坐下，也是選在露天卡座。地近海邊，海風清透，雖新鮮卻帶了些輕寒。前年（2020）M市夏季清涼得不同尋常，今年（2021）依然如是，通常這季節總在攝氏三十度上下的氣溫，卻至今只在攝氏二十度上下徘徊。侍者燃起天然氣燈爲我們驅寒，那燈火橙色中夾雜些淡紫光焰，在玻璃罩子中盤旋，旋出同樣是無心的美麗，如同水邊的燈光倒影。邊等上菜邊享受那燈火的溫暖與美麗的此時，有一隻手伸到我面前，有婦人的聲音，問，「可以給些零錢嗎？」抬頭見到身邊站了位胖大婦人，大約已過中年，雙頰柔軟下垂，一雙眼睛中透出無辜的笑意。她大約是墨爾本流浪人群中的一員。M市素來有流浪人群，雖不像洛杉磯安營紮寨地聲勢浩大，卻也常見在市區徘徊討要小錢。疫情初起時，維州政府便將全體流浪人群收容到指定的數家小旅館居住，旅館費用與一日三餐全部由政府承擔，想來是預防他們四處遊走，或感染疫病或成爲遊走的感染源。政府這也確實是很妥當的安排了，那些武漢大疫時被強迫留置武漢，不得不寒夜中睡在交通橋下的打工人，是否想得到在M市居然連流浪人群也會得到安置？她想必是從附近旅館來到這裡，不過有免費吃住，爲何還要乞討呢？她可能讀出我眼中的疑問，便開口傾訴，道，「那旅館說是健康餐，寡淡無油，又沒有酒喝，我想喝杯酒。」她說得天眞坦然，但有些口齒不清，或許有些先天的智力缺陷。我不由想起《水滸傳》中梁山好漢常說「沒有酒肉吃，口中淡出鳥來」，忍不住笑出來。

自首次封城以來，許多店鋪便只接受銀行卡付款，現金被嫌棄，因爲可能帶有病毒，所以身邊已久不帶現金，好不容易搜羅了幾枚銅板給她。她開心地咧開牙齒脫落的嘴笑笑，又轉向其他食客。M市人處事待人通常禮貌和氣，對流浪漢亦不會呵斥，若拒絕也只會搖搖頭，侍者也任她在桌間遊轉，這情景似乎絕不會在大陸中國帝都見到。我們飯後取車準備回城，途中居然又見到她。她大概是湊齊了錢，正坐在路邊石階上，我見她面前有紙碟擺了一角蛋糕，深巧克力色，是澳洲孩子最喜愛的那種chocolate mud cake，極甜極膩，手中卻是一瓶可樂。她居然認出我，說，「錢不夠，不能買酒」。雖無酒，她胖得下垂的雙頰依然滿是柔軟滿足的笑意，笑得天真無辜。我但願她依然可以在那指定的旅館居住到疫情結束，起碼那裡風雨不侵，雖然飲食過於健康，她不喜歡。

回程時車經唐人街，那裡已經一片暗夜景象。沒有往年過節的燈紅酒綠，沒有盈門的食客，幾乎連行人都已經絕跡。心中不禁有幾分黯然，想到那些經營中餐館的業者，將近一年都在封城中不得不閉門歇業，苦苦等待重新開業。封城原本在一週之前降到最低級別，即允許餐館客人堂食，只需登記姓名做爲預防措施即可。允許開業恰值舊曆新年之前，華人業者必定認爲這是個好兆頭吧，元旦伊始萬象更新疫情不再，起碼過年期間華人聚集親朋好友大餐豪飲總是傳統節目。之後的市集更是早已經備齊調料食材，甚至是半成品亦已經備好。三天市集雖短，卻要格外努力，總是賺回些損失的機會。一年苦待繁華重歸，如今卻是奈何東風不至，甚至連已經備好的半成品都不知道該如何處置。經營中餐館的業者之中雖然有餐館世家，數代勤謹經營累積出的富豪，大部分卻是小本經營或是新入行的試水者。有多少家中餐館會在這次封城結束後有勇氣繼續撐持下去？

先生看我到家後依然沉默不語，便說，「你還在惋惜唐人街沒有生意？」其實心情黯然眞是因爲唐人街的生意人嗎？細究自然不是的。我與澳洲華人生意圈素無交集，不認識任何華人餐館業者，或許那黯然只是「物傷其類」罷了。自去年二月我從洛杉磯返回M市起，此次緊急封城已經是M市第三次最嚴級別封城。所謂「最嚴級別」封城措施即包括禁止餐館與咖啡館的堂食。M市自庚子年三月起直至辛丑年依然斷斷續續地在「封」與「啓封」間徘徊，已滿一年。

其實唐人街中餐館生意凋敝起始時間甚至早於封城，而是始於武漢疫情爆發公諸於世之時。二月封城之前，我曾去唐人街雜貨店購物，驚異於唐人街居然整條街道空無行人。M市唐人街位於市中心繁華街巷區域，歷來車水馬龍，人來人往，想在那裡找到停車位通常需要有中彩票的運氣，那天卻是只有空落落的寂寥。人人行走時都避開唐人街，似乎那裡暗藏了病毒。唐人街的過早凋敝，也與多數來自大陸留學生在疫情盛起之前便回家度假，之後卻因大疫阻隔無法返回M市有極大關連。如今的大陸留學生與我們異國留學時的生活風格相比如同黑白兩極，那時我們一代的大陸留學生是出名的節儉吝嗇勤勞，少有人捨得作餐館食客，如今的大陸留學生則是出名的奢華兼遊手好閒，幾乎一日兩餐都是依賴中餐館，一群華人大孩子熱熱鬧鬧圍桌聚眾大快朵頤是中餐館的常景。如今大陸留學生無法如期返回澳洲校園，自然是唐人街中餐館一大損失。不過唐人街由於緊鄰市中心寫字樓雲集的街道，往日也不缺乏本地食客。M市本地人如今也不再去唐人街逛街吃飯，甚至有意避開，似乎確實隱含了些疏遠之意。

自己也可感受到一向有禮謙和的M市人，此時對待華人似乎也會在不經意間流露出些嫌棄意味。不知道是否起於武漢的大疫，終於使得某些M市人流露出在「政治正確」下曾隱藏許久的偏見？我們曾趁兩次封城中的間隙時間，去探望相識多年的一對俄羅斯移民來M市的夫婦，他們年近耄耋，我們還算相對的小輩。他們與我們相識近三十年，交談也歷來無任何客套。初夏微涼天氣，他家院子裡的一掛凌霄花開得熱鬧，染得從房檐直落地面的光照如一瀑緋紅水流。我們坐在花下，男主人不禁感歎M市生活的可愛，感歎遠離了普丁統治的幸運。不記得因何將話題扯到來自大陸的留學生，男主人正容說道，「你知道，澳洲政府當年留下了全部『六四』期間的大陸留學生就是個錯誤」。我問，「你為什麼這樣想呢？」他依然正容道，「因為那裡面許多人都是中國政府派遣的特務！」、「有什麼證據嗎？」我暗自猜疑是否我錯過了什麼新聞消息？他搖頭，答，「不是，只是聽說留學生有許多當年是中國政府派遣，其中有許多黨員。自費學生中有許多人父母也是黨員。這些人難道不可能是特務？」我無語，本來認爲他曾生活在蘇聯時代，可以更容易理解大陸中國人的生存狀態，或許是我過於想當然了。我實在是很難解釋清楚我那故鄉故國社會的一團混亂，所謂共產理論與帝王術結合的怪胎，黨員與黨員、黨員與個人之間以及人與人之間的複雜關係，每個人的內心與外在行爲往往自相矛盾。那社會的混沌，難道我自己有把握理得清楚嗎？我沉默，最後說，「我也是當年的留學生之一。你覺得我也可能是特務嗎？」我確實是「六四」事件發生當時恰在坎培拉N大學的留學生之一，不過並未藉天安門事件申請永久居民地位，或許是心裡存了些「無功不受祿」的念頭，不想以個人私利污染了那開在天安門廣場的紅罌粟花。不過我也理解那些藉此機會申請留澳洲永居的留學生們的心情，當年有誰願意回到那片希望破滅的土地？若是說當年那些大陸學生選擇留下，都是意在成爲大陸政府派遣澳洲的特務，則未免有些「欲加之罪」或「莫須有」的意味了。其實我清楚自己的反駁與他的推理同樣缺乏邏輯，我只是依賴他與我們三十年的相交，對他的質疑強詞奪理罷了。他沉默了，露出一貫平和溫暖的笑意。我們繼續喝茶，看那一掛瀑布般直落到地面的凌霄花，那花實在是朵朵悅目，織成的瀑布在夕陽中亦是有無心的美麗。只是那無心的美麗無能溫暖我的心。

澳洲的跨年煙火只在西曆元旦日才會綻放。M市據說有超過四十個種族居住，華人新年不過是N多種族眾多節慶日之一，自然不會有特殊待遇，這也在常理之中。牛年元旦結束之時即是此次封城開始之時。將近夜半，透過家中前窗可見城市中心區的最高樓。我站在窗前，看樓頂燈光一盞盞次第熄滅，最終連通常整夜不熄以避免夜航飛機相撞的最高一盞燈也不再閃爍。封城期間不再有夜航飛機，因爲不允許飛機起降於M市機場。澳洲是聯邦國家，自疫情蔓延以來，各州紛紛決定封閉州際間邊境，頗有以鄰爲壑的感覺。M市封城，也等同與洲際間通行道路同時關閉，維州人不能再進入毗鄰各州，類似於湖南省對於湖北人封閉出境通路。我在窗前站定，直到萬籟俱寂，人世沉入暗夜。

惟願「新年伊始，萬象更新」。

其實無論封城與否，華人舊曆新年總會如期而至，斗轉星移，從庚子年轉爲辛丑年，但人間終未能因而於一夕間萬象更新。我們因M市封城（再加澳洲封閉國境）而困於家中兩年有餘。封城伊始，先生與我各有可做之事，先生在爲國立大學的一套語言著作擔任總編，而我正埋頭寫自己的小書，所以毫無焦慮，且竊喜因爲少了社交而多出些時間。不過封城將近四個月後，我還是看到先生的情緒由最初的平和，逐漸轉爲時而焦躁，因爲少了每日的咖啡館，少了海灘的散步，少了朋友間不時的聚餐，或許還多了被困於籠中的現實感——那籠壁是距家五公里的一個方形，有規則劃出，雖觸摸不到但確實存在⋯⋯。人之秉性不同，亦有眾多個人無法承受孤獨。人似乎還是根深蒂固的社會動物，完全的孤獨僅是詩人或哲人獨享的境界，凡人則難以在孤獨中永遠安之若素。我未親歷其他城市的封城，因而不可妄評封城對人類心緒的普遍影響，只知M市雖亦有抗議封城的遊行，亦有醉酒後的家庭暴力，被毆打者多是女性，但絕大多數人是溫和理性地接受了這一現實，認爲救他人亦是救自己，尤其是爲救助那些風燭殘年困居於age care（類如護老中心、老人院等）中的老人。

M市人的生活日常似乎頗有些歐洲人的傳統習性，極享受閒坐咖啡館與朋友談天、甚至自娛自樂地讀書閱報。雖市民依然可在咖啡館的外賣窗口買到咖啡，那與閒坐咖啡館的意義卻是不同的，恰似華夏古人的「醉翁之意不在酒，在乎山水之間爾」。M市封城，雖居民衣食無虞，但畢竟有許多人難以承受精神孤獨的苦悶，於是M市增加了心理醫生的看診服務。若需要心理醫生的人擔憂病毒感染，亦可約電話交談。這也可謂是善舉，緣於人皆有同理心。具有行政之權的管理者依然是將人看作鮮活的個人，心理撫慰亦屬有生命的個人之所需，並非如大陸帝王僅僅是將人視爲數字，或概念中的「集體」或「人民」，是成就帝王霸業的基數。

相比起來，大陸中國的防疫舉措則以防範暴民鬧事爲行事原則，於是加強公安派遣的警力之外，再額外雇傭保安，控制每個居民社區。許多被倉促雇用的保安，本是該住宅社區雇用的雜工，例如割草、清潔、照料來訪車輛，等等。似乎慣於以權力大小忖度待人態度的許多大陸華人，確實有「一闊臉就變」的習性，身分是雜工時，一貫是笑臉迎人，對住宅區居民極友善的人群，一旦受雇為保安，則霎時由笑臉變為黑臉羅剎，眼神狠厲，不知是否變換身分的同時也換了一副靈魂？或是自覺換了一身保安服裝，便在天朝社會等級臺階上高升一層？甚而一變而為體制權力的手指，可頤指氣使？還是之前的笑臉及友善全是偽裝？每位保安配備員警的防護服與警棍手銬，居民對於員警或保安的粗暴監視稍有不快表示，那些臨時保安便煞有介事地揮舞警棍，或暴打居民、或銬其雙手，儼然如臨大敵。

在習氏治下，防疫至壬寅年逐漸演變為控制市民行動的手段，不過這是後話。

「醉舞經閣半卷書，坐井說天闊」

庚子年初的武漢封城共七十六天，政府當局的封城措施殘忍酷烈，封閉一切日常生活管道，而民間人生狀態則淒慘而無告。不過應承認封城的效果不可謂不顯著，因為雖然封城未能清除消滅病毒，但確實一時間阻斷了病毒在武漢的傳播。承官媒大肆宣揚的效果，一時引得天朝的小粉紅們對天朝當局頌揚不絕，且對其他國家的疫情嘲諷不休，宣稱其他國家的疫病潮均是由於未能「好好地抄天朝的作業」。疫病本是全人類共同的災難，難道那些大陸中國人於此時譏嘲他國，全無同為人類的同理心，全然成為蠱毒控制下的怪物麼？

遭小粉紅們譏嘲乃至謾罵更多的則是自己的同胞——那些同樣生活在華夏土地、但對強權未放棄批評之聲的國人。大疫尚遠離結束，武漢封城在天朝小民之間，卻已經引發無窮無盡的爭拗。那爭拗一波又一波持續湧起。幾乎疫病涉及的每一話題都不免引發爭拗，尤其是在互聯網上，唇槍舌劍你來我往，爭鬥愈酣。其實這爭拗非起自大疫更非源自大疫。冰凍三尺非一日之寒，天朝社會的撕裂自文革以來從未停止，庚子大疫只是導致其再度浮出水面，壁壘更為分明的契機。那爭拗自習氏掌政更是漣漪迭起，愈見激烈，漸漸勢如水火，由此引發「鐵杆毛粉」或「小粉紅們」仇恨勃起，言辭中代表的敵意即便是面對敵人亦莫過於此，似乎除非將那些持批評聲音之人的肉體消滅便無解其恨。難道這些人已經忘記了那溫和的鄰家哥哥李文亮醫生，離世前的良言相勸麼？他說的是「這世界不應該只有一種聲音」。

是次大疫，慘烈程度為近百年未見，自然引發話題眾多，例如病毒來源如何？各國患病人數幾何？例如各國抗疫成績如何？這些大都可有事實作為依據，而在民間理性平和地探討真相，又為何偏要是爭拗不休，視若仇儔？究其實，引發爭拗最為激烈者，均脫不出背後牽涉的意識形態，或曰強加上「立場」二字更為確切，而「立場」不同便成為「敵」與「我」的分界。於是按毛氏教導，「仇視敵人」成為理所當然。

究竟那些仇恨如何愈演愈烈？《方方日記》可謂是其中典型一例。方方的「封城日記」只是封城期間眾生的平實紀錄。方方並非高張義旗的豪傑，她毋寧是鄰家奶奶，靜靜地與鄰居談心，她的文字家常、平和、理性，在傾訴之中讓處於同樣孤絕境地的讀者，感受到被關注與溝通的撫慰。她寫下倉促封城，人心惶惶，以及每日柴米油鹽的短缺、鄰里看病艱難、家人重病或離世時的無助無奈，醫療防護設施短缺，等等。大疫之中，民生多艱，方方從身處封城中的平民視角寫下自己的觀察、感受，對執政者提出溫和的批評與建議，這本是平常之心，平常之人的善心。若是在一個正常社會，執政者必會感激批評者的存在，但方方所處的天朝，顯然已經愈益遠離正常狀態，漸漸向如北朝鮮一般的獨夫統治靠攏，因而連方方這樣溫和的聲音都容納不得。

對《方方日記》的網上討伐逐步升級，討伐者逐漸擴大範圍，言語愈發污穢不堪，從貶其「造謠」，再到謾罵，逐漸升級到荒誕不經的程度：其一是不知何人於武漢鬧市某店鋪門上貼出一張大字報，語言粗鄙，夾帶國罵，向「賣國賊」方方約架，要求方方接受決鬥——用拳頭而不是用道理一決勝負，但是如此「大義凜然」的大字報卻偏偏是匿名，僅自稱為「農民」；其二是自詡書法家的錢某，聲稱要籌款塑一座方方跪像，與秦檜夫妻跪像成為一排，意為方方與秦檜為伍，同為賣國賊，同向國家謝罪，云云。錢某的立意荒唐不經，其實不必贅言。且不論秦檜的功過是非，方方與秦檜實在是風馬牛不相及。不過意料之外的是錢某的立意，居然在網路上一呼百應，點贊者、歡呼者甚至認捐修像者皆有之，一場羞辱方方人格的狂歡由此揭幕，方方已成爲「賣國賊」的代表。甚至是在方方透過日記一力協助、曾立在陽臺敲鑼救母的女人，當時是感恩戴德，此時則翻臉加入辱罵方方的人群，且唯恐辱罵得不夠狠毒。難道那女人如此兩面的行爲，心中沒有任何愧疚麼？或者這就是中共紅色教育造就的狼人？年過花甲的方方，緣何因一本內容平實的小書成爲眾矢之的？難道任何依然有理性之人面對此情此景，心中不會五味雜陳？方方一向外圓內方，但爲人並不張揚，最終卻被逼得血性畢現，說出「極左就是中國禍國殃民的存在。改革開放如果毀在了這些人手裡，是我們這一代人的恥辱。來吧，把你們所有的招數都拿出來，把你們背後的大牌都喊出來，你看我怕不怕你們」！平和理性的方方，最終被逼到寫得如此明白決絕，這已經是她的衝冠一怒。這樣的表達無異於向那誣衊、詆毀她的陣營下一封邀戰書。「雖千萬人吾往矣」，大哉方方，人品方正，確實是人不負其名。

自《方方日記》預告將在國外出版以來，方方在許多小粉紅語言中已經升級爲「賣國」、「吃人血饅頭」、「向國外反華勢力遞刀」，以及「帶路黨」，總之是十惡不赦之徒。自己曾經以爲如此愚蠢的群氓行爲，早已經埋入垃圾堆中，卻不料居然響應者眾。在人之間可以正常理性溝通的社會中，若認爲《方方日記》記述失實，則批評者大可指出失實之處；若認爲《方方日記》中某些議論有失公允，批評者亦可以舉證以矯正之，而現實卻是小粉紅們皆如狼似虎，以方方本人為對象，極盡辱罵之能事。大陸天朝並非沒有理性平和的聲音，只是都淹沒在粉紅色的吶喊中。記得其時自己讀到過一篇理性文章，試圖以百分比劃分《方方日記》中的讚揚、批評、紀實等內容，結論是日記中對於大疫之中醫護人員、外賣小哥等等平民的讚頌占比達百分之七十以上，而對政府失職行為的記敘亦無偽造。只是如此理性的文章遭遇的只是尷尬——轉發者寥寥，亦未見有人回應，多數人只是選擇一徑罵街，全不顧理性分析。不得不說這已經是文革行徑、暴民模式，或曰文革幽靈以不同面貌再現於大陸中國，再度意圖封鎖言論自由，剝奪正義者的聲音。方方本人也因《方方日記》的出版而遭極權當局懲罰——從此不能在大陸中國參與任何文學活動，不能發表、出版新作，甚至不得再版她任何舊作。於作家，這是莫大的懲罰了，這便是意為從此禁言。不過我相信內心坦蕩的方方，不會遵從那極權令她禁言的「聖旨」。她雖對於官方如此狠惡的懲罰手段心有沮喪，卻會依舊將紙與筆置於書案，那筆下流出的文字仍會一如既往，坦蕩平和理性，率然純真，直視人間。

小粉紅們的討伐，甚至擴展到針對方方的支持者。其時網路上公開發聲支援方方者有她的作家同仁（同仁雖多但發聲者寥寥），亦有大學教師，他們均成為攻擊對象。攻擊方式無理性亦無節操，例如翻找舊時言論，無限上綱上線，如同文革初起時的口誅筆伐，甚至連大學行政機構——本應是以維護學術自由為職責的機構，業已加入「批判」行列。甚至不單是口頭批判且是實施行政懲處，例如對於湖北大學教授梁豔萍的校方懲處。那懲處不可謂不重。梁女士被開除黨籍，校內記過、取消研究生導師資格並取消教學活動。如此的民意「崛起」與所謂「從重從快」[29]的處置方式，類同於文革初起的歲月。難道公開發聲支持方方，即成爲罪犯麼？文革那些歲月之中不知曾造就多少冤魂？由一句話一本書便被「上綱上線」[30]到極致，直至戴上「賣國」、「反革命」帽子，是不知多少讀書人彼時的遭遇。一頂帽子便是不可承受之重，足以招致被批鬥被毆打，被關入牛棚，妻離子散。「賣國」帽子更無需罪證，莫須有即可，誅心即可。「群眾專政」之下，辱罵聲震耳欲聾，拳腳齊齊落在帽下之人身上，帽下之人則百口莫辯。於辛丑年間，雖尚無批鬥大會等等，但網路效應遠傳播之廣泛甚於昔日批鬥大會。聲討方方之勢可謂在華夏王土一時鋪天蓋地，而莫須有之強勢、誅心之蠻橫無理，更勝於往昔。文革歲月，是多少人的地獄，卻亦是少數權謀者的天堂！那些慘酷經歷至今不知道仍然是多少人的夢魘，或者讓多少人遺恨在心，卻偏偏同時是

[29] 何謂「從重從快？」所謂從重，就是對上述各類罪犯，在法定刑範圍內適用較重的刑種或者較長的刑期。所謂從快，就是在法定時限內儘快辦理。（引自《中國法學大辭典》）。

[30] 何謂「上綱上線」？且引《百度問答》說明：「上綱上線，意思是指把問題提到階級鬥爭和路線鬥爭的高度來分析。它是一種思想方法和話語方式，其表現爲，經常把一般問題、非原則問題，也當作原則問題看待、處理，使其顯現出特別的嚴重性。」

多少人心中的狂歡節，是多少人一生中唯一的「輝煌」年月——那歲月裡可以肆意施暴，可以凌辱他人，可以將心中一切暴戾、惡意以革命之名宣洩到極限……。

自己本以爲那段歲月已經結束超過四十年，無論是大陸如我的一代人或是新生代，已經遠離那塊遮眼的紅布，而經濟開放帶來的富裕與選擇的多元化，會讓任何身歷其間之人，看穿文革以及釀成了十年文革的極權政體有多麼荒謬、違背人性。如今自己眼見爲實，方才如夢初醒。原來文革並未遠離，文革依然如同幽靈般徘徊在大陸土土。文革精神與理論已經在自覺或不自覺間植根於人心，植根於人性，植根於人腦，頑固成長，靜待時機。到習氏一尊上位，似乎是久旱終於逢甘霖，天時地利，便有文革精神再度蓬勃生發。這片土土霎時漫起淫雨巫雲，而生活在土土的小民則在劫難逃。文革如同惡草，在這片土土中剪而復生。剪而復生，緣於毒根深植，植於這專制政權的根系之中，再由權力以傾其所有的手段搜刮來的民脂民膏澆灌與扶持，而小民爲生存不得不攀附其上，久而久之反而認毒草爲衣食父母。古人說「斬草除根」，只有除根方可斷絕，而文革因種種原因，根系從未被掘起、斬斷。或許文革重歸，並非緣於在劫難逃，而是緣於宿孽未消吧。

面對洶洶大疫，依正常人的邏輯，豈不是應該掌政者與全民均人同一心，心同一理，即以抗疫爲第一要務嗎？特別是要專注於專業醫學研究機構與臨床醫生觀察治療的研究？難道政府官員不是應尊重專業意見，且由醫學專業人士爲主力，制定抗疫策略？爲何大陸天朝族群卻反其道而行之，全力關注與抗疫無關聯的議題？且內部爭拗如此激烈？若追根究底，依然可以回溯到中共從延安便開始試水的階級理論，以及執掌大陸起始便逐步實施的以「階級鬥爭爲綱」的統治模式，可謂是華夏王土，文革幽靈不散。所謂階級鬥爭理論，並非純粹是基於開山祖師馬克思的理論，而是按大陸開國帝王毛氏於一九二五年的階級分析法，將治下百姓按其財產多寡劃分爲不同階級，繼之以中共統治的角度逐一審視各階級，冠之以「革命的領導力量」、「可團結力量」（或曰「動搖不定的中產階級」），以及「極端的反革命派」，等等標籤，亦有按中共於不同時期、不同策略所需而「可利用」之階級。如此一番劃分，加之自一九四九年紅色中國建立以降，中共持續不懈地將此「階級理論」加以實施，終於使大陸社會的族群分裂難以彌合。

中共實施「階級鬥爭理論」的方式大致可分類如下，一是所謂紅色教育——洗腦之謂也，即是向百姓灌輸「劃分敵我」、「敵我不兩立」、「敵人忘我之心不死」等等的意識，以及向所有學生自幼推行洗腦教育——所謂「親不親階級分」、「爹親娘親不如共產黨親」，等等；二是所謂社會改造，發起一波又一波運動（即整肅），透過這些運動不斷地發現甚或是製造敵人、將無辜人群劃分爲敵我或左中右，亦通過一波又一波運動而「培育」芸芸眾生「跟黨走」、「聽黨指揮」的意識。這些運動對於芸芸眾生確有威懾效應。那些被劃爲敵對份子的人之後受到的種種慘酷懲罰，例如被發配到窮鄉僻壤進行各類勞改、被降薪降職，甚至被押往監獄，許多人從此生死茫茫，永隔陰陽。人人恐懼的不只是一旦被冠以「敵人」便自身落入地獄，還有會株連家人——子女被錄入另冊，而配偶除入另冊還要面對是否「劃清界限」的逼迫。雖然古語有云「夫妻本是同林鳥，大難臨頭各自飛」，無情可以如斯，但是畢竟世間亦有許多有情有義的夫妻，寧願同生共死，如滄海之水巫山之雲。如此的夫妻便會雙雙墜入萬劫不復，如梅雲自願入獄數年，只爲護先生胡風，而夾邊溝的累累枯骨——往昔的翩翩書生，又不知曾入過多少妻子的夜夢？

超過一個甲子的「階級鬥爭」酷烈實施的震懾與洗腦之後，天朝小民之中，放棄思考渾噩度日者有之，鉗口不敢言者有之，遵奉領袖如神明者有之，而於種種磨難之中砥礪出自我人格，成爲俠者、獨立學者亦有之。如此，便使得偌大天朝，洋洋十億之眾之間溝壑深鑄，無法靠攏普世價值。若從細處落筆，其實還有許多原因可以深究，例如紅色政權於五〇年代初起便剝奪私有財產，建立「單位制度」，導致人人的生存都要依附於某一「單位」，要感謝這一政權每月賜予單位人薪酬、以養家活口的「恩典」。

紅色權力對於學術自由的扼殺，使得人文學科人才凋零殆盡，許多學科幾成空白，如哲學、美學、法律、邏輯學，等等；歷次趕盡殺絕式的運動，肅清「敵對勢力」，也使得數理人才難以倖免，從而拖累基礎理論研究，例如數學、遺傳，乃至專業醫學理論研究，等等；強詞奪理地將「外行領導內行」的論調無限延伸到學術與科研領域，致使今天的大陸無論哪一行業都是庸才當道，專業技術無人專注，後繼無人，緣於華夏大陸的後代早已經看透，成爲中共與官場一員才是人生青雲路的唯一捷徑。進入千禧年的第二個十年後，大學畢業生數萬人競考一個政府公務員職位，已經成爲大陸中國的新常態之一。諸如此類，天朝互聯網中已有許多記敘。

「種瓜黃台下，瓜熟子離離。一摘使瓜好，再摘使瓜稀」。歷經運動，一而再再而三的慘酷清洗，人才或凋零或遠走他國，大陸人才之稀缺已經是不爭之事實——只看此次大疫之中，堪稱專家者有幾人？坦率敢言的專家，又剩有幾人？

四面楚歌聲，君聞否？

記得歐陽修先生有描述爭吵的戲作，起句云「夜來枕上爭閒事」。不知歐陽修心目之中，「閒事」應解作茶餘飯後聊供消遣之事，還是與吵架之人日常起居風馬牛不相及之事？又不知天朝小民爭拗的議題，在歐陽修先生心中會如何歸類？天朝小民爭拗的議題往往宏大莫名，所謂「國家大事」甚至是「國際大事」；細究起來確實並非適宜於茶餘飯後聊供消遣。這些議題初看與小民日常起居風馬牛不相及，但細思又何嘗不可說那聯繫其實是千絲萬縷，扯不斷理還亂？天朝的極權政體下，「國家大事」無不侵犯到小民的私生活形態，而小民對於國家權力對其私人生活，乃至人生的毀壞與重新模塑則毫無抵擋之力。這特點已經由大陸天朝過去幾十年間的軌跡所證明。

前文提及，天朝小民間之爭拗並非自疫病始。爭拗是源於各方獲知訊息多寡不同，或源於思維方式不同？或源於立場不同？或許是兼而有之吧。不過據自己觀察，疫病期間即使是面對相同訊息，小民之間依然是爭拗不休，衍生出的結論則可能是相互背道而馳，或曰水火不容。那或許便確乎是緣於華夏民眾之間的立場不同了。經過四十年經濟開放的施行，天朝社會的多元化之路本已經開啓，於是小民在國家壟斷一切的體制之外，逐漸耕耘出一片私有天地。私有財產雖少卻予人以立足之地；一畝三分地上的耕耘雖不足以成就巨富，卻亦使人薄嚐自由滋味。雖然「千呼萬喚始出來」的國門依然是半開半掩，但亦使讀書人有可能負笈海外，而無需再擔心無法擠入寥寥幾所國家科研機構。不過進入千禧年後的第二個十年，自習氏一尊坐穩無上寶座起，天朝的車輪卻又一次轉向，半開半掩的國門逐漸反向運動，體制從多元化漸次重歸一元獨裁，極權體制再現華夏大陸。

例如對於所謂「軟形態」行業——諸如出版書籍、官方媒體、民間自媒體、影視作品之甄選題材乃至演員個人的銀幕造型，甚至是私人之間的微信轉發、對於青少年校外教育的民間課程或補習課程。習氏宣示的「黨媒姓黨」，使得大陸中國所有官方報刊均是唯黨媒大旗《人民日報》馬首是瞻，甚至是照抄無誤，於是華夏王土各路官方媒體均如千人一面；而私營出版社則愈益難以從中共的新聞出版署獲取書號額度。對於經濟活動領域強權亦在漸次收窄民間活動範圍，設置柵欄重重，私有財產與私營工商業漸漸遭到國家權力輾軋，生存空間亦漸次收縮。更有甚者，官員們眼見某些民營工商業者，其經營上佳，業務興盛，以所賺利潤對地方貧民施行慈善，且不賄賂官員以換取一把保護傘。於是官員們既是貪財又是忌恨，更是緣於感受到習氏自掌政後，數次表達他力主回歸經濟國營體制，支持「國進民退」的傾向，甚至屢次表達要「消滅私有經濟」，便愈是膽大妄爲，肆無忌憚。從民間爆出的已知事實看，那些「莫須有」地針對民營工商業者的案件，分明是各部門官員相互勾結，例如工商主管部門、法院與員警勾結，一同對這些民營工商業者羅織罪名，將業主抓捕下獄，同時將其多年經營所得的資產私自瓜分，裝入私囊。對於民眾的質疑，他們便是裝聾作啞，暗箱操作，力圖使眞相粉身碎骨，永沉海底。例如前幾年的吳英案，最近的孫大午案[31]，莫不是類似的操作。至壬寅年，習氏連任，成爲集軍權黨權行政權爲一身的「一尊」後，甚至直接將被中共歸類於「關鍵行業」的民營企業收歸國有。不過此是後話。「國事」、「政事」對小民私生活的影響，借用文革陳詞，可謂是立竿見影，如此，對於小民私生活而言，或許確

[31] 《維基百科》中〈孫大午〉一節對該案有詳盡描述。

實可以說是極權之下天朝政事非「閒事」。

共黨黨魁強權淫威之下，再加數千年皇權傳統，官場自是上行下效。民間則一方面有迎合者眾，另一方面亦有劫後餘存與開放四十年來學界、民間重拾的「獨立之精神」與士人風骨，於是釀成對於任何話題都既有維護或迎合官方的立場，亦有民間人士為維護輿論自由的空間而持批評立場的聲音，致使爭拗不止。這些話題中之熱議者計有病毒起源、政府有無行為之失、中美關係，等等。《庚子記疫》前篇中，自己已經大而化之地提及病毒起源與政府之失，此處不贅。

中美關係於大疫期間的嬗變，確實是林林總總議題的重中之重，不過我有自知之明，才疏不足以擔此重題，此處只是點題便罷。辛丑年雖依然是大疫之年，但人類活動並非僅是局限於抗疫。中美之間的關係於庚子年之前即急轉直下，於辛丑年間則幾成劍拔弩張之勢。近代歷經日本戰爭、國內戰爭、朝鮮戰爭，中美兩國之間於此期間合合分分，柳暗花明，反復不斷，但自鄧小平執政後趨於平穩，雖隱憂仍在，但經濟合作持續拓展，約有四十年好時光。大陸經濟亦於此四十年間突飛猛進，終於躋身GDP大國，排名世界第二。這平穩歲月最終為二人打破：川普就位美國總統，而習氏同時登上天朝政權階梯之最高位，並在執政兩年之後強勢修改中國國家憲法，取消任期限制，顯示其「司馬昭之心」，即獲得當年袁世凱未能爭得的終身皇座。此舉無疑令國際側目，在民主制度為主流的世界裡回歸帝制，豈非是大逆不道？姑且不論川普本人是否以此爲忤或會否心生羨慕，習氏此舉無疑是將大陸十三億人口，一根鐵鍊綁上了他個人野心的戰車，高調地爲世界輿論樹起一面靶子。之後便是庚子年前爆發的所謂中美貿易戰，繼而愈演愈烈。之所以稱是「所謂的」，因爲天朝崴腳部官員雖不乏唇槍舌劍甚或惡語相向，事實上僅有嘴上功夫，毫無實際招架之力。川普以對天朝產品加徵關稅發起此役，天朝以同樣加徵關稅作爲還擊。就兩國相互貿易之商品結構與其對本國經濟運營的輕重作用而言，此役天朝必輸無疑。此一常識推論天朝學人與商人皆心知肚明，卻不知道習氏一尊是否懂得這小學生也會做的算術題結果？隨川普一步步加稅，天朝完全在美國進逼之下步步後退，最終亦是簽署城下之盟，應允了美方全部訴求。

姑且不論川普加稅之舉是否亦有悖WTO的原則，但美國對於天朝發起貿易戰的邏輯並非毫無依據。此事起因可謂是天朝對WTO下承諾的義務違約在先。天朝加入WTO時曾簽署有一份承諾，承諾國內一些所謂敏感行業逐步開放的時間表，當時美國政府選擇相信天朝政府的承諾，甚至協助天朝遊說心存疑慮的一眾歐洲國家，使得天朝終於成爲WTO一員。接下來的數年間，那份承諾於天朝之政黨官員僅視爲一紙空文，如同大陸中國建國之初頒布的《憲法》，被天朝政府束之高閣，本無兌現之意，又何談行動？天朝政府官員依然秉承大清朝的慣例從心底輕視那份條約吧——那不過是一紙文字而已，非要當眞嗎？數屆美國政府皆寬容待之，或許他們秉承的契約精神，使得他們不相信天朝政府其實從始至終根本無心兌現承諾？更爲深層的原因自然是體制的絕然不同。天朝的體制雖經過數十年經濟體制改革，政體卻依然是極權制度。國家財政向民間斂財，手段窮凶極惡，一切財富斂入政府口袋用以國家（或國有企業）投資，亦可供天朝高層在國際上盡示繁華，錢袋盡興揮灑向所謂其「第三世界的友邦」，似乎一時之間天朝成爲世界上最成功的國家，「一帶一路」一時風光無兩。美國作爲自由經濟體，自然無法施行此類經濟擴張的「舉國體制」。

不論川普當選美國總統對美國究竟是福是禍，起碼對於天朝而言，川普執政確實是天朝國際逆風當頭的開始。大陸天朝政府首腦習氏初上任時，在國際上頭頂世界第二大經濟體的光環，以國內市場的前景誘惑他國政要爲經濟繁榮而折腰，自覺立於前人創下的金山銀山上自有權力與威勢，順風順水，對弱於自己的國家可以頤指氣使，動輒以停止進口他國產品相要脅，例如對於敢冒大陸威脅而部署雷達的南韓。天朝政府高層官員或大都相信財富的威力，或許以爲只要錢袋充裕，便可以長此以往地複製對於南韓的威懾（雖然事實最終證明那威懾並未成功嚇退南韓）。於習氏本人，則權力的滋味讓他心醉，錢袋的充足讓其飄飄然醺醺然，神魂顛倒，不辨是夢是眞。追尋源頭，這便是「中國夢」一詞的眞正由來吧。讓天朝首腦習氏始料未及的是，這樣春風得意、使其醺醺然亦昏昏然的日子居然戛然而止。川普發起的貿易戰，其不論是否亦是違背WTO確立的消減關稅規則，確實是將天朝的光環剝離，將其內裡的敗絮顯露於各國面前。在習氏的傲慢登場中天朝敗象初現，偏偏又逢大疫，可謂禍不單行，或如古人民間俗語，「禍福無門，惟自招之」。

美國庚子年間亦是疫情蔓延如火，至辛丑年依然未能從大疫中完全脫身，卻未忘記或明或暗地意指大陸中國政府在疫病初起之時舉措失當，刻意隱瞞疫病嚴重程度，致使其他國家或掉以輕心，未能及時防疫，如今終釀成全球大禍。一場大疫病尚未結束，全球死者已經超百萬之數，而美國因疫死亡者則已經超過其越南戰爭中死亡人數。美國領先指責天朝，則澳洲、歐盟乃至一些原東歐國家亦紛紛跟隨，已經有數國官員提出調查病毒傳播的原因，亦有蹭熱度的律師（例如據報導已經有美國律師、奈及利亞律師）揚言起訴天朝政府。究竟情勢將如何進展？是否未來幾年間向天朝追償疫病損失，會成爲各國律師的「業務熱點」而興起燎原之勢？至辛丑年末，瘟疫已經接近尾聲，卻依然看不出這些初期此起彼伏的爭訟走向將是如何，或者是否會偃旗息鼓？或各國政府終會群起要求追責？若天朝確實是有實驗室重構蝙蝠基因以研製新冠病毒，則無論是有意或無意洩露，都是罪不可逭，辯無可辯。若是僅由於延誤而致使其他國家感染，則或許在某種程度上取決於大陸天朝將如何應對？即便天朝以謙卑替代傲慢，崴腳部終學到「謙卑」二字，應對得宜，可以轉圜，以求誠意地改善其國際形象的空間又剩有多少？

面對數百萬生命失去，天朝政府何以自辯疫病初起時瞞報的疏失？是否有顏面自辯？是否還會有信譽，還會有其他國家相信其自辯？天朝政府似乎尚未意識到目前頗如楚霸王烏江被圍的情勢，即使應對得宜，只怕仍難免陷入四面楚歌，而國內的「小粉紅」或「戰狼」則似乎嗅了興奮劑，戰意勃發，在網上各種出言不遜且荒謬絕倫，甚至是違反人類一般認知，汙人耳目，例如稱病毒爲「新冠寶寶」，「助力天朝攻陷美國」，等等。華夏大陸並非人人贊同本國官員與「粉紅」人群如此反智的理性聲音，持有異議者亦是眾多，但是不幸，事實上理性十之八九是敗於民粹（或曰民族主義）的吶喊。這似乎是天朝近百年的軌跡，從義和團崛起，大清朝慘敗於八國聯軍旗下直至今日，依然是在此軌跡上運行。大陸有篇網文，題目爲〈狹路相逢，群眾勝〉，帶一分無奈的幽默，即指大陸中國上百年來，始終是理性之聲敗於民粹鼓噪，若究其實則是敗於朝廷明中暗中支持的民粹噪音。即如晚清慈禧太后暗裡扶持義和團而釀成的「拳匪之亂」，終於導致八國聯軍攻入帝都並火燒圓明園。如今得到習氏一尊爲首的天朝政府明裡暗裡首肯，天朝崴腳部上躥下跳支持，將純粹的民粹噪音大張旗鼓地宣揚，昭示出大陸天朝政府的囂張跋扈，只怕將爲禍更甚。不知道習氏是否聽過那《桃花扇》中的幾句唱詞：「眼看他起朱樓，眼看他宴賓客，眼看他樓塌了！這青苔碧瓦堆，俺曾睡風流覺，將五十年興亡看飽。」

也曾捫心自問，對於曾經的祖國，自己究竟是何種心情？若認爲情緒僅僅以「愛」或「恨」來形容便可，則只能說是對於人類的理解太過膚淺，或可說是太過幼稚。依戀、思念、惋惜、憂慮，或者離愁別緒，夢縈魂牽，皆是情緒，卻並非本篇主題，無意橫生枝節。

自己對於天朝獨裁之黨與其元首所作所爲雖諸多批評，但有批評即意味了依然關心，關心的尤其是無辜地落生於天朝大陸的無數尋常百姓。自己也曾是他們中的一員，亦曾遭遇過同樣的被蒙蔽與同樣的不堪回首。

辛丑記封之二——人類與病毒的進與退

新冠疫苗與封城舉措

武漢封城雖以暫時阻斷疫情蔓延而結束，這結束卻不幸地更增加了天朝小粉紅們的驕狂。雖然各國在疫病初潮時，紛紛以封閉疫區爲防範舉措，被天朝大陸無知且狂傲的小粉紅們譏嘲爲「抄大陸作業」。無知且驕狂的習氏自此視封城爲抗疫之唯一法寶，甚至稱其爲「永久國策」，直至病毒被清零。此「國策」因而通稱爲「清零政策」。「清零政策」語焉不詳，只是四個字而已，不知是指將病毒徹底清零，還是將王土上全部患病人數清至爲零？其實無論是哪種解釋，似乎均難以實現。帝王不做解釋，則大陸地方政府只得各自解釋，以求執行如懿。

事實上，西方國家並非如「小粉紅們」鼓噪的那般是照抄天朝模式，而是清醒地看到封城僅是權宜之計，其對民生與經濟均非良策。封鎖疫區僅是面對病毒攻勢洶洶的人類生命爭得更多生存空間，拖延病毒進擊的同時，人類則必須依靠科學研究，研製出適宜的疫苗，直至疫苗研製成功，得以爲本是手無寸鐵的人類普遍披上一層鎧甲。此時再解除封城，各個方面均恢復正常生活秩序，才是阻擋瘟疫攻擊的合理路徑。

我非醫學專業人士，因而僅在此複述事實。基於常識，即病毒不同於細菌的性狀相對穩定，而是極其善變，難以精準地以藥物殺滅。感冒乃至流感即是最好的例證。感冒乃至流感病毒年年肆虐人間，造成的死亡率極高，卻至今未研發出靶向精準的有效藥物，便是緣於此類病毒極爲善變。自庚子到辛丑的一年間，不知經過多少西方學人的研究，得出的結論便是病毒不可能被徹底消殺淨盡，人類將不得不與病毒共存，方式是人類以疫苗作爲防護，增強免疫力，同時相信病毒的毒性亦會按自身規律逐漸衰減，最終成爲存於人間已有數百年的各種感冒病毒之一。例如德國科學界於辛丑年與壬寅年之交獲得的結論，便是認爲始自武漢染疫，繼之肆虐全球的新冠病毒已經不存在，或說是已經降解爲可更名爲Omicron的一種新病毒，可視爲感冒病毒之一。因而人類已經無需驚惶，更無須採納特別的防疫管理舉措。事實上，在全球肆虐人類的新冠病毒至辛丑年（二〇二一年）過半之後，似乎也確實是自身疲累了，初起時的凌厲毒性漸次衰減。加之疫苗已經漸次覆蓋多數人類，大部分新冠患者的症狀已經類似一次重感冒而已，無需特別醫療。各國政府已經認同醫學界普遍的觀點，即隨人類的防疫能力增長與病毒攻擊性的自然衰減，此消彼長，人類從此可以與病毒共存，無需再有專門管控人類行爲的行政管制。這一結論亦爲WHO官方確認。

既然短期內無法研製出適宜的治療藥物，則可解燃眉之急的，便是研發增強人體抵抗能力的疫苗。歐美各製藥公司於庚子年晚期已經紛紛投入疫苗研發，至辛丑年已經開發出幾種疫苗。其均是基於對疫苗有效性的考量，選用減毒活疫苗方法（live attenuated vaccines）。未能自行成功地研製出疫苗的國家，例如澳洲，則即刻安排獲得研製者許可，以求在本土的以大量生產疫苗，免去遠洋運輸可能產生的技術難題或導致延誤，可儘早用於其居民。大陸天朝亦開展疫苗研發，不過卻另闢蹊徑採用了不活化疫苗方法（Inactivated vaccine）。不活化疫苗方法本是用於製作傳統中針對細菌類感染的疫苗，例如小兒痲疹疫苗、小兒痲痹症疫苗，等等。醫學界尚未能證實其對於冠狀病毒類的防疫效果。這本是投機取巧的方式，或是出於大陸共黨行事作人一貫的思路，即類如「多快好省」、「急功近利」，同時可兼顧大國臉面，即「自力更生」，不輸於西方國家。大陸中國終是研製成「不活化疫苗」，用於大陸百姓的防疫注射，疫苗名爲「科興」。西方國家學界對於天朝的不活化疫苗一直未能認可，認爲其缺乏啓動人體免疫功能，因而難以針對新冠提供有效保護。這一看法於壬寅年（二〇二二年）亦由大陸醫學科研界數位知名學者認同，認爲藉資料證明，若以百分比表達，科興疫苗的保護能力僅達到百分之二十之下，而港大的採集資料則顯示科興疫苗的保護能力僅達到百分三左右㉜。

在西方，尤其是美國與德國，疫苗開始應用於民眾最初見諸於庚子（2020）年末，而辛丑年是西方研發與生產疫苗的豐收年，有數支不同疫苗相繼面世，注射疫苗漸次覆蓋全體居民。各國的注射順序則是以其國各地最高行政官爲首例，即是將他們待若實驗室小白鼠，注射後若未出現不可預料的異常方可用於居民。M市對居民則是按年齡段排序確定注射順序，年長者最爲優先。記得自己在M市注射首次疫苗是二〇二一年春，繼後是第二針與加強針，均提前告知時間安排，極有秩序。M市的封城舉措隨疫苗注射於居民的覆蓋率而逐漸寬鬆，除age care仍需特別防範要求外，從最初的「封城」漸漸轉爲僅在公共交通車中須戴好口罩，最終結束於辛丑（2021）年十月末。也可說西方國家確實視「封」爲抵擋大疫蔓延的緊急措施，而解封亦是依據醫學權威機構與學者對病毒危害生命可能性的分析與結論，即天秤一端是新冠病毒毒性的漸次衰減，另一端則是居民中疫苗覆蓋率漸次上升，結果則是病毒感染危及生命的概率極大下降。例如已經接種過四次疫苗的自己亦感染到新冠，雖然自己歷來體弱，但那感覺亦不過是如一場重感冒，發燒、咳嗽，延續超過一週有餘，之後自癒。

有大陸牆內網路流傳消息透露，天朝其實也進口了一批數量極少的Pfizer疫苗，究竟是作何用途？不可能是用於科研，因爲疫苗會受到許可規則的保護，未獲研製者授予許可即用於科研則是顯然的侵權，相信天朝不至於依然如此無知。仍然是依據大陸牆內網路微信中的傳聞，進口疫苗是爲天朝帝王與其高級臣子注射，似乎這也是唯一合理的解釋了。人的性命，眞的有貴賤之分麼？在天朝，不言而喻，人群分紅黑二色，其每一色中再分爲三六九等，我曾在自己之前的拙作中略有描述㉝。

在M市注射疫苗無需市民付出任何費用，在美國亦是如此，但天朝大陸的疫苗注射卻是對其百姓收取費用的，雖然那官方宣傳品含糊其辭地宣告「疫苗免費注射」，但事到臨頭卻解釋爲僅僅是「注射」的人工費可免，但疫苗的成本費用卻須大陸百姓自身承擔。僅靠十數億人口注射疫苗，政府便可獲取相當的一筆收入，不知可否算是天朝紙面上GDP的勝利？究竟有多少大陸之民獲得了注射？換言之，於辛丑年末，疫苗注射覆蓋率達到全體人口的百分比是多少？大陸官方從未給出明確數字。

㉜香港大學，《第五波疫情研究》，二〇二二年。
㉝《方寸天地看人間：燈火闌珊處，尋一代少年背影》

「愚蠢深不可測」之三——壬寅年（2022）記變

時間永恆地推移，四時節序輪迴不息，世界終於告別人類命運多舛的辛丑年。壬寅年（2022）對於全球多數國家是告別洶洶大疫，生活逐漸回復常軌之年，天朝王土卻是反其道行之。本欲將此節名爲「記苛政」，但最終名爲「記變」，是感悟到壬寅（2022）年間疫情於大陸中國雖依然未終結，卻是大陸中國從高層到小民均發生數項變化的時間節點。這些變化若擇其要，或可歸結於中共高層之變、防疫政策之變與民心與此極權政體離心離德者愈益增多之變，只是這些變化是否可能成爲華夏王土之制再度轉折的契機？若是，則又會向何方轉折？自己無能索解未來，只能祈求上蒼的憐憫與佑護，使落生、居住於華夏王土的小民少遭受些興亡之苦，但是首惡絕不能獲饒恕。自己也知道許多人會反駁我，說小民中也不乏有助紂爲虐之人，如「小粉紅人群」。我並非想爲那些人辯解，不過我記得自己的姥姥講過《聖經》中法利賽人與妓女的故事。妓女行爲淫蕩，法利賽人主張用石頭砸死她，但耶穌對眾人說，「你們誰認爲自己是無罪的，就可以拿石頭砸死她。」眾人聽後沉默散去，耶穌未捨棄她，只說「以後不要再犯了」。我相信神是在對眾人說，每個人都沒有自行審判他人的權力，每個人的權利限於反思自己、審判自己，也救贖自己。回想，任何凡人都無權利選擇其落生之地，而生於長於紅色大陸中國的我們一代，無論今日是依然居於那片王土還是已經成爲域外之民，又有誰未曾在那紅色話語爲王爲宰的五〇年代受到過那份蠱惑，未曾說過或做過在如今看來是愚不可及的行爲？若今日我們一代人可以各自反思、評判，乃至補償當年自己也曾有過的「助紂爲虐」，相信那便是我們對華夏王土的救贖。若我們的後代人亦可以如此行事，那麼相信華夏王土終可以恢復爲土壤豐沃，處處是「三點兩點雨，十枝五枝花」的春季。依然居住於大陸之後代人，也可以告慰我們一代，「江南無所有，聊贈一枝春」吧？

華夏自孔夫子以來便有「苛政猛於虎」之歎，不過華夏大陸的苛政歷經數千年，依然牢牢把持這片王土。相比較，這世界上有許多國家的政權，早已經承認其國民的權利乃是國家的基石。例如美國的《憲法》，起始第一句便是「我們，美利堅合眾國的人民，……，立此憲法」。之後二百年，美國的《憲法》始終是一部在呼吸、有生命的法律，雖是隨時代出現的新現象而偶有修改，但修憲必須鄭而重之，首先是遵循程序法律，而絕非寥寥頂層人士可悶聲不響地爲之，因爲那涉及全部國民之權利與自由。

與之恰成反面對照的則是大陸中國《憲法》的命運。自一九五四年紅色中國頒布首部《憲法》，雖將新建政之大陸中國明文定位成「社會主義國家」，但同時亦明文承認了其國中之民的個人權利，例如公民「有言論、出版、集會、結社、遊行、示威的自由」與「宗教信仰自由」。若問：大陸中國公民是否有權利援引《憲法》賦予他的「權利」以保護自己？

答覆則可至簡爲二字：不能。自頒布至今，那大陸中國的《憲法》始終是一部不呼吸、無生命的法律，只是掛在牆上的一紙空文，或跟隨黨魁意志對社會機制造成的行政機制改變而修改，或全被無視。實例之一是大陸《憲法》被禁止適用於司法審理案件，即無論是涉及民法還是刑法案件的審理，律師與法官皆不得引用《憲法》條文作爲抗辯或判案之理據；實例之二則可舉二〇一八年習氏推動的《憲法》修改。於一九八二年修憲時確有一項重要修改，是遵從鄧小平提議，即是爲黨魁與國家元首之任期加以限制，或許這是基於鄧本人親身經歷文革後的領悟。不過《憲法》依然是一紙空文，因爲一九八二年的修憲並未能阻擋住習氏重回終身獨裁的願望。或許習氏當年對那《憲法》中白紙黑字的條文尚有些畏懼，因而必須消除其謀求於十年任期結束後，依然坐於至高皇位的法律障礙，且修改後的《憲法》確認共黨之唯一「領導地位」。這本是動搖國家本質的一次修憲，卻無聲無息地獲得官場通過。與官場的鴉雀無聲對照，是次修憲確是引發民間洶洶譏嘲，一時在國內互聯網路包括「微信人」中反復流傳當年袁世凱試圖恢復帝制的舊事，明顯是意在言外，借古喻今，借古諷今。網警對此亦是封殺唯恐不迭。

習氏得以修憲，雖可謂已是公然宣示其「司馬昭之心」，不過那皇位是否得以落入他頭上，於其修憲之時卻尚在未定之天。黨魁換屆之事一向重大，需事先獲得共黨最高朝廷（即：中共中央常委會）成員的一致批准。壬寅年（2022）則是關鍵的一年，由於那恰是黨內為黨魁是換屆還是連任將做出取捨之年。

辛丑之末、壬寅年（2022）之初，全球各國城市紛紛解除封閉管制，各國國境亦漸次開放。先生得以接續因大疫而被中斷的某歐洲大學的研究課題，我們於二〇二二年暮春時出澳洲國境，經維也納抵達捷克。一路暢行無阻，離開M市時無需再作新冠陽性測試，抵達維也納邊檢站時，只需出示護照，無需出示任何與新冠有關的證明文件。遊客落地後，即可在維也納城市街頭、花園與皇宮暢行無阻地遊走。壬寅年的維也納雖是失去了一群群追隨導遊小旗、在大皇宮門前魚貫而入的大陸中國遊客，他們一般也是那裡的金色大廳和茜茜公主展覽最捧場的遊客，不過遊客的熱鬧與否，無損維也納古建築的恢弘與市井風情完美融合的韻味。少了些遊客喧鬧的維也納，更適合我們尋訪那些藏在街巷的博物館，適合傍晚坐在露天廣場，耳中飄過輕旋律的音樂，讓夏初熏風輕柔地拂過，慢慢地等那大杯冰淇淋中杏仁、香草、核桃碎片、新鮮草莓、各色莓乾與白蘭地層層分明的味道，在我們口中融為一體。疫病的陰霾雖尚未完全散去，但理性與邏輯自然而然地使多數歐洲平民認知，他們將與病毒共存，人類不能放棄自我，任由病毒摧毀他們人生的日常。平常的日子，雖然不過如家常廚房常備的牛油與麵包（或華人家中的燒餅油條），卻也是悠遠深邃的味道，深藏了不絕於縷的豐富，如同人世間的點鐵可以成金。維也納，人們安然地走過街頭，無需口罩，無需與他人保持兩臂遠的間隔，更無需心中對病毒有任何恐懼。

抵達目的地時亦無居家隔離的要求。我們的目的地是捷克的大學城Olomouc。我看到因瘟疫關閉國境而與我們一別兩年的小城，平和安詳一如往昔，大疫似乎未能將晦暗印記刻印在小城，哪怕是一分一毫亦未能刻印下。小城的食肆咖啡館，一如往昔地不見主動招攬客人的習慣，無論店中是食客寥寥或是不滿一半，店前都絕無任何店員攬客，似乎是地久天長的安之若素，大疫並未改變這日久天長。小城的食肆咖啡館還是原來的味道，我一向最愛的薄荷茶，依然是大疫前的樣貌，透明的玻璃杯，鮮綠的薄荷新葉沉浮在透明的熱水中，杯中白氣娜娜，帶出薄荷葉的清香。小城獨有的西班牙式熱巧克力一如既往的濃厚，苦味香醇中有恰到好處的微甜。小城的廣場，滿街的咖啡館與餐館，如大疫之前一般地每日在門前張開遮陽傘，那些傘五顏六色，輕盈地立於店鋪前，如同半空中漂浮起一層花兒，花兒無語，卻有魔幻的魅力，使得街頭日日蕩起節日氣氛。廣場中心也依然每日有攤販聚集而成的市場，市場主題每日變換，一日是書市，次日則換爲民間手藝人的天下，攤位前掛起的夏日衣裙和手袋，色彩交錯地搖盪在中歐熱而乾爽的風中，頗顯得悠然自在。

更顯得安適自在的則是街頭行人，雖也有人步履匆匆，但行人中多是老人，白髮滿頭，步履蹣跚，亦有許多人要靠拐杖助步，卻仍是不忘走入遮陽傘下的冰淇淋冰櫃前，帶回一只蛋筒，蛋筒上高高堆起冰淇淋，三色塔配上一層薄薄的白霜，色彩柔美得令人禁不住感覺心在融化。之後老人們便愜意地坐在廣場上隨意放置的長椅上，在耀眼的陽光下，像兒童一樣慢慢地舔那座三色塔。古人常形容仙人是「鶴髮童顏」，我想那「童顏」未必是指肌膚如孩童般細嫩無紋吧，也可指如孩童的眼睛般澄澈天真，無機心，只有愉悅人生的平和？廣場上永遠滿座的位置總是Olomouc大廣場的聖三柱旁的長椅。聖三柱建於肆虐於歐洲的黑死病之後，是對上帝感恩的紀念柱，如今是聯合國指定的世界文化遺產。那柱子不知為何通體黑漬斑斑，面貌猙獰的詭怪雕塑，皆掩在那黑漬斑駁的暗影中，唯有柱前的十字架金光燦然。前有西班牙流感，後有黑死病，今有新冠疫病，經歷過屢次大難存活至今的老人們，心中仍然有上帝，為他們帶來面對人生的坦然、平和與孩童的單純。

小城中唯一明顯的變化，是許多建築上都飄起了烏克蘭國旗，那柔和的藍黃雙色旗在湛藍的捷克天空下，與捷克國旗同時捲揚在風中，捲揚在那些長椅上悠然自在地舔著蛋筒冰淇淋的老人頭上。聖三柱矗立的廣場邊緣也增添了一條立柱，四圍貼了「布拉格之春」當年蘇聯軍隊坦克行列輾過布拉格的舊照片。黑白兩色是歷史的滄桑，無需文字解說。有位捷克教授對我說，「我們捷克人不會忘記布拉格之春，那時蘇聯坦克輾過我們的土地，輾碎捷克對未來改革的夢。布拉格之春是捷克人的噩夢，使我們懂得那時的捷克沒有真正的獨立。那樣的噩夢不能重現。」我想那些老人的心中，豈不深埋有同樣的記憶與憎恨？那些記憶雖深藏在心，卻未粉碎他們安然平和地享受生活的能力，是因為他們感受到的愛與陽光足，以遠遠壓倒那醜惡的一幕吧？世間之事，愛恨嗔癡生死，何為輕？何為重？這裡的老人們選擇的必然是愛，愛生活，愛陽光，愛甜食，也選擇對於那些如他們一般經歷過噩夢、卻不肯放棄自由與獨立的烏克蘭人不離不棄。人口不足十萬的小城Olomouc，接納了大量烏克蘭出逃的婦女兒童。

我們這個夏季作爲觀光客走過的歐洲城市，莫不是已經與新冠大疫告別，且人心的關注早已經跟隨世界局勢的推移而漸漸遠離疫病的陰影。相較天朝防疫舉措而言，爲什麼同樣的疫病，卻未在百姓生活與百姓心中留下相同慘痛的印痕？

壬寅記變之一——是「清零政策」還是民如草芥？

「一春略無十日晴」

於各國漸次消除大疫對國人生活的干擾舉措的同時，大陸中國則是反其道而行之。縱使全球各國都漸次解除封閉，迎來雨打梨花的早春，天朝卻依然是深閉宮門，「一春略無十日晴，處處浮雲將雨行」。

自壬寅年（2022）以來，大陸極權藉防疫之名閉鎖百姓的深度甚於辛丑年，且如此閉鎖並無理據支持。無論是依據官方機構公告，還是民間媒體的網路訊息；就染疫絕對人數而言，還是染疫人數與巨大的人口基數相比而言，大陸中國壬寅年初與辛丑年末的染病人數均可稱是微乎其微。例如就官方統計公告，二〇二二年十一月三日全國僅爲新增五百三十一人，共有確診患者四千六百四十一人，其中，帝都於二〇二一年十一月五日官方公布的病患人數：新增者三十七人，確診者爲三百二十八人。封城舉措數月後驟然轉爲凌厲的上海，於辛丑年十一月三日則僅有新增患者一例，已有確診患者爲四十九人。如同歐美醫學界的結論一致，除已有數種重度病史之人（特別是其中年長之人），多數患者如同是經歷了一場重感冒。

時間推移至壬寅年，上海的嚴厲封城舉措起於該年三月二十八日，該日新增患者九十六例，而該月三十日通報的按月計新增病患爲三百五十五例㉞。天朝帝都與魔都均是人口超過三千萬的城市，對於人口基數超過三千萬的城市而言，這一數字實在是微乎其微，何至於需要封城抗疫？爲寥寥數個患者而監控全城居民，如此執政的合理性何在？居心何在呢？只怕是醉翁之意不在酒，旨在以員警方式管控全民而已。雖然大陸官方數字從來是不可盡信，

㉞ 以上數字均來自於大陸衛健委的官方通報。

但從大陸中國網路訊息中透出的一鱗半爪，亦可以觀察到其原因明顯地並非是由於疫情兇猛，而是源於苛政兇猛，且苛政源於習氏的一意孤行。習氏一尊執意將防疫舉措添加政治意涵，一則是以抗疫舉措之名，成爲封閉小民自由活動的有效工具，再則是習氏將武漢首度封城的結果視爲「永久國策」，作爲是宣揚大陸王土極權體制較民主體制更爲高效、因而更爲優越的示例。

自逾四十年前的天安門廣場「六四事件」以來，每年的春季都是大陸中國官方心中忐忑的季節，緣於春季隱含了民間昭示對極權怨恨的幾個時間節點。例如於二〇一八年三月習氏修改《憲法》以來，官場對此雖接受得悄無聲息，民間卻始終是非議洶洶。官方管道無聲無息，小民僅得以在互聯網上發送各種嘲諷之帖，透過微信流傳。每年於紀念辛亥革命的早春期間，網路上便再現當年袁氏當國時生出皇帝夢的舊故事，加以各式譏嘲，明顯是以袁氏與習氏作比。清明本是華夏憑弔先人的傳統祭奠日，當局則唯恐有人藉清明之名祭奠「六四事件」中被屠殺的學生，或遭反右、文革歷次屠戮而亡的無數冤魂。因而自清明節起便處處明暗兼行地設防，甚至在某些逝者墓（例如林昭墓）前亦有警員設防攔截送花祭奠的人群。對網路帖的刪除也是「寧可誤刪一千，不得漏網一則」，風聲鶴唳，視百姓爲潛在的洪水猛獸。於是整個春季慣例成爲大陸官方日曆中，必須嚴控民意的幾個敏感月分。

相較其他年分，此次壬寅（2022）年尚多出一曲如同京劇「唱、作、念、打」融於一爐的重頭戲，即恰逢中共最高層換屆之年。習氏任期十年已滿，是否將按慣例更換新人？民間已經相當廣泛地流傳起期待的「習下李上」㉟，似乎此次將實現的換屆，為小民壓抑的心境帶來一絲冰凌將融的期待。也不斷有網路微信傳言，提及辛丑年北戴河會議中，眾多高層官員對習氏掌政十年敗績重重的極致不滿。中共上層政局的人事動盪雖歷來隱於鐵幕之後，見不得陽光，消息卻依然能通過各種裂隙被民間窺到一二。不過壬寅年的中共高層換屆之爭，確實是波湧詭譎超乎尋常，而結果則令大陸中國民間絕望至極。此事且作為後話。

據說是當此敏感之時，上海市原市委居然集體提交了一份抗疫建議，旨在建議解除國內自武漢疫病時起一直執行的目標為「病毒清零」的政策，理據一是國內疫情並不嚴重，二是依據西方科研界幾乎是一致認同的結論，即將病毒本身完全清除是不現實的目標，但隨人類的抗疫手段逐漸增加與病毒毒性的自然衰減，人類將可以與病毒同存，即如同感冒病毒的類似情形。再則經濟下行不止，實在是經不起持續遭封了。上海市委執政作風可謂歷來是大陸最合理與尊重民意的地方政府，不然也不會營造出一座始終是繁榮且生活方式仍留有民國

㉟「李」指時任國務院總理的李克強。為避免網警刪帖，民間以「中堂」（即清朝時相應官職稱謂）代稱之。「中堂」二字遂即稱為敏感詞，文章凡涉及此二字便屢屢被刪，連寫李鴻章（即大清末期的宰相）的文章亦不能倖免。

風韻的城市。上海因此受到多國來華常駐或短期遊客的一致深愛。我曾經一同工作多年的同事，德國人G先生，便曾對我說過那是他最愛的城市，寧願此生終老上海。

據民間流傳，上海市委該建議招致習氏一尊的衝冠一怒，反駁道，「上海市政府要知道上海不是西方，是大陸中國的一部分！憑什麼要接受西方理論？憑什麼敢建議學習西方？」此傳聞大致距習氏之眞實反應，相差不遠，因爲其繼之施行的反應確實可爲此佐證，證明其心目中爲昭示大陸極權的「制度優勢」，將「封城國策」（即「清零國策」）視爲對抗西方科學抗疫方式的立場。此建議的後果是上海市委全部官員一律撤銷職務，習氏派其數名親信空降上海塡補官位空缺。從此時起，上海的疫病防控措施一改之前的寬鬆與人性化，於三月二十八日對市區實施分批次封閉。凡封閉區域，所有人員足不出戶，人員和車輛只進不出。被封閉區域中，實施管理手段則更爲凌厲，達至強權無理蠻橫的頂峰。

略綜述民間報導，自己感覺最爲荒謬無理的有兩種舉措，一是強行「入戶消殺」，即大白們[36]在夜間突襲每家住宅，以各種暴力方式強行砸門破窗入戶，不由分說地向房間內各處噴灑不知何種藥物，宣稱可以殺死房間裡附著在任何固體物質上的新冠病毒。此一「入戶消殺」完全罔顧國際上科研界多數認同的事實，即新冠病若不附著於人體，則僅有數小時壽命。大白們對住戶事前無通知，事後無解釋。若有住戶表示抗拒或詢問，夜闖門戶的大白們甚至會脫口說出，「你以爲你買了這房子，這房子就是你的？」自然也有大白更爲溫和，例如會解釋說，「這是爲你們好，你們要爲下一代考慮，不要抗拒政府要求」，如此等等。二是若一棟住宅樓中有一戶陽性患者，則全樓住戶甚至全社區居民均被稱爲「密切接觸者」。繼之全數被趕出家門，強行拖入卡車，再強行運至那些臨時搭建的「方艙醫院」，如驅趕牲畜一般不由分說。

大陸網路中有流傳於民間的無數封城期間小民人生悲劇，但從不見諸於官媒。如今的官媒已經退回到大陸文革初期的模式，即一切「新聞」除首要報導一尊功績外，僅圍繞一個主題——即是「敵人一天天爛下去，我們一天天好起來」之謂也。那麼何謂「敵人」？天朝官方歲腳部官員那些傲慢粗魯全不顧外交禮儀的答案便是解釋——亦可是「盡在不言中」，即是一切與習氏一尊之意不同的人與國家盡可視之爲敵。對此疫情不重卻仍要嚴酷地「嚴防死守」的狀態，可從大陸網路看到民間質疑者與抗拒者均是眾多。

究竟這背後是怎樣的原因，有怎樣的故事？

㊱「大白」是天朝百姓對於政府招募的所謂「防疫隊員」們創造的稱呼，緣於該等隊員一律從頭到腳地罩了白色防護服，無法識別其眞面目。

壬寅記變之二——「龍之逆鱗，不可觸也」？

前文提及世界各國於辛丑年中期開始逐漸解除封禁，至壬寅年則完全開放民生行業，反向而行的則獨有大陸中國。習氏堅持的「全面清零政策」（後改稱「動態清零」）[37]成為華夏王土的國策，小民如囚徒被囚於籠中，且不知何日才能出得牢籠。百姓似乎普遍對此國策難以理解，怨氣漸廣泛流傳於民間。還記得李文亮遺留下的微博帳號之後成為小民的「樹洞」麼？至壬寅年已經是第三年，貌似善忘的華夏王土國民卻依然記得李文亮醫生，記得那只「樹洞」，源源不斷地向那已經離世的鄰家大哥訴說心聲，其中有一條無名氏留言是，「那時你說病毒在傳播，而那些人堅持說『沒有』，是你造謠。如今許多國家都說病毒已經沒有了，那些人卻堅持說病毒『還有』。這是怎麼了？誰能告訴我？」

面對那無名氏的提問，同樣在「樹洞」中不斷留言的百姓只能無奈地答一聲，「無可奉告」吧？各國政府依據醫學專業的分析——即病毒毒性漸次衰減，同時依據疫苗覆蓋居民的百分比，逐漸解除防疫，使生活回歸常態。那麼滯留在大陸中國的病毒，難道是反其道而行之，毒性不減反增？其實專業人士如張文宏醫生，也發聲贊同國外同仁對病毒的分析。同時，大陸中國居民亦已經注射疫苗，且是強制注射。那麼是否大陸政府對於自己研製的疫苗毫無信心，注射等同於表面文章？相信官方絕不會認同這一質疑。那麼為什麼百姓廣泛地注射疫苗之後，大陸防疫舉措卻不見分毫放鬆，只見極權治下對小民管控愈加嚴厲，那態勢是否便是不言而喻——小民便等同於病毒？必須被防之控之？

習氏如此強勢堅持封城，究竟所爲何來？自己雖是大陸中國的化外之人，但亦知遇天朝有異常之事，應以天朝極權朝廷之心理忖度之，因而對大陸中國爲何繼續封城的原因，只能理解爲來自與疫病無關的權力之爭。中共黨內逐鹿之戰其時正酣，防範的便是民心民意與小民之口。古傳周厲王暴虐，召穆公諫之，曰：「防民之口，甚於防川。川壅而潰，傷人必多。民亦如之。」周厲王不納諫，暴虐如昔，三年後被百姓掀翻皇位。數千年前的歷史，今日再現於大陸中國王土。習氏爲皇位之爭，遂將小民置於水深火熱的劫難中，更拒絕接受歐美醫學專業研究的結論，閉眼無視基於專業理論採取防疫與解封共存的其他各國百姓生活逐漸歸於常態的現實結果。是否大陸中國的習氏一尊眞的是寧願自絕於世界之林，哪怕華夏王土中天怨人怒，亦要一意孤行到底？是否常識與常理在那片王土上面對習氏的愚蠢都會大敗而歸？華夏小民不幸，因爲壬寅年的極權對王土小民的管控對以上質疑的答案，只能是「果

㊲「動態清零」的解釋：「動態清零不要求全國在某個時刻無新冠感染，但對於每一起發生的疫情，都要求在較短時間內將其撲滅。」（引自紅網株洲站網，2022年5月24日）

然如此」。

「龍之逆鱗」其首

華夏古人俗話說「龍之逆鱗，不可觸」。習氏在天朝已成至尊，在數千年皇權傳承下，想必亦可如歷朝之皇帝，以眞龍天子自居，那麼爲求得以上忖度的疑問之解，自己不妨一問：「解除防疫，是否便是觸了習氏龍之逆鱗？那麼又是爲何，解除防疫成爲習氏逆鱗呢？於習氏而言，他那『龍之逆鱗』究竟爲何物？」

「龍之逆鱗」爲何？按邏輯首推便是習氏能否於壬寅年後延續執掌大位。二〇一八年春，習氏強力修改《憲法》，整個大陸官場則萬馬齊喑，使修憲得以悄無聲息地實現之後，習氏想無限地霸佔皇位之意已經是「司馬昭之心，路人皆知」，且於習氏而言，反阻擋其實現此意之人皆是「亂臣賊子」，皆須誅之。壬寅（2022）年恰逢中共黨魁換屆之年。換屆是延續中共獨裁大位之關鍵，因而中共頂層會議，傳統稱北戴河會議，通常於換屆之前一年的夏季召開，商議換屆事宜。會議自然是戒備森嚴，以求消息紋絲不得外洩，但似乎無論如何防範仍是隔牆有耳。習氏佔據大位已滿兩屆，即十年。習氏之政績於民間微信帖中常見調侃，例如朋友圈出現新的「兩個凡是」帖子：「凡是某人親自指揮的項目，沒有一件不是搞砸或爛尾的；凡是某人擁抱結盟的國家，沒有一個不是獨裁或腐敗的」。又及：「凡是他咬過的包子，沒有一個不露餡的」[38]。更有網傳各種微信帖，直言習氏是在「裸奔」，稱「人們對習的鄙夷，從人格到政策全盤否定，使之成爲中國領袖中鮮有的例子」[39]。小民在習氏一向的威壓治下，尚敢於如此直白地表達不滿，確實證實是民心思變。據說其執政「業績」在北戴河會議，亦引發中共內部所謂「老人派」的眾怒，列出幾條首要錯誤，例如習氏操弄崴腳部的戰狼姿態，導致中美關係全面惡化；習氏高調推行的「一帶一路」，在國際間爲中國賺取的僅僅是帝國擴張的惡名；習氏的經濟政策造成經濟下行；習氏的千年大計開發雄安耗費無數資財，成爲笑話；習氏「清零政策」的效果走向反面；習氏私心意圖成就對其本人的個人崇拜，自稱「偉大光榮正確」，耗公帑任命共兩百七十位「秘書」專門爲其著書發售，至今已經出版以習氏大名爲作者的書達兩百六十多本，早超過毛氏一生文集數量。習氏之無恥無賴的醜陋操行，堪稱是自毛氏建政以來之首，等等。同時會議期間亦有人對於習氏要求自我連任提出異議，認爲不應打破換屆的慣例，尤其是黨章似乎亦有禁止屆滿

---

[38] 引自微信帖：2022年12月14日 17：17，署名江楓。

[39] 引自微信帖：〈習的裸奔〉，二〇二三年傳送於微信群，無署名。

後連任的規則。

北戴河會議內幕細節，自然非身在異域如我之人可以獲知，不過北戴河會議之後，確實有些異於往常的「微小變化」現於民眾眼中。例如官媒馬首《人民日報》本是每日首版頭條報導必定是習氏動態，而其時卻更換了版面排列。再如國有新華書店本是一旦進門，便是鋪天蓋地的習氏著書，忽一夕間全部消失，但兩日後又見重新上架。更引人注意的則是習氏與其時的總理李克強分別的動態。習氏雖沉寂過數日，但不久又重新現於公眾視野，是巡視遼寧的公開講話，依然是中共與其本人的老生常談，即堅持共黨領導與國有經濟優先發展。與此同時，一貫為人行事低調的時任總理李克強則巡視了深圳，於鄧小平像前宣稱天朝堅持改革開放的方向將不會改變。兩日後，又見國務院試圖通過黨解除「清零政策」，而習氏則另有演講，稱「武漢封城顯示本國體制優勢」，等等。似乎短短幾個異於常軌的回合，即向民眾證實了北戴河會議曾發生兩派爭執的民間傳言並非虛言，亦非以訛傳訛。不過這一爭執最終將如何落幕？是習氏連任夢碎，還是主張換任一派雖終於鼓起勇氣挑戰習氏勢力，卻最終是功虧一簣？

其時微信中許多人樂見習氏敗北，甚至境外許多解讀天朝輿論的民間華人視頻演講，亦對於此次「倒習」行動持樂觀態度。例如見過一則境外評論，評論板上釘釘地認為習氏必敗無疑，其理據是「習想控制七中全會的目的之一，應是試圖影響二十大主席團名單的產生。……習是鐵定不能連任。習或妄想重新定義主席團人員入選規則，加入他的親信，剔除政敵，以達到連任目的。不過，這基本沒有可能」。

不過那些「基本沒有可能」的推測最終全部落空。事實上，據聞習氏則根本不以常理出牌，而是直接造假了一份最終名單。事後看上文引述的那則評論，領悟到那其實還是解讀者的書生之見，遇事以理推之，而身爲紅小兵出道的習氏，又豈是以理取勝之人？在塵埃落定之前，網上亦有微信傳聞，稱確有人當場見到習氏在北戴河會議中低頭認錯，甚至是見到習氏因批評激烈而當場心臟病發作，等等。自己便曾收到過許多網傳微信，俱是確信習氏難逃此次一關。或許是旁觀者清，當局者迷，身處域外的我卻始終缺乏樂觀。自己並無任何獨立的訊息管道，僅是憑邏輯推斷，自然也摻雜了往日對於高層諸人行爲模式觀察而得的一貫不信任之感。自己無法信任高層官員的首要理由，在於二〇一八年他們明明可阻擋習氏修憲，爲何當年卻一言不發，寬縱習氏移除連任黨國之首的法律障礙？至辛丑年，高層中不贊同習氏連任之人或年過耄耋，行將入土，首要是務求其死後可「榮耀加身」地入土，且子孫可仍享有「官二代」的一切功名利祿。尚有精力與體力鼓勇一戰者中，大都是書生出身。書生行事往往講究名正言順，依理而爭。

與書生相比，習氏則是文革時小紅衛兵出身，雖名義上躋身於博士之列，那不過是天朝教育腐敗送全體高官每人一頂「博士帽」的結果，已將斯文傳統羞辱至極。事實上的習氏只怕連小學正規畢業生的學識皆不及，卻在文革與其後的混跡於極權官場中，領略了大陸極權體制的現實，那便是「權力為重、民意為輕」。習氏混跡官場數年，學到的可謂是「登龍術」、操的是「屠龍刀」，即是種種大陸中國體制中的為官之道。外表憨厚、笑得四平八穩的習氏，實則是內心狠戾、睚眥必報、拉幫結派、兩面做人，未達目的不惜用盡陰詭手段。他自然可以做到向北戴河會議時的黨之高層當面道歉，那又何妨他轉背便磨刀霍霍？那些書生的為人行事之道，又如何可以敵得過習氏的為官護權之伎倆？再者，習氏與不支持他連任之人，其實仍是同屬共黨大旗下之人，甚或亦各有些把柄落入對方手中，遇有挾「黨之利益」的大旗而肯爭到魚死網破的習氏，那些書生可能還是會選擇退讓，誤以為退讓可保全大局吧？習氏與眾書生胡溫李此次之爭的結果，是否恰是應了華夏千年俗語「書生造反，十年不成」中所蘊含的邏輯？胡錦濤在人大會堂所謂全黨代表投票表決之前，於大庭廣眾前的立起一搏，公開暗示投票有幕後隱情，或許便就是他書生意氣的最後謝幕式了。

身為化外之人的自己，其實無須妄猜內幕，只需看到結局。結局證明我始終的不樂觀並非妄言。習氏不但獲得連任，且清除了全部政敵，將黨的中央政治局成員全部更換為他本人的發小或難兄難弟，或曾在其麾下效力的官場混混們，學識水準只有比習氏本人更低。習氏的鐵杆打手亦躋身其中，即是民間稱為「蔡屠」的蔡奇。「蔡屠」之名來自於二〇一七年蔡某人奉習氏旨意，指揮流氓惡棍組成的官方清剿隊，以棍棒搗毀「低端人口」聚居區域的房屋、門窗，乃至日用衣物食物，使十數萬「北漂」工人流離失所，連同年邁與年幼家人於十一月末帝都的嚴寒中瑟縮於街頭㊵，繼之是無比荒謬的要求「統一天際線」，即指帝都各公司的牌匾懸掛須於指定位置，且必須高低齊平，如同軍營面貌。之後竟是要求各公司牌匾形制——字體、大小、顏色必須一律，使整座王城工商企業喪失各自保持了百年的牌匾字體、顏色與各式紋樣雕鑿的特色，一時間帝都街道猶如監獄般的一片死寂。習氏掌政的十年，可謂是來時帝都有梅花盛開，十年後只見一地花凋葉殘，連梅花落入小民袖中的清香亦無尋處。

習氏掌政之初，也見到有眾多學人對其寄予厚望，盼望其將再啓自一九八九年天安門事件起，便退出大陸紅色政權議程的政治制度改革，甚至認爲他會支持將極權體制向眞正的憲政體制轉變，而非是以一部紙面《憲法》，搪塞來自歐美民主國家的不信任。結果習氏掌政後之作爲則完全以毛氏爲本，大陸學人的期盼被證明僅是一廂情願。

「龍之逆鱗」之本於習氏既然是連任掌政，那麼以邏輯推之，習氏欲挾共黨之名以令諸侯而極權掌政，最便捷牢靠之路，便是遵毛氏執政模式爲祖宗規則，逐步削弱摧殘漸顯雛

㊵可見《維基百科》中標題爲〈北京低端人口〉一節。

形的公民社會，同時重新增強共黨掌控社會之權，以黨之名施行「國進民退」，則是可保習氏持續執政的唯一途徑。自己亦看到依然心憂故國的海外同代人中，對於「共產黨」是否還會有改變的討論，自己不敢妄言未來，不過迄今為止，華人掌政者中願自動放棄一黨專政者僅有蔣經國先生一人而已，這也並非我所樂見的華人未來。不過實際上，我亦並無將希望寄予中共掌政之人中有蔣經國先生再現，那只是可遇而不可求的奇蹟。以披上「共產國際」外衣的農民起義起家的中共，自第一代帝王建政以來，便是背棄自己仍為「農民起義軍」時的「民主」諾言，最終以誓言「民主」的名義獲取帝王之位。之後幾位繼承人雖無祖龍毛氏之帝王氣勢，但亦皆是為保住共黨掌政之位而想盡各種言辭粉飾太平。那些年間，唯一使他們得以平穩掌權的基礎是經濟的蓬勃上升。至習氏，旁觀其為永坐皇位而不惜用盡魍魎伎倆，又怎可能放棄其心目中的「習氏黨天下」？其實那已經墮落到只是結黨營私、任用家人親信的另一形式的「習家天下」了。

自習氏連任，大陸天朝中沮喪或悲觀已成為許多網路微信群中的主旋律。不過我願我的同人們心目中的華夏並非僅有帝王一人，而是還有十數億小民。若小民之中有半數經此劫難悟出極權與民主制度的是非黑白，悟出何為人性，何為天地正氣，並非絕不可對抗極權。若人人僅靠等待戈多來臨而全部放棄個人努力，則戈多可能放棄來此燭光全熄之地，而華夏民族便將淪為永不得救贖的一九八四年動物農場中的家畜。雖是聽來如此悲觀，自己依然願意相信人性的強韌，相信華夏小民並非祖祖輩輩，都將淪爲動物農場中的牲畜。

「龍之逆鱗」其二

習氏的「龍之逆鱗」還有其二麼？獲得問鼎之勝，難道尚不是其終極目標麼？

其實習氏內心或亦並非全無自知，即無論是大陸官場高層還是民間，對於他登上皇位內心不喜不服者眾。他心中汲汲以求的，是如毛氏當年爲萬民視爲救世之主的名望地位，否則其奪位連任如今雖是「戰果輝煌」，卻有可能在未來成爲天朝官方或民間歷史記錄中的笑話——當年的「四人幫」又何曾未有無數「輝煌戰果」？習氏可能亦心知至壬寅年末，其本人在民間收穫的僅是惡評如潮，自知其迫切需要有眞正使華夏王土萬眾俯仰的執政業績。其自認目前唯一的機會便是在抗疫中成就一番功績，以「清零政策」彰顯其堅持與歐美科學方式抗疫對抗的絕對正確。習氏對科學的蔑視以及不學無術的小學生學識水準，恰成爲其追求的功績的障礙，只是習氏本人因權力而一葉障目，不知天高地厚而已。

習氏曾面對WHO官員自誇武漢抗疫封城是其「親自決策」、「親自指揮」。武漢封城亦使習氏得出其最終結論，即封城是抗疫的不二法寶，遂定爲「永久國策」，繼後改稱爲「清零政策」。習氏自謂依靠封城而實現的「清零政策」，將在華夏民間提高其威望，因而是彰顯天朝極權體制高效優勢以對抗西方民主體制的「國策」。

於辛丑年八月十二日起，爲顯示其對「西方世界之首」美國抗疫的系統立場，習氏控制的央視播發「反美八評」，言辭犀利：第一篇（12日）：〈美國是當之無愧的「全球第一抗疫失敗國」〉，指出：「當權者將政治利益凌駕於民眾生命之上，是導致美國抗疫失敗的根本原因。」第二篇（13日）：〈美國是「全球第一政治甩鍋國」〉，指出：「美國抗疫表現全球最差，但諉過推責水準最高，編造散播所謂『中國實驗室洩漏病毒』等謊言，企圖誤導國際社會。」第三篇（14日）：〈美國是「全球第一疫情擴散國」〉，指出：「面對本國疫情失控，美國政府沒有採取任何實質有效的出境管控措施，放任病毒不斷擴散至世界各地，對全球民眾生命健康造成巨大威脅。」第四篇（15日）：〈美國是「全球第一政治撕裂國」〉，指出：「新冠疫情是美國政治極度撕裂的一個惡果。這也再次驗證了美式制度的失靈。美國政府在疫情防控、溯源調查等多方面反科學、反常識的作法，帶來了不可估量的全球危機和人類災難。」第五篇（16日）：〈美國是「全球第一貨幣濫發國」〉，指出：「針對美國政府新冠疫情防控措施的失敗，美聯儲靠濫發貨幣、『大水漫灌』來緩解危機。若以貨幣發行量排名，美國『第一貨幣濫發國』當之無愧。全世界人民都要爲此『買單』。」第六篇（17日）：〈美國是「全球第一疫期動盪國」〉，指出：「美國政府未能抗擊疫情，經濟復甦乏力，社會動盪加劇，使得處於底層的美國人民的生活，遭受著前所未有的打擊，人權遭到嚴重踐踏。美國的一份報告顯示，美國人正處於歷史上最不幸福的時期。」第七篇（18日）：〈美國是「全球第一虛假訊息國」〉，指出：「關於新冠疫情的虛假訊息——例如稱疫情是『大號流感』——是美國在抗疫方面表現不佳的主要原因之一。美國領導人帶偏美國抗疫方向，蒙蔽美國人民，更拖累全球抗疫進程，無異於病毒的幫凶。」第八篇（19日）：〈美國是「全球第一溯源恐怖主義國」〉，指出：「相比於新冠病毒，更爲致命的『病毒』是美方的溯源恐怖主義。美國翻炒所謂『病毒源自武漢實驗室的證據』，違背科學常識，突破道德底線，對全球合作抗疫造成巨大傷害。」[41]自己實是不知這「八評」與當年中共與蘇聯關係破裂時連發的「九評」相比，文字水準孰高孰低？據說大陸網路中有人評此「八評」文字爲「如同潑婦罵街」。我只觀察到這氣勢洶洶的「八評」似乎如泥牛入水，無聲無臭，連水花也未濺起。未見有天朝小民爲其呼應，更未聞美國政府有任何迴響，只是置若罔聞。這或許便應了魯迅先生當年的文字，曰「自高的輕蔑是無言，甚至連眼珠也不轉過去」？

自己推理，前文中提及的上海市委於壬寅年三月建言，居然敢稱「依據西方科研界幾乎

---

[41] 引自大陸微信群轉發，未見署名。

是一致認同的結論」，上海可以採納「躺平」方式，則無疑是觸了習氏的第二重「逆鱗」，結局便是上海市委全員被撤職，上海旋即開始被實施暴戾「清零」舉措。

壬寅記變之三——「禮失而求諸野」

「苛政猛於虎」

習氏治世之範，是毛氏「語錄式」施政的翻版，即風格是大而化之。如今的履新帝王習氏或許自認其旨意有一字千鈞之力（也或許是小學生的學歷，實在難以文章治天下），因而對「清零政策」是僅此一句，全無下文，更遑論提出具體施政方案。也或許毛氏掌政數年，直至文革前可做到「一句頂一萬句」而未見天下大亂，實在是毛氏有幸。其身邊有能臣悍吏，如劉少奇、周恩來等人，有責任心亦有能力將毛氏一句話細化爲施政方案，且做到拾遺補漏，使得政府官員對於如何實施不至於是茫然無措，而是有序施行。文革已經淘汰了毛氏身邊的那些能臣悍吏，時間的推移，亦埋葬了改革初起時鄧小平曾仰仗的各種「智囊團體」與劫後餘存的學人。之後幾屆黨魁平庸理政，「蕭規曹隨」地施政，自然無可能使良材美玉嶄露頭角，官場因而漸以平庸爲常態，以手中權力各自斂財爲目標，且明顯地「無才便是德」，只需施行上級號令，不出錯便是有功績，但至少是維持了專業官員主持行政管理的常例。至習氏掌政，則明顯地是任人唯親，雞犬升天。「近水樓臺」之人可得月，亦可成爲其施政之刀。習氏獲得連任重新組閣，獲得火箭式提拔之人完全是其親信，學識能力人品則完全不論，而這些人似乎像習氏同樣對於政府日常行政管理之指責、行文與實施一竅不通。可謂是「盲人騎瞎馬，夜半臨深池」，危矣！卻全無自知之明。

在缺乏數十年形成的層層行文，基層照章辦事的機制下，「清零政策」如何實施？有習氏雷霆一怒，便將上海市委成員全盤撤職的前車之鑒，下層行政官員自是噤若寒蟬，唯恐錯會聖意，失了聖心，便努力忖度習氏心意。於是華夏大陸見各個城市政府莫不爭先恐後地開啓「抄作業」，即抄襲武漢模式，加以參照帝都「封城」的具體舉措。一是嚴格封城，封閉城內住宅社區居民之進出通道，無論是否證實有陽性患者；二是推行「紅黃綠碼」的所謂「健康手環」，甚至宣稱力爭二〇二五年底達到人手一環。若眞如此，豈不是等於爲十三億大陸小民人人拴上一條「狗鏈」，使每人行蹤皆曝露於權力監控之中？習氏藉防疫爲名控制全體小民，豈非是他防疫舉措的眞實意圖？如此，是否嚴防小民便可保其所謂的「習氏皇庭與其挾制的共黨之江山千年萬代」的「中國夢」？再是凡有城市則莫不建「方艙醫院」，同時亦紛紛效仿帝都，進行「天天核酸」。此苛政之下，據天朝財政部官方公布的統計，壬寅

（2022）年天朝所有城市財政收入皆爲負値，甚至華夏王土史上從未出現過收入赤字的上海亦未倖免，而上半年倒閉的企業已經超過四十六萬家。若將建「方艙醫院」、「天天核酸」和製造「狗鏈」所耗費的公帑用於資助小民維持一日三餐，或補貼民間企業維持其運營，又何至於習氏防疫政策成爲傷害小民日常生活的利器？華夏王土小民當其年每日面對企業倒閉、裁員失業，妻兒將一日三餐無著落的現實或焦慮，一片愁雲慘霧。在共黨極權高舉的那塊「紅布」覆蓋下，天朝小民之命運如數千年皇權治下並無根本區別，依然是高層問鼎權力的犧牲品，且在現代科技賦予極權制度的監控技術之下，所遭管控更甚於古代王權。天朝王土中被犧牲的無數百姓，於將死一刻依然是莫名其妙，不知自己爲何而失去性命？

如同大陸中國政府做一切事的粗製濫造，大陸各地的「方艙醫院」亦是蓋得愈益簡陋，或是徵用封城期間空置的各類展覽中心，或無論是帳篷、木棚甚至是建蔬菜大棚的塑膠紙，均成爲建造方艙醫院的材料，被大陸民間嘲諷爲「蔬菜大棚」。即使是如蔬菜大棚一般的宿處，被強行驅趕入住所謂「方艙醫院」的健康人，依然不得免除繳納「住院費」與每日伙食費。以上大陸政府的胡作非爲，自然均不見之於官媒。曾讀到臺灣學人一則書評，對自己若醍醐灌頂：老子曰「正言若反」，莊子著文，亦運用「謬悠之說，荒唐之言，無端厓之詞」。……原來在大亂之世，一切所謂正規都已經變假，反成仁心眞情的遮蔽壓抑。所以老子才說「『絕聖棄智，民利百倍；絕仁棄義，民復孝慈』。蓋當禮教吃人之時，不如反求禮之本之仁也。」故孔子也說：「先進於禮樂，野人也；後進於禮樂，君子也，如用之，則吾從先進。」[42]此處之說，自己理解正所謂是「禮失則求諸野」。

「禮失則求諸野」。為此，我將一段網路上流傳的「方艙醫院」親歷者的短文轉抄於此。百姓對於此無端的虐待雖心知不公，短文卻行文平和，述而不怨，更無反抗之意，因而讀來格外心酸。轉抄於此也可算是為劫難中的小民，向世界轉達他們的聲音，亦證明以上所言非虛：「我被拉到順義國展[43]方艙廳了。我計算了一下大概我們這個廳，就有三千個床位。應該都滿了！昨天被拉來的時候，找了半天空床位，都得自己找，沒人管。從昨晚到現在，就在服務台後面，看到三位看上去像醫護人員的，剩下的都是民工志願者，他們倒是很多，只負責把門。一個廳有兩間廁所，一間廁所四個坑位。一共八個坑位要承載三千人，噁心程度自然不用我形容了。每間廁所只有三座洗手池。沒地方洗手，有人問，哪裡可以洗澡，看守衝她輕蔑地一笑。都說是方艙簡直是不懂中文。就是『圈』。每張床位之間用一米二高的展板隔開。早上我還躺在床上呢，旁邊床位的民工老兄，不戴口罩，把頭伸過隔板，

[42] 引自《鵝湖民國學案》序（曾昭旭作），作者呂榮海、賴研、蕭新永……等三十五人合著，華夏出版有限公司，二〇二二年十一月版。

[43] 此地位於帝都近郊。

趴在我臉前，向我要打火機。這裡二十四小時都開著大燈，零點後還會增開兩排大燈，防止有人趁機違法犯罪。有種在太陽下睡午覺的感覺。早餐我從七點排到了九點二十分才領到。其實吃還不是主要的！少吃幾頓沒啥了不起的。這裡有許多帶孩子的，大都是幼稚園大小的。上午我去找服務台的醫護人員，路過一張床位，居然聽到嬰兒的哭聲。這麼惡劣的條件，有點造孽了！在社區集結轉運的時候，有位母親帶著五歲的孩子，孩子沒有在轉運名單上，大白志願者不讓上車，那位母親憤怒地哭喊，這麼小的孩子你讓他一個人在家怎麼活。有位民警大白大聲命令我們都靠牆站著，我想他是害怕被我們傳染，我嘟囔了一句，怎麼這樣啊！我們不是犯人，我們最多是病人啊。回答是，請配合我們工作。我感覺如果我要是再說話，他就要拔槍了。我想他是相信，病毒和匪徒都一樣是構成對人民生命安全的威脅，有區別嗎？其實，我也能理解他的心情，看到今天我們親歷的一切，病毒還可怕嗎？」

事實上這短文作者與同行之人群並非患者，只是所謂「密接者」，而「密接者」的範圍在當今大陸寬泛得令人膽寒。若一座住宅樓出現一位陽性，則整棟樓之居民都在劫難逃，被強送方艙。甚至有些地區是一位陽性患者將帶累該住宅社區全部居民被送往方艙。

這短文結尾一句，使我眞實地想起小學所學的語文課文——「苛政猛於虎」，百姓寧願逃進深山老林與老虎爲鄰以躲避苛捐雜稅。相比起來，如今的大陸王土，被虎吃掉的可能性遠小於被員警圈起，一併送入那不堪入目的「方艙」吧？只是那習氏主持建造的監視網已經無處不可覆蓋，小民無處避，連避至深山老林爲家亦不可得。電子技術，尤其如互聯網技術，開發初衷本是使訊息更加透明，民間往來可便捷迅速地超越國境。自然，互聯網的發展，尤其是依賴於其運行的多媒體業務模式，在西方國家確實也漸次生出許多弊端，不過自己認爲終是瑕不掩瑜。

在天朝，不知有多少人是依賴網路上的民媒而獲得訊息，方可抵禦官媒的頌聖濫調，或獲悉爲官方有意遮掩的政界、社會以及人生眞相。天朝對於互聯網技術的運用，則是與該技術開發初衷反其道而用之。例如，自習氏主政以來力推的「天眼工程」㊹，成爲監控全民的電子員警網，如今以防疫名義封控全民，成爲助紂爲孽的得力工具。自年中起，天朝帝都的居民手腕被鎖上所謂「疫情監視器」，監視器可隨時在綠、黃、紅三色中自然轉換，唯有腕上監視器呈綠色者方可自由出行，但若路過有陽性患者的地區，哪怕僅是遠遠路過，綠色便會自動轉換爲黃色，即定義爲「密接者」（即與病毒有密切接觸者）。也是看到網上流傳，有老婦出門買菜，出門時監視器呈綠色，但返回自家社區門前有保安檢驗時，卻莫名轉爲黃色，即成爲「密接者」。保安遵守上級指令拒絕老嫗入社區回家。於是社區門前上演了

㊹ 天眼工程由大陸中國政府啓動，約在二〇一五年，旨在使電子監控網遍及王土，全部人群上下左右無處不籠罩在電子員警的監控之下。

一幕現代的「石壕吏」：「吏呼一何怒，婦啼一何苦」——老婦苦苦祈求，保安橫眉立目。老人雖苦求多時，酷吏心腸卻冷硬如鐵，她終是有家歸不得，被強行送去「方艙醫院」隔離。

各地封城自壬寅年春末夏初起嚴厲施行，延續至秋天仍不見盡頭，漸漸激起按捺不住的民憤。有被封社區居民群起驅趕員警與大白；亦有小民給警察局電話，直言員警和所有當官的人都有工資有補貼，反觀小民被封不單是家似牢獄，且封閉數月以來無一分錢收入，上要養父母、下要養幼兒，只得減少到每日一頓飯，甚至是兩日一頓飯，難道是非要逼得小民全部跳樓？「防疫」至此時，小民心目中與官員的對立已經昭然若揭，甚至在百姓心中是立於天塹兩岸般的對立。那所謂爲人民謀福利的黨與政權，如今已經是「掛羊頭賣狗肉」的暴政。毛氏曾傲嬌地向天下宣稱他本人是「無法無天」，其實整個大陸中國從初建時的紅布裝飾走到如今已經是漸漸褪色、殘破，已經可見此國家是徹頭徹尾的極權機制，此機制作爲整體又何嘗不是無法無天。如此強勢封禁民宅，又有何法律依據？不過僅依據習氏一尊含糊不清的一句「最高指示」——要將病毒清零，之後便任憑員警與無半分科學常識的官員爲所欲爲。視小民性命如草芥，視專業科學結論於無物，視無數民營企業倒閉於無物。若觀華夏王土全貌，則唯見強權之一意孤行。

如此強勢封城中，大陸王土小民的個人遭遇細節，我遠在異域確實知之甚少。互聯網中能見的民間消息亦僅是寥寥，且若出現，必遭網警即刻刪除。官媒如今確實是按習氏教導僅僅「姓黨」，或更爲精確而言則是僅僅「姓冠以黨之名的習氏」，各種民瘼均不見於官媒。例如，網傳壬寅年十一月二日，蘭州三歲男孩在家中煤氣中毒危殆，急需送醫院救治，卻遭社區保安強硬阻擋，拒不放行，理由是未取得上級機構放行許可證，孩子父母跪地苦求，保安對待病危幼童如對待敵人，心硬似鐵。父母只能眼見環抱中的孩子呼吸逐漸微弱，直至再無聲息。三歲孩童何辜？父母面對暴政卻唯有淚千行，忍氣吞聲。同年十一月四日，網路上還有一則呼和浩特市被封閉家中的一位母親憤而跳樓自殘的消息，緣於該市對居民住宅區強行入戶「消殺」後，將住戶放回住宅且將房門全部焊死，不得出入。母親看到家中被「消殺」的結果，其實是亦被「大白們」洗劫一空，家徒四壁，竟然連吃食也全部劫空。看到饑餓難耐的女兒，母親忍無可忍，自陽臺一躍而下，以生命控訴這全無人性的天朝政權。女兒在被封死的房門前拚力呼喊，拚命拍打，求保安開門，救救她的母親！夜空中迴旋的只有女兒撕心裂肺的呼救聲、拍門聲，而保安冷漠以對，口眼皆閉，無動於衷。據民間流傳，那一老一小的枉死之人所在的住宅區，竟無一名陽性患者！

同期，武漢漢正街的小商鋪門前竟然被架設了層層鐵皮，阻斷其小商品流通的一切管道，全不顧及當地居民以何爲生計。類似的假設屏障手段必不只見於武漢一地，因爲十一月二十五日流傳於網路的訊息，曝出新疆烏魯木齊一座住宅樓中有一個單元起火。救火車分秒必爭地趕到，卻由於防疫封閉社區而架設的重重障礙（包括鋼製擋板）的阻礙而無法靠近住宅樓，消防水龍噴出的水柱亦無法達到起火區域，致使滅火遲遲不能完成，最終釀成慘禍，十人死九人重傷。據統計，二〇一八年居民住宅共發生火災十萬七千次，共造成的死亡人數計有一千一百二十二人，即平均每一百次火災才會造成一人死亡[45]。此次烏魯木齊市火災死亡人數遠超平均數值，實在是強橫防疫手段之禍。火災次日，當地政府試圖爲「防疫」辯護，反駁說救火車難以抵達火場的理由不能成立，事實是起火樓層在十八層，超過救火水龍的最大功能。這辯解是何等拙劣，或曰是何等愚蠢且敷衍，更可曰若是如此則只能曝露出政府是早已經失職！

大陸小民人人皆知，華夏王土之上的每座建築從占地動工直至建成，均須政府各部門層層審批、核驗，之後由各部門蓋章，亦是通過竣工驗收程序。這些部門中便有規劃部門與消防部門，若果眞如政府所言，全市無救火車可達到於十八層滅火的功能，那麼規劃部門爲何批准建此高層住宅樓？消防部門又爲何蓋章通過驗收這官員們明知缺乏救火設施的建築？這是政府事前失職？還是事後爲習氏「清零政策」指令文過飾非？十一月六日網路流傳數人對話，爲一位因社區遭封而無法通過保安攔阻的臨產婦人哀歎。這位臨產母親在柵欄內苦苦哀求讓她走出大門，去鄰近的婦產醫院生下胎兒。柵欄另一邊同時已經有位聞訊趕來的婦產科醫生，也在苦苦懇求，讓她通過柵欄去爲那位準母親助產。無奈保安對兩邊的懇求都是充耳不聞。最終的結果是產婦死於生產過程中，只餘新生嬰兒嗷嗷待哺。據聞此無異於殺人的行徑，卻同時遭其他保安同聲支持，理由是若放她出去，則保安都將被解雇。此類保安大都是地方警方臨時招聘的住宅區保潔工甚或是無業閒漢，他們是否領悟到殺人與失去保安職位，孰輕孰重!?

在網路中也屢屢看到封城傷害小民性命的另一種方式。由於封城，截止壬寅（2022）年中，財政部該年統計數字公布已經倒閉的企業達四十六萬家，自然都是無法融資而致使資金鏈斷裂的私營企業。另有許多企業生意難以爲繼，無處開源，只得爲節流裁員，屢見不鮮。許多被裁者都是中層技術或管理人員，人屆中年，兒女尚幼，房貸未清。疫病期間，天朝政府對於小民個人始終未發放過分文生活補貼，而銀行也未暫緩收取每月的房貸返還。有不少被裁之人一時看不到人生出路，緣於惶急、茫無前路或不堪各種壓力，便決絕結束生命，跳樓者、投水者、服毒者，皆有之。

壬寅年（2022）十一月四日見到幾則微信對話，談到有被裁員者跳樓。對話中提及的「樓」，不只一座，皆是上海名噪一時的頂級寫字樓，租戶可謂皆是身家難以億萬計的公

㊺資料引自《我國城鄉火災的形勢及特點》，作者爲中國消防救援學院王志明等人。

司，有幸成爲那裡雇員之人也皆非平庸之輩，他們也曾自幼開始努力，一直是拚盡全力——拚命讀書，拚命考入那些考生裡萬中取一的最好大學，畢業後視一份得來不易的工作如珍如寶，日日早出晚歸、放棄假日，如同生長在那些「樓」裡的植物，只爲滿足雇主的一切業務要求，如今卻遭遺棄，並非因本人工作失誤，只是雇主運氣不濟，心中不免悲從中來，又不知該如何面對家中待哺的老小？索性將生命付之於那縱身一跳，一了百了。那條微信中提及的跳樓者計有五人。那僅是上海一地、一天，一則微信。有誰統計過因封城引發的經濟蕭條而自殘的生命有多少麼？從未見到大陸中國官媒提及一字半句，或許便是習氏一尊宣稱「黨媒姓黨」的效果吧。那麼以號稱「爲人民謀福利」起家的中共，此大疫中究竟將百姓置於何等位置，置於何種境地？

以上各式權力舉措，似乎尚不足以震懾小民，於是又增加「核酸檢測」。自同年十一月起，未被帶去方艙的小民每日必須列隊於自家住宅樓前，人人伸頸抬臉，無言地等待那採樣的大白們用那根棒棒探入其喉、再探入其鼻孔中。十一月九日收到北京朋友的微信，告知帝都剛結束又一輪「全民核酸檢測」（民間嘲諷爲「全民核酸」或「天天核酸」）。友人微信告知，數千萬人居住的帝都連續三天「全民核酸」，結果總戰績是共抓到三十二隻「羊」（民間對陽性患者的戲稱）。聽到後是哭笑不得，唯有長嘆息。事實上，已經有大陸良心醫學機構公布了統計數字，名言實施「全民核酸」之地正與陽性患者增長率最高之地相契合，原因是要求小民列隊檢驗核酸，正是增加病毒在人群中傳播的最佳機會，且有聞某日排隊眾人鬱悶至極，於是於「萬馬齊喑」中尋些人生，便質疑實施「天天核酸」的該日大白是否亦應檢測？大白們辯無可辯，結果是居然檢測出大白中赫然有數頭「羊」存在。

見到網傳圖片中列隊伸頸抬臉的無辜小民，常會使我想起我兒時學校勞動課中見過的飼養北京鴨情景，那些鴨雛皆乖乖地列隊，等待被灌入喉中統一配比的飼料，只爲養成可以合格地入烤爐烹製成某些人餐桌上的美味。二〇二二年距我讀小學的年代已經近一個甲子，經歷改革已經有四十年，自己本以爲生於大陸中國的人已經有了多元化選擇的土壤，那「人爲刀俎，我爲魚肉」的場景永不會再次顯現。如今才領悟到自己還是低估了華夏大陸極權體制與皇庭獨裁意志如鐵如鋼的根系。如今，雖然方式不同、藉口不同，重現的場景卻幾乎是複製了舊時。這一次，小民雖不會被直接送入烤鴨爐，卻同樣是官員的盤中餐，是被一株又一株收割的韭菜。

亦是同年十一月見到《新財經雜誌》報導，官方已經查處的核酸造假公司已達兩百五十家。華夏王土約有兩百七十個地級市，若將該數字平均，則核酸造假公司幾乎覆蓋王土各地。那麼不妨一問，尚未查處的造假公司會有多少？那些憑藉「全民核酸」而賺得盆滿缽滿的公司，據說背後皆是權貴家族，而公司不過是權貴家族的「白手套」，習氏家族亦位列其中。

微信屢封仍有群

大陸中國封城期間，微信幾乎成爲民間個人交流的唯一管道，尤其是居住於牆外（即指天朝國境外）與牆內（指天朝疆域之內）的親人朋友之間唯一聯繫方式。微信自然將天朝官方不願牆外獲知的苛政酷吏對無辜小民的傷害傳於牆外，同時牆外「微信人」亦將牆外消息傳送於牆內。官方自是極爲防範，此類微信群於是屢屢被整體封群。其間，「微信群民」中實驗各種方法以求避過網警對微信的搜索，例如以同音字或是拼音代替明顯的「敏感詞」，將「被封」寫爲「北風」或「BF」，或以繁體字發帖，甚至將能涉及「敏感內容」的微信帖倒置掃描，使監視設備難以識別，等等。無數微信群更是屢封屢建，再封再建，不屈不撓，且對每一次重建以數字標記於微信群名中，自己便見到有些群的數字顯示其僅兩年內被封已經超過十次。我曾與朋友戲作和詩，朋友回說僅欣賞其中一句，曰「微信屢封仍有群」。

由於牆內眾多小民不懈不棄的努力，才得以使大陸極權之惡與小民反抗之孤勇傳遞到牆外。確實，那些王土之內之外堅持不懈的「微信人」雖寂寂無名，卻值得牆內與牆外民眾的一聲「感謝」——無論是對於那些撰寫微信帖之人，建立微信群之人，轉發微信帖之人。他們之中有許多屬於我們一代，年逾花甲依然有拳拳之心，「位卑未敢忘憂國」。他們無一不是微信群或個人微信屢屢被封，甚至屢次被員警派出所「請」去喝茶（即是警告之意），但他們卻堅持數年，始終不放棄傳遞牆內眞實狀況的努力。他們蔑視微信被封的騷擾，微信是屢封屢建，屢次「喝茶」後仍是一哂了之，坦蕩且公然地與強權對抗。由於「微信人」的存在，牆內與牆外的訊息流動才得以始終流動不息。雖是涓涓細流，但亦是天地間一道不可缺少的風景。「誰道人生無再少？門前流水尚能西！」。「微信人」中自然更有我們的後代人，相較我們一代，他們的文筆更犀利，文字表達更少束縛，嬉笑怒罵皆成文章。

大陸天朝牆內微信每日幾乎都見更新，其中對極權黨政批判極為直截了當者有之，嘲諷者有之，謾罵者亦有之，難以一一悉數㊻。自己即是惋惜缺少精力與接觸範圍有限而無能將此類微信全部收集編輯。若有數人同心同力成就心願，將這些微信收集並編輯成集，豈非本身便是一部大陸天朝民意記錄？記錄在極權體制下，亦有民間潮水在拚力衝擊那專制的高牆？

曾見到有域外之人抱怨牆內人懦弱，只知隱忍而不知反抗，而自己則認為此一抱怨實是有欠公允。基督已經向世人表達了何為作人之底線，那便是自己背負起解救人世之惡的十字架，沉默地以自己的生命喚起人性的良知，而非是要求他人肩起那十字架，去成為犧牲品。其實牆內許多人並非無反抗之心，只是在極權酷吏碾壓下難成氣候。例如上海有小民雖無能阻擋大白，但還是忍無可忍地喊出了反抗的口號。例如在自家住宅門上貼大字警告：「絕對！不接受集中隔離轉運。你敢強來，我就敢砍死你！」也有許多年輕人，面對大白們「要考慮下一代」的告誡時直言宣告，「我們就是最後一代」。這口號無異於香港學生遊行時喊出的「割席！割席！」即表達與這毫無人性的極權政府決絕告別，為此，寧願斷絕子嗣，違背華人祖訓——「不孝有三，無後為大」。也例如寧被大白們強力拖倒在地的耄耋老翁以剪刀置於自己喉管，顯示其寧死不上轉運車，更有社區居民聚眾反抗員警，拒絕被強行驅趕，等等。

即使是如此嚴防死守如帝都北京與魔都上海，直接將市民視為病毒本尊，似乎將市民禁足於四壁之中便是禁錮了病毒，事實上亦未能阻止病毒本身在空氣中的自由遊走，甚至是借了「大白」任意走動的身體向居民發散。雖然從未見到官方數字，但壬寅年末病毒的擴散與因病毒感染與基礎病相加之逝者不知凡幾，但想來逝者必定是讓人沉痛不止的數目。不然帝都文化界聞人馬未都不會寫下文字沉重的《壬寅年冬祭》，道是「朋友和熟人相繼離世，帶著不甘和遺憾，匆匆駕鶴西遊。因而這個冬季，仙鶴列隊長空，久久徘徊，悲鳴不絕；『聞鶴唳而心驚，聽胡笳而淚下』。立冬、小雪、大雪、冬至、小寒、大寒，整個冬季三個月六節氣十八候，寒風凜冽，折膠墮指，無一刻鬆懈，直到癸卯年立春日，才颳來一絲暖意。」

時間推移至秋暮，壬寅年將見終結，習氏「清零政策」的酷烈嚴苛依然持續，不見有終結跡象，終激起範圍遍及王土的民心之變。牆內小民終於是有人不只「坐言」而是憤而起行，公然呼喊人權，且劍指習氏本人。亦是由於牆內「微信人」的不捨不棄，才使四海皆獲知了天朝牆內暗夜中登上四通橋的孤勇者，據說其名爲彭載舟，想必其父母在其呱呱墜地時，亦未預見到這名字對他人生選擇的內涵。彭載舟於二〇二二年十月十四日凌晨，在習氏連任尚未成爲現實之前，孤身登上處於帝都交通要衝的立交橋，即四通橋。他於橋上懸起三條大字橫幅，其一曰「不要核酸要吃飯，不要封控要自由，不要謊言要尊嚴，不要文革要

---

46 例子難以盡數，從劍指習氏本人到斥責極權機制決策之非皆有之。例如：作者標題爲「老鄭之問」的「2022年之問」：「疫苗眞的有效，還是害死大眾？/蓮花清瘟是不是天大的謊言？/清零病毒是什麼病？從清陽到清陰，偉大英明在哪裡？/清陽導致多少人死亡？清陰又導致多少人死亡？數字爲什麼保密？/二十大候選人名單當眾調包，是全過程民主典範？/俄國侵略烏克蘭，是正義戰爭？保衛俄國領土，就是保衛中國領土？/晶片是誰的？別人的東西，也算卡我的脖子？/足球沒人卡脖子吧，爲什麼奄奄一息？/百姓的權利到底是什麼？百姓把自己掙得65%的血汗錢給了政府，養官員，就是爲了生孩子被控制，出家門被控制，說話被控制，買菜被人控制，聽新聞被人控制，這就是老百姓交稅的初心？/白紙有什麼錯？/世界疫病，世界上所有最壞的政府都給百姓發了現金，給中小企業發了補助款，給所有人醫療免費。爲啥世界上最好的政府，不發給老百姓一分錢？/二〇二二共有多少民營企業倒閉？多少百姓失業？爲什麼數字要保密？/病毒如果是美國惡意在武漢釋放，爲何第一時間爲美國保密，第一時間爲美國銷毀證據？第一時間阻止聯合國實地調查，從來不在聯合國發起對美國的調查行動？/李強同志在上海清陽失敗，又領導全國清陰再失敗。殯儀館排起幾里長隊。他爲什麼就是全國百姓喜歡的火葬場新總理？/世界上哪個國家是中國的眞朋友？/病疫期間，爲什麼中國對外國大量援助？這些被援助的國家，有哪個對中國百姓友好？/爲什麼崴腳部要常常和卡我們脖子的外國壞頭目親切會面？而且反對和壞蛋脫鉤？/對以上問題的不同回答，會決定你的命運。例如堅信蓮花清瘟的人，有可能就是當前殯儀館躺著排隊的人。」

改革，不要領袖要選票，不要奴才做公民」，另一幅則直言「罷工罷課罷免獨裁國賊習近平」。據說他亦同時在微博中留下他最後的短文，呼籲小民一同罷工罷課，以抗強權。

四通橋爲帝都海淀區連接東西車流的交通樞紐[47]，彭在橫幅懸掛妥當之後即在橋上燃起篝火，煙火嫋嫋升空，旨在引橋下之人留意。橫幅掛出之時恰是凌晨車流滾滾之時，無數看到的車輛不禁一同鳴笛向孤勇者示意。彭載舟則坦然立於橋上，微微笑著，等待那必將到來的員警抓捕。之後流傳於網上的無數微信帖稱其爲「坦克人」。這稱呼是借用「六四事件」時那幀照片——照片中是空無行人的街道，唯有一人孤身立於一列坦克之前，手無寸鐵，與一長列坦克對峙。他身形筆挺，似在傳遞無聲的語言：此刻我蔑視你們！這世間至柔者爲人心，至鋼者亦爲人心。縱將白刃臨頭顱，又奈我何？稱彭載舟爲「坦克人」，也顯示「六四事件」至今在民間是刻骨銘心。距那幕場景逾三十年後，如今的彭載舟立於四通橋上，亦是身形筆挺，仍在向強權表達同一訊息：此刻我蔑視你們——習氏共黨的極權！縱將白刃加於頭顱，又奈我何？一時轉貼者無數，網警刪帖自然也是無數，但那晨風招展中的大字橫幅與橋面直立男子的數幀照片，憑藉「微信人」的努力，終於得以衝破天朝「天眼」重重障礙而流傳於四海，隨即現於無數海外媒體。彭姓男子旋即被員警帶走，從此杳無音訊。牆內網路上已有傳聞是被習氏直接命令，將「坦克人」槍決於次日。按大陸中國法律，凡是死刑均須經最高人民法院最終核准，而此槍決之命未經任何天朝頒布的司法程序（雖不必寄希望於大陸的司法程序會爲民伸張正義）。習氏此舉也足當得是「獨夫民賊」四字了。同時有一則照片新聞亦流傳於微信群中，曰「四通橋事件」次日，帝都各立交橋新增一保安工種，照片中可見有一名身穿綠背心，上書「朝陽民兵」者荷槍立於某立交橋上。民間對此已有多種譏諷，稱爲「崗樓工種」。繼「四通橋事件」後，於十一月一日微信App與營運系統的擁有者騰訊，被宣布其將被國有企業中信集團牽頭收購，從此該民營企業轉爲由國家擁有。不知道這是否便是習氏的最終解決方案，意圖一舉解決其本人的帝王心病？即紅色強權不樂見微信於牆內與牆外流傳官方不樂見的眞實訊息，卻又是難以控制？

近日讀到微信，才知「四通橋」的標誌如今還是被摘除了。一個「四通橋」名居然在大陸天朝也成爲一段歷史，也可謂是這個朝代的黑色幽默故事之一，只是黑得沉重，如夜色濃重到伸手不見五指。

「四通橋」之名源自天朝改革初期。約是七〇年代與八〇年代之交，帝都需新建多座立

㊼「四通橋」的名字來源於八〇年代改革之初即興起的一家私營企業，以研發通訊科技爲主旨業務，其時業務興旺。帝都該時開始改造城市交通系統，因政府資金捉襟見肘，遂鼓勵企業出資。作爲回報，所建的立交橋則冠以出資企業之名。「六四事件」後四通公司總裁率其團隊滯留美國，從此天朝再無「四通公司」，卻依然留下了名爲「四通」的立交橋。不知是否可視作是「報應不爽」？

交橋，以彰顯其現代大都市氣象，卻無奈當時的政府囊中可謂是「窮得叮噹響」，於是鼓勵工商界企業捐款建橋。如今帝都尚存的「燕莎橋」、「國貿橋」均是如此由來。當年能拿得出上千萬人民幣建一座公益用橋的民營企業屈指可數，而四通公司當年是民企翹楚，亦捐款建橋，帝都遂有了一座「四通橋」。那橋位於帝都通衢要道，連接中關村新興電子商業區域和西郊當年知識分子藏龍臥虎的大學區，橋的東西拐角處恰是當年帝都唯一的外賓居住小區，稱友誼賓館。我讀帝都研究生院時，學院聘用的外教皆居住於該處。

其業務勢如鮮花著錦的四通公司生命卻未能長久，它猝然死於「六四事件」的同時。緣於「六四事件」發生時，四通公司的高管團體齊集美國，進行業務拓展。結果是四通公司當時的高管與全體隨行人員均留美未歸，且公開譴責了中共屠戮學生。四通公司從此消失，但「四通橋」的名稱卻奇蹟般地留存下來，直到「坦克人」於那橋上拉起橫幅的次日。不過共黨與習氏難道沒有在小學語文課時學過「掩耳盜鈴」四字麼？消除橋名，便能夠消除民間記憶麼？

四通橋「坦克人」的號召——罷工罷課，雖未立即獲得天朝民眾回應，卻並未消解於無形。那號召必定是落入了無數人心中。於十一月，以新疆烏魯木齊市一幢民宅失火，因防疫設置了重重路障使救火車無法接近失火民宅的一則新聞為契機，再加民間對於預期共黨黨魁將於壬寅年換屆的失落而招致的普遍失望，終於引發眾怒。數個城市發起哀悼死者的集會，包括北京、重慶、武漢、成都等多地。集會中，市民衝出被封控的住宅社區，有數十間大學包括清華北大等等聯名抗議當局防疫失當，且在校園裡自發舉行悼念集會。上海市民在街頭集會，甚至公開喊出「打倒共產黨」、「打倒習近平」的口號。繼而因員警抓捕集會民眾，引發上海、北京、成都和廣州四所大城市率先開始的「白紙革命」。「白紙革命」據說是學生們的創意，即每位集會者手持A4號白紙一張遮住口面，靜立不語地與員警對峙。此時無聲勝有聲，意在言外。

據說牆外媒體界皆報導了「白紙革命」，這自然亦是習氏極權皇庭極不樂見的。可以猜測以習氏狂妄自大蠻橫暴戾的人格，加之其在問鼎之爭中以權謀勝出的結果，他必是過於相信自己的強權可壓倒一切民意。習氏因而未能預見到小民被逼入生死莫測的絕境之時，民意終於突破了對強權的恐懼，群起對抗。於此同時，華夏王土之上必然有企圖遮掩習氏極權抗疫政策激起民怨沸騰之人，自己也見到同樣在網路上流傳過「準官方」發帖，聲稱「白紙革命」是外來勢力策劃，或是香港民運敗於習氏鐵腕壓制之下而「向北流竄之人」，等等。但此時三年苛政釀成的小民之怒之怨，似乎已經衝垮了權力的堤壩，已經不在意那些意在恐嚇百姓的威權暗示。他們的街頭反抗一時間義無反顧。這是自「六四事件」以來再未見過的景象。據聞於眾多民眾齊聚街頭的場景稍見減弱後，習氏極權旋即開始「秋後算帳」，即悄無聲息地抓捕那些「白紙革命」的參與者，此時「天眼工程」對大陸百姓無處不在的監控，成爲集權最得力的幫兇。有幸有大陸牆內「微信人」不離不棄地努力，大陸牆內互聯網路中流傳的「白紙革命」參與者之一的學生向公眾求救的視頻，亦終於轉至牆外媒體。

習氏雖可自覺得意於其終獲連任，但習氏個人品格與聲望在民眾心目中，確實可謂是降到了冰點，此是自毛氏建立紅色中國以來從未有的先例。大陸民間互聯網中對習氏朝廷眾人冠以「七個小矮人」爲代稱，不可謂已顯示民間對此不敬之至，將輕蔑與厭惡融於一爐。見到一則消息，並非笑話而是實景。前文提及習氏文集之數量在此短短兩年期間，已經超過毛氏一生撰文之數，在書店中均置於前列專架，但無人購買，被民間戲稱爲「回收廢紙最快的書籍」。某日在上海某書店陳列的習氏文集中，赫然見到摻入一列書冊中的《希特勒傳》、《納粹專權》與《魔鬼》三部書。那自然並非書店有膽量，而是有膽量的小民放入，藉此表達對於習氏集權體制的評價。還看到微信流傳的另一帖，「先毀了我們的行業，又耽誤了我們的孩子，再封了我們的家門，最後送走了我們的老人。還要誇功賣好，這不是找挨罵嗎」？此帖全然是平民口吻，並非是讀書人表達意見的文筆。如此，豈不更是顯示小民之怒，已經延至眞正的民間，而非是囿於讀書人圈內。

「民可載舟，亦可覆舟」。此時習氏將操其舟駛向何方？

壬寅記變之四——「誰道滄江總無事，近來長血共爭流」

庚子年中延至整個辛丑年，各國紛紛封城的同時，歐美國家政界第一要務爲何？自然是抗疫。爲抵抗疫病而爲居民設置幾道防火牆，大致計有：封城的權宜之計；醫院漸次增加醫療設施、研究適宜的醫療方案，以應對患者的治療；再是各科研機構與製藥商均在埋頭研製疫苗，如同短跑賽道上的運動員，力爭能一騎絕塵；同時將疫情與防禦舉措告知民眾，以務必透明爲宗旨。於辛丑年間，各國家行政機構則將爲民眾注射疫苗爲要務，例如澳洲所有新聞播報，均有當日疫苗注射覆蓋率一項內容。辛丑年末或壬寅年初，在確信疫病已經不構成對於本國居民生命主要威脅後，各歐美國家方紛紛解除封城與封閉國境。

於此同時，自庚子大疫起之武漢以來將近三年期間，除了語焉不詳的指示「清零政策」，大陸中國全無爲百姓建立防火墻的舉措，而是任憑習氏一力獨斷專行，罔顧專業科學研究成果。幾乎世界各國政府都設立了專門的疫病管理顧問官，由公認的醫療專業人士擔任。大陸中國卻未見設立任何官方醫療專業顧問，僅是民間信任的兩三位醫生發表些私人見解供百姓參考。自稱「親自決策」、「親自指揮」的元首習氏在做些什麼？共黨高層又在做些什麼？除了「奉旨行事」，嚴苛封閉百姓與興建「方艙醫院」，大陸各級行政機關又做了什麼？習氏如此在抗疫中缺位，其斯時關注究竟在何處？他在此期間的所作所爲至壬寅年其終獲連任，終於可使以上疑問得以大白，即不言而喻，其精力心思均集中於一點，即「龍之逆鱗」——延續其「眞龍天子」之位，同時試圖披上「皇帝的新衣」以宣示其功績。大陸官場其他官員又在做什麼？或是捲入問鼎之爭中，或是在屏息等待換屆結果，與此同時是低調行事，確保在習氏眼中無錯處。

除保住官位與官員自我利益之外，在此三年大疫期間，華夏整個官場難道還有任何其他作爲麼？

「收放自如」式結束「清零政策」

前文曾提及「清零政策」發布以來，從未見有任何官方實施方案公告於民，不知是否是將幾條「綱領」發布於官場中，全憑各級行政機關自行解讀，自行實施？

大陸中國自「六四事件」以來的官場，已經萬馬齊喑，腐敗漸次形如清末。極權機制之下，只見百官因循，上行下效，甚或是「上有所好，下必甚焉」，且至習氏此次連任，將「七個小矮人」組成黨之最高權力機關，從而共黨內部亦成爲完全的「習氏一言堂」，即其本人是一言九鼎，其他人皆奉旨行事。除去民間寥寥幾位專業人士在限制重重治下的幾句直言，華夏王土處處政府皆是以「清零政策」爲綱要施行「抗疫準備」，即如前述處處建起粗糙廉價如同農作物「養殖大棚」一般的「方艙醫院」。如此百官因循，導致全華夏王土大小政府均「一面倒」地執行「清零政策」的局勢，終於因民眾公開對抗，於壬寅年尾發起「白紙革命」而戛然轉向。

眼見民怨鼎沸，民間已經是不計威壓、不計員警抓捕地公開抗拒「清零政策」，且已經引發域外輿論關注，習氏皇庭已經實在無法繼續推諉。中央政府終於壬寅年十一月十一日頒布〈關於進一步優化新冠肺炎疫情防控措施科學精準做好防控工作的通知〉，大陸民間俗稱為「二十條」。雖其中對於之前的苛政有所減少，例如放棄限制所謂「密接者」的概念與相應監控措施，但其第一條開宗明義依然是「堅定不移貫徹『動態清零』總方針」，以及「要進一步提高政治站位，充分認識優化調整防控措施不是放鬆防控，更不是放開、『躺平』[48]。」

「二十條」的頒布未能消弱民怨，反而使民怨更熾，民怨轉而為民憤，「白紙」處處可見，「坦克人」留於天朝世間的抗議文字，可見於天朝王土各地處處傳抄。無奈的習氏皇庭終於在「二十條」頒布約一個月後的十二月七日，頒布了〈關於進一步優化落實新冠肺炎疫

[48] 均引自該「二十條」原文。

情防控措施的通知〉，大陸民間俗稱爲「新十條」，雖未明言放棄「清零政策」，事實上卻是在各個方面終止了「清零政策」：即刻停止各種管控小民的舉措，即停止「全民核酸」檢測，放棄「健康碼」使用，停止對旅行者的「落地檢」，不得再封控居民住宅，允許對陽性患者「居家隔離」，藥店不得停售一般退熱藥物等，同時結束各行業「停工停產停業」狀態。

「新十條」的頒布，確實顯示了習氏此「清零政策」一役倉促收官，以敗績告終。「清零政策」終於是丟盔棄甲地退出了抗疫政策，卻仍是留下了官場從上至下茫然無措，不知應何去何從，如何結束抗疫戰？

「清零政策」倉促結束，不等同於華夏王土上小民之劫難同於一夕之間結束。看到微信群中流傳的域外評論，曰「與世界各國宣布結束疫情之後的歡騰、熱鬧截然不同，中國解除清零管控之後的一週卻陷入了混亂、沉寂。尤其在北京，這種蕭條和緊張，超過三年來的任何時點，似乎更像疫情爆發之初的武漢。市民的新冠感染率大幅上升，醫院和藥房正在經受衝擊，三年來第一次無限制開放的商場和餐館人影寥寥，企事業單位的就業率急劇萎縮，以至於北京市政府緊急發出『願復盡復』的復產號召」[49]。

若說「新十條」事實上確是告知小民「清零政策」下對小民的嚴防死守已經終結，即俗話是「已經解封」，那麼言外之意是否亦是掌權者通告小民——如今權力已經按民意行事，接下來是你們後果自負？這言外之意如同小學生遭老師訓斥後的賭氣，撒潑耍賴，死不認錯，看你們小民究竟能對我怎樣？這確實是習氏做文革紅小兵時「造反」的同一路數吧？亦有微信傳言說政府不得不於十一月解封，是由於十月末以來，大陸的疫病患者數量已經急劇增加。如前提及，急劇增加的原因一是「全民核酸」所致，二是「方艙醫院」中的集中感染，此時繼續封閉亦只會見到如此「清零政策」事實上的失敗。對為何結束「清零政策」還有一解，即除大陸民眾此時於無望之中遍地開花的街頭抗爭難以應對之外，則是大陸經濟於此時已經無法支撐繼續「清零」。該帖引述《華爾街日報》消息，即「真正令習做出讓步，是中國經歷三年抗疫後，地方財政已消耗殆盡，地方政府已發出絕望要求」，以及「彭博社統計出大陸過去三年財政赤字占GDP比重已達到6—9％，其中去年財政赤字率重新迫近9％的水準」[50]。自己相信這無論是否是首位原因，至少是使「清零政策」轉向占比極高的原因之一，許多微信帖都提及地方政府停發或大幅減少政府官員薪酬。此一舉措於大陸極權政府確是罕見，可見政府財政收入枯竭確是事實。

自己無法獲得微信傳言中病患劇增的確切資料，僅聞「清零政策」終結前後，帝都或是

---

[49] 引自微信帖，二〇二二年十二月十四日，作者署名為江楓。

[50] 引自：自由亞洲網站文章〈壓垮動態清零的最後一根稻草：地方官的絕望要求〉，2023-01-09。

魔都的患病率於壬寅年十一月至十二月均極速上升。有朋友將實情告知，他所在的律所魔都分行同事的患病率大約爲80%，而北京分行同事的患病率則超過90%。微信中也見到大陸各家親戚幾乎是家家都無一倖免。這些家人同事都是正當青壯之年，尚逃不過病毒感染，那麼帝都大量已經是高齡之人，又當如何？許多高齡之人本已經有基礎病在身，若遇有感染，又無及時醫治，他們的結局將是如何？與此同時，藥店似乎一夕之間連普通感冒藥、退燒藥都已售罄，而救護車和ICU迅速超負荷運行。微信亦在流傳，甚至北京各醫院的太平間已經是超負荷，已無空間可容納新增死者，於是此輪疫情爆發期間逝者的家人均被醫院告知，死者無法於此處停靈，須去逝當天即直接送往火葬場。華人歷來有死者停靈的成規，如今要將去世後軀體尚溫的血脈親人即刻送去火化，心中不知是何種滋味？傷心之外，是否還有怨憤？同時傳出的微信帖則是帝都火葬場已經全部滿負荷運轉，尚不及死者運達的速度，只得新建無數焚燒爐——是否將歸入天朝GDP收益？各火化場紛紛招收臨時工，同時警告火化工人嚴格閉嘴——無論是每日火化人數還是費用，均爲機密，不得透露！網上見到微信帖流傳不息，道是焚化一人的收費已經漲到人民幣三萬八千元。不知道決定借此發一筆無良之財的人們，是否個個心如墨染？或日天朝人已經是面臨錢財得失便將人人應有的同理心拋棄腦後？

人類共存於世間，相互必有交集，這是避無可避的事實。若人人皆無同理心，那是否便每人都成爲他人的地獄？

大陸官場隱身術與民間之怒

「新十條」甫一發布，過去三年無處不在的街道幹部和居委會社工，一夜之間似乎全員消失，本是無處不在的政府強權忽然隱身，又如閻王派出的黑白無常，鬼影幢幢，只是冷眼旁觀小民在病毒強力襲來的惡浪中自行掙扎救生。據說帝都的全居民感染率其時已經達到90%，而魔都上海則是在80%以上，至於其他城市，似乎迄今為止僅有河南省發布了官方資料[51]，「截止到一月六日，河南全省感染率為89.0%，城市89.1%，農村88.9%，同時發布重症感染人數一萬七千至一萬九千」。這一波疫情爆發中，華夏王土上究竟染疫者總數幾何？死亡總數幾何？城市與農村人口死亡之差異又是如何？只怕這些又成為官方另一個「不可說」之謎。由於訊息難得，微信群中流傳的敘述疫情狀態下大陸農村的帖更是寥寥，自己僅見到一帖而已[52]。描述為「戶戶有悲聲，村村添新墳」，「農村老人對新冠病毒知之甚少，只知道是發瘟疫」。文末寫出作者的無奈，「這個疫情寒冬裡，有多少農村老人悄然離世？保

---

[51] 河南省政府新聞辦公室發布會，二〇二三年一月六日。

[52]《戶戶有悲聲，村村添新墳：疫情下有多少農村老人悄然入土？》，二〇二三年一月十日，署名——汪清弘。

守估計，也應該是數百萬計」。那麼城市居民的死亡人數又是幾何？有官方據實統計麼？

不知道那些官員與社工們此時作何想？是何心態？三年以來，他們對待鄰人的惡行惡狀的狠毒嘴臉是否稍有收斂，還是對百姓的掙扎求生一概漠視，甚至是只知慶幸最棘手的狀態已經成爲過去，從此他們又可恢復在辦公室每日一支菸、一壺茶的逍遙？那些官場最底層的官員與社工尚且如此，官場上層呢？百姓終於也在這場沒頂之災中，見識到中共官場的眞實面目——那些高層之人只知爭權奪利，對小民之劫毫無擔當之心，更何談憐憫之心！中共黨魁習氏此時一言不發，上中層官員或是自顧不暇，或是畏懼一個不小心做了「出頭的椽子」，均是如躲冬的土撥鼠一般，悶聲不語。據微信群中傳言，習氏曾對他的朝廷近臣——「七個小矮人」，表達「信心」，不愧是驚世之言——死五百萬人不算什麼，即使死亡一千萬人，天朝仍然是第一人口大國！大陸王土小民都掙扎在沒頂之疫中時，習氏朝廷則僅關注所謂「過峰率」的速度，即各個城市病毒感染率達到峰值的速度。例如曾見北京大學發布新冠疫情感染報告[53]，提及「過峰速度」：在「新十條」發布後大概十三天，即（壬寅年）十二月二十日，全國多地疫情已達峰，到十二月底各地感染均已經過峰。截至二〇二三年一月十一日，全國累計感染率約達到百分之七十，全國超九億人口或已感染新冠，近八成感染者認爲難受程度超過流感。

由於認爲王土小民感染率「已經過峰」，王土時艱終於過去，如土撥鼠般於疫情高峰時悶聲不語的紅色政府官員又重新露面，且首次紛紛露面居然是爲舉辦各類表功大會。例如北京市防疫中心於二〇二三年一月十三日召開「表彰大會」，紅底大字的主題是「三年抗疫不辱使命，滿載榮譽再征新程」，且不評那主題文字如何拙劣，難道這些官員眞是不知漢文中亦有「羞恥」二字麼？那份紅底大字的「表彰大會」圖片，瞬時流傳於互聯網微信群中，已經標上民間評價，以綠色大字標注曰「詞典裡只有榮譽勝利，不知羞恥失敗爲何物」。

自己完全認同以上評價，即「不知羞恥爲何物」，對於習氏與其皇庭的所作所爲，也實在尋不出更爲無傷大雅的譏諷。互聯網上更多見的是小民不約而同地操起的國罵，有微信傳貼——公眾評選最適宜形容壬寅（2022）年的詞。所謂「年度最適宜形容詞」，本是近些年興起的一項網路民調，調查民眾對官方施政與社會大環境的評價。二〇二二年末線民贊同率最高的詞竟是那個國罵詞（此詞若依據大陸國語拼音則以C起頭，若依據英文則以F起頭）。其下跟帖無數，均是一片點贊。自己不得不說那國罵之字在漢文中，實在是粗鄙污穢到無可形容之詞，但是自文革以來，便蔚然成爲大氣候下顯示王霸之風的民間通用詞匯，橫掃華夏王土。近年來更成爲百姓表達情緒的首選之詞，妙在無論表達憤怒、鄙視、暴戾、嘲

---

(53) 北京大學國家發展研究院報告，引自《經濟觀察報》，二〇二三年一月十三日。

諷，甚至是表達誇讚皆可用之，不得不說是大陸民間漢文水準的潰敗與劫難。這劫難又是與毛氏革命不無關係，可說是毛氏革命之殤殃及華夏，殃及民風，無處不見。自己在微信群中讀到過不少文章，歎息大陸的漢語水準是江河日下[59]，自己有同感如是，但唯一能做的只是盡本人一分綿薄之力，力求使自己筆下文字不墮入彀中。

帝都的官方表彰大會，引發眾怒，不是一聲國罵盡可表達。網路微信群中，民間亦有對此則新聞跟帖的譏諷譴責，不絕於耳。例如有帖說，「被病毒奪去生命的人還屍骨未寒，而他們卻在鶯歌燕舞地慶功，喪盡天良」！「北京一個月死了幾十萬人，市政府還敲鑼打鼓開表彰大會，簡直不要臉透了」！「看來北京已經完成應死盡死的目標了」！「從勝利走向勝利的吃人機器。任何事情都有他們慶祝的。白骨堆上跳舞的就是他們」！也有人發出新年致辭，其意絕決，讓自己對如斯後代人的勇氣心生敬意。那致辭是：「不——不苟且，不遺忘，不感恩，不原諒」（《我的元旦獻詞》，未見署名）。也有如詩的新年致辭，例如一位未署名的「微信人」寫道，「明天是新的一天/也是新的一年/很多人會送出祝福和希望。但是/讓我告訴你實情。明年/悲憤的會更加悲憤/SB的會更加SB。痛苦的會更加痛苦/陶醉的會更加陶醉。渺小的會更加渺小/大言不慚的會更加大言不慚。下降的會更快下降/上升的會更快上升。走向火星的會離地球越來越遠/走向地獄的會以為離天堂越來越近。腐朽的會更加腐朽/偉大的從此不再偉大」。那文字毫無掩飾地表達出寫者看待未來的黯淡，也蘊含了對那強權的憎惡與唾棄——「偉大的從此不再偉大」。這些後代人的言辭，亦是無異於當年被習氏極權鎮壓的香港少年們街頭抗爭的呼喊：「割席！割席！」惟願此生尚可見到更多的後代人，不再屈從於這一極權專制，不再與權力合作，不再選擇成爲極權體制之一員。如此，即使華夏王土此時依然掌控於一黨制下，相信那王權終有崩潰之日。

網路微信群中，見到有流傳的德媒對習氏朝廷放棄「清零政策」的評論：「德媒稱，中國的防疫政策最主要的作用，就是要借此證明中國模式比美歐的制度更加的先進。而現在，對中國來說，這種制度競爭的後果已經浮現：不僅是作爲世界第二大經濟體在經濟的『失敗』，也是治理模式、也就是中國模式的『失敗』」。「德媒表示，中國以逐漸完善和強化

---

54 例如網傳的《漢字的崩潰》，（作者蕭恒，2020年03月09日），哀歎「漢字表達之美的衰微，恰似冰川雪融般在不知不覺中悄然崩潰。我雖早已察覺到漢字的崩潰，只是個人渺小的力量，如何能對抗一個時代，眾人山呼海嘯般地吼叫聲：『臥槽，你這個傻屌！』社交語言上的粗鄙化，漢字書寫表達的粗鄙化，必催生出文化和公眾形象的粗鄙化，進而導致整個社會空間和大眾思維的粗鄙化。當一位名牌大學教授，都能堂而皇之地在電視上大罵『去你媽的，滾你媽的，操你媽的』，並能以此爲自豪，收穫粉絲無數時，就讓我憤怒地看到，中華文化之美，中國漢字之美，已被摧殘得面目全非。這個時代，怎麼表達都已經是一個嚴重的問題。稍有不慎，你所寫的文字，你所想表達的思想，就將會被一雙無形的手，扼殺於悄無聲息的死亡之中。」

的動態清零政策，試圖向中國人民展示一種迥然不同於西方的應對疫情的模式。但是，隨著中國最終不得不放開疫情管控，這證明了中國『極端』的『動態清零』政策走進了死胡同。中國幾乎把所有的資源都被投入到隔離方艙建設，而非用於醫院設備的改善、有效疫苗的引進和重點人群的關護。其結果，當然是『錯失』三年時間。中國在拒絕與病毒共存，事實上也是在拒絕與國際社會合作交流，而這最終導致了這一波感染潮對於醫療資源的嚴重衝擊」。此段評論不可謂不公正，不可謂不是恰中要害。

不過反觀大陸中國，官媒尙在爲習氏「清零政策」的潰敗洗地，輕描淡寫，不提「清零」，只是對於解封後民眾染疫數量之高一語蔽之，描述爲皆因「準備不足」。對此官媒評論小民不妨一問，歷經三年時間，究竟是何原因致使大陸政府「準備不足」？也不妨再有一問，既然煌煌大國政府有權力財富的舉國體制優勢，爲何事到臨頭卻連些最通用的基礎醫療設施，例如普通退燒藥、病房、醫護人員數量、緊急吸氧設施都「準備不足」？甚至連醫院太平間與火化場的亡人焚化爐都「準備不足」？還可問，爲何醫院太平間竟會「屍滿爲患」？「清零政策」施行三年後的放開與隨即而來的染疫人數，竟遠超武漢首次染疫人數，難道「清零政策」其實只是導致更多病患？

其時網路微信中，亦有不多的大陸小粉紅們試圖喧嘩出一輪新的「陰謀投毒論」，即稱此一輪疫情大潮，必定是有西方國家對大陸投毒所致，此喧嘩卻遭網警一律刪除，想是大陸官方自知不宜此時再惹他國恥笑。不過同時依然不忘顯示「大國風範」，即對於美國與歐盟均提出援助大陸抗疫的建議，由歲腳部官員一律拒絕，答曰「中國有體制優勢，可以自己控制局面」。此種姿態，豈非是罔顧小民性命，爲保習氏顏面而以小民性命爲代價？自己尚記得疫情初起時，時任英國首相的伯里斯•詹森（Boris Johnson）曾提出「群體免疫（herd immune）的抗疫方式，即政府「躺平」，讓人群自行相互感染，依靠人體自體免疫功能自然而然地生出抗體，以此方式對抗病毒襲擊國民。此提議旋即引發輿論大嘩，歐洲國家紛紛譴責其言論不負責任，是以人類生命作爲賭注的抗疫方式。英國元首次日即刻向全歐洲道歉，承認自己言辭不當。大陸中國其時亦加入批判群中，稱英國政府此一提議毫無人道，罔顧人類生命，而中國政府一貫以人民利益爲先，云云，言辭間一派大義凜然。相較於此時天朝習氏朝廷的朝令夕改，在尚未保障民間充足的醫院設施，尚無醫護能力的增強，尚無充足急救藥物與器械設備，尚未統計疫苗注射覆蓋率等等前提準備之時便將「清零政策」一百八十度轉彎。同時歷經過近三年嚴厲封閉的小民自身免疫力更加減弱，且正値凜冬、感冒流感肆虐，値此時任憑小民陷入病毒包圍中，在疫情惡浪中自行掙扎求生。習氏朝廷此時僅僅是關心「過峰率」，且催促百姓復工復產復業，豈非是連前英國首相遭天朝歲腳部官員犀利譴責的「群體免疫」理論下的「躺平」都不如？

大陸天朝習氏皇庭若自認爲王土之民俱是善忘，而天下皆可以各式謊言欺之，那麼習氏與其共黨同僚此次可能是大錯特錯了。至少華夏王土小民雖是沉默者眾多，卻並非永遠善忘。三年人倫之痛，痛徹心扉。辭世三年，李文亮醫生依然是民間的「樹洞」，語音始終繞梁不去。例如網上流傳出的微信帖（署名薩沙）：「二〇二三年一月十六日八點左右，是武漢人約定用哨聲爲李文亮送行的時刻，可是多數人沒有哨子，於是夜空中黑暗裡武漢人的呼叫直上雲霄，令人何其震撼！是哀鳴是怒吼是震顫？是難止內心傷悲，還是苦求上蒼憐憫，還是宣洩內心憂憤？無人可以解讀這千萬民眾發出的聲音。……」這微信帖亦附上了武漢那晚無人聽後不會內心顫慄莫名的呼喊聲。二〇二三年末的十二月，農曆新年將近，壬寅年即將輪換爲癸卯年，亦有微信群中流傳的無名氏送上的新春對聯：「封城不管飯，解封不管藥」，配以橫批：「制度優勢」，還有一副言辭犀利更甚，曰：「始於兩個親自，終於兩手一攤」，所配橫批爲「收放自如」。如此對聯出於民間，已經是直斥大陸習氏領銜的極權皇庭視小民性命如草芥，眼見新墳或骨灰已經可覆蓋華夏四野，居然依舊忝不知恥地自衿自誇「制度優勢」、「收放自如」！今日的華夏紅色天朝，於大疫之中視百姓爲無物，施政則始於苛政，終於暴政。回想大陸中國建國之初，毛氏曾於開國大典之始於天安門城樓宣布，「中國人民從此站起來了！」階下小民則應聲高呼「萬歲，萬歲，萬萬歲！」距那萬民稱頌的大典七十年之後，如今武漢小民的暗夜呼喊，融譏諷與斥責於一爐的民間辭舊迎新的對聯，又表達了何種民意？百姓心中難道不會生出一問：「新」中國究竟解放了何人？「站起來了」的究竟是何人？被踩於新政權建起的階梯之底層的又是何人？七十年來被榨骨吸髓、以血肉之軀建起強盛帝國者，供那些「紅N代」（民間又常換稱為「官N代」）們獲取一切名聲與利祿者，又各是何人？從「苛政」到「暴政」，「親自部署」、「親自指揮」者與實施者，又都是何人？

從「清零政策」一夜放開，遂立即轉爲極端的「群體免疫」的抗疫方式，自然而然地使自身抗體衰弱者或已經有病史的人群，成爲首先被病毒從人間淘汰的人群。抵抗力衰弱者自然首先是年長者群體，如養老院中的老人，或雖仍在工作但已然年逾花甲之人。例如，即使各國均對於養老院加強護理與隔離，其中的老人依然成爲是次大疫的首批受害之人。天朝從未見有任何官方報導對於養老院於「清零放開」的同時加強護理，而是一貫的置若罔聞，似根本不在極權皇庭與官場的關注之中。華夏大陸於壬寅年末在自「清零政策」一百八十度轉向後，病毒自是氣勢洶洶地首先撲向年長者，其中有無數散居於廣袤農村的老人，他們從未被政府給予防護鎧甲——無論是預防病毒侵襲的基礎知識還是疫苗注射。率先落入病毒巨浪中的，還有居住家中的學者文人之中年在耄耋之人。他們是現存於大陸中國的讀書人中最年長的一輩，學貫中西又經歷過毛氏掌國時對他們的九蒸九曬，卻依然是「老驥伏櫪，壯心不已」。他們雖是自知人生已在歲暮，風燭殘年中卻依然期冀可以將自己畢生的殘紅化爲春泥，滋養後輩來人心中的花蕾，於是他們雖數種疾病纏身，卻還在窮盡精力爲後人著書、講學，作博士生導師，或口述他們親歷的歷史往事，等等。他們已經是看透世事，已是不懼強權威懾，「生死無累全天眞」，也已經不在意紅色政權日後是否還會再次對他們啓動迫害。他們於「九蒸九曬」後早已經看透華夏大陸紅色權力的本質，那極權只不過是千年皇權的翻版。他們因而也不再忌憚直言自己的看法，例如資中筠先生，何兆武先生，等等。這些學者文人——風燭殘年中的長者，是一段華夏社會演變史的活見證，概括那段歷史歷經的階段，便是華夏從民國時期雖戰亂頻仍，但民間卻逐漸可見公民社會的成形、文人學者的言論自由、各類民間學堂、書報雜誌的興起、私有制的蓬勃生發，直到紅色大陸成爲共黨極權制度的犧牲品，從黨天下的一言堂到毛氏的「無法無天」，再見到習氏任人唯親、組成「七個小矮人」權力中心的皇庭建立，七十年間，共黨政體一步步行爲軌跡，可謂是愈見農民起義特徵的一段歷史。他們本是華夏王土讀書人中劫後餘存的珍寶，卻使習氏極權朝廷中人如骨鯁在喉。因這些長者年高德劭且在民間聲望素重，強權未敢妄動，最多是以電子技術阻斷這些長者於互聯網中的聲音。如今這些人卻大都未能度過壬寅年末的疫情惡浪。他們那本已經是歲暮殘年的燭光，成片地熄滅於壬寅年末，例如曾爲李文亮醫生吶喊怒吼之馮天瑜先生。這究竟是天災，還是人禍？這對於大陸中國與其治下百姓，又會是福是禍？

網路微信群中流傳數輪的一則未見署名的網帖，提及作者對紅色王國建國史的總結，稱天朝歷史「就是一部淘汰史」，稱「直到今天，淘汰了見證歷史的活字典。從此，中國百姓忘記發生了什麼，又一個輪迴來了」。讀過此帖，不由記起清朝龔自珍於極度壓抑與窮愁潦倒中，寫下的那首七言絕句：「九州生氣恃風雷，萬馬齊喑究可哀。我勸天公重抖擻，不拘一格降人才。」我期冀我們的後代人不會再萬馬齊喑，不會遺忘庚子大疫期間這極權政府的蠻橫狂妄無知與胡作非爲，亦不會遺忘在這政權的斑斑劣跡，以及那無數因而喪生的亡靈。

壬寅年末的華夏王土疫病惡浪之中逝去的學者文人究竟是人數幾何？自然不會有官方統計與報告，而民間消息在嚴控之下，亦只是零星散碎地見於網路微信帖中。例如有微信帖提及自「清零政策」被放棄後四十多天以來，已經有超過百名藝術界前輩——書畫家、藝術評論家，等等染疫去逝，均在耄耋之年。多所大學，包括清華北大，均有學生曝出導師染疫去逝。若計算人數，每所大學似乎去逝者均不下百人之數。民間寂寂無名的百姓們的死亡人數，更是未見有任何統計。只怕若統計全國因疫病感染而去逝的人數，習氏所言的「一千萬人」或許還是小覷了病毒的能力。爲掩蓋此番洶洶疫情的眞實死亡人數，官方修改了因新冠疫病死亡患者的標準，即此一數字中須減除一切有基礎疾病[55]而致使無能抵抗染疫的死者，即必須是本身完全健康到無一點其他疾病，而單純因新冠感染而去逝之人，才包括在此

---

55 「基礎疾病」此處即指日常患有的常見疾病或老年性疾病，例如高血壓、高血糖、高血脂，等等。

統計數字中。此一無賴行徑亦是引得民間譏嘲無數，曰「臉皮之厚，莫過於此」。修改標準後，天朝官方公布的二〇二二年十二月至二〇二三年一月（即疫情高峰期間），全國新冠患者死亡人數不超過六萬，新冠患者死亡率之低，足可傲視同儕，獨佔世界鰲頭。

不過，政府眞以爲民間十數億百姓都是睜眼瞎子麼？難道看不見火葬場匆忙添置焚化爐？火葬場又何來底氣將焚化費加至天價？據說此番疫情亦致使軍中多名中高層官員離世，而久居於爲部長級官員（包括已經離休者）特意建造的醫療護理中心，如熊貓般受到保護的大量老年官員亦未能倖免。這些官員中不乏習氏尚有畏懼或顧忌的前輩。如此亡於「清零政策」放開後病毒襲來如山呼海嘯中的官員數量如此之多，對於習氏朝廷是福是禍？藉此消除異己，這必定是習氏皇庭從瘟疫肆虐中收穫的意外之「喜」吧？因爲亦藉此消除了憑藉長輩身分尚有資格批評習氏的政敵，使得習氏從此更無人掣肘，毫無顧忌？不過不知習氏與其共黨同僚是否也聽聞天地滄桑之理麼？可知「自掘墳墓」的俗話？焉知其今日之暴政，於「某日」不會成爲其暴政之墳墓？

習氏的豪言——「中國還是第一人口大國」——語聲未落，昨晚（2023年01-17）澳洲新聞報導，按最新人口統計，印度已經超過中國成爲世界第一口大國。大陸中國六十一年來首次發生人口負增長，二〇二二年死亡人數較二〇二一年增加八十五萬人。天朝於二〇二二年既無饑荒亦無戰爭，因何會無端地增加八十五萬人死亡？小民可否問天朝政府，這新增死亡人數中，究竟有多少是亡於新冠病毒感染？人口多寡自然並非決定一國世界地位的首要因素，但可見極權體制下大陸中國未來前景的黯淡：「獨生子女政策」如今終顯惡果。它摧垮了大陸家庭慣有的平衡結構，推高了養育子女的社會成本，且自八〇年代初嚴苛推行的「一孩政策」至今，獨生子女一代如今父母已經老邁，致使獨生子女一代既有老人需要照料，又有兒女需要撫育，已經自顧不暇，大陸中國如今的年輕一代生育意願極低。

大陸中國極權政府亦曾宣布「獨生子女政策」是大陸「永久國策」，如今居然亦是一夕翻轉，改爲鼓勵小民生育多胎，甚至有官員提議育齡夫婦若拒生育二胎，則須以罰款待之。極權政府如此「翻手爲雲，覆首爲雨」，「朝三暮四」，亦引發民眾對於各種毫無人性的國策普遍的心理抗拒——難道小民在掌政的獨裁者心目中，僅是一個數字麼？僅是毫無感情與好惡的生育機器？僅是一根根割之不竭的韭菜？據統計，大陸中國尚在育齡的夫婦於二〇二二年的生育率甚至低於日本，豈非亦是小民對當年極權體制強行施行「一孩政策」的懲罰？雖不能發聲反抗，但總是能選擇與此獨裁權力默默「割席」。

網易網路公司自製網路視頻《活在當下》，片首語蘊含了絕望的痛：「人不是活一輩子，不是活幾年、幾月、幾天，而是活幾個瞬間」。視頻記錄了「清零政策」治下與剛剛解封時此番疫情惡浪中的眾生相，其中有失去相伴一生老妻的老人，一再溫和地勸慰他人要「好好過下去」；有倉惶地看著藥店前一條不見頭尾的人龍而忍不住淚水的母親，喃喃自語：「女兒要等到什麼時候才有藥吃？」……。這視頻已經被網警全網封殺，卻已然留在了許多平民心中，亦有人存在手機影集中，更有人在微信群中向「網易人」致敬，致敬那「媒體最後的良心」。雖是「一番春風花開盡」，但天良未泯之人卻無論是遙觀還是近看，依然如青青草色，燒之不盡，滅之不絕。

病毒的能力不僅僅是感染人的身體，習氏政權對病毒抗疫政策的惡行惡狀、無能無心無恥無賴，使一場新冠病毒大疫，更是成爲使社會民心普遍與專制政府產生對立的利器。輝瑞公司與大陸中國就其治療新冠的良藥Paxlovid進入中國醫保系統的談判，於二〇二三年一月九日最終以失敗告終，似乎成爲壓垮大陸小民對習氏皇庭寄予期待的又一根稻草（尚難以斷言爲「最後一根」）。大陸中國政府官方解釋，輝瑞的報價高過政府預算，因而無法接受納入醫保系統。輝瑞繼後說明，輝瑞的定價是對全球各國統一制定的的標準，並未對於中國有不同標準，更無刻意加價。按大陸中國政府公布其已經「全民脫貧」的官方資料，輝瑞將中國劃定爲「中等收入國家」，藥品即按此標準向中國政府報價，甚至還特意降低一些。中國官方認爲不能接受輝瑞這一劃定，因而亦不能接受其報價。

庚子（2020）年是大陸中國官方計畫的「全面脫貧年」，並由習氏高調宣布大陸中國已經按計畫實現「全面脫貧」目標。既然中共官方公告已經是「全面脫貧」，豈非自然意味是成爲「中等收入國家」，那麼爲何在與輝瑞談判時又如此出爾反爾，拒絕認定其「中等收入」的定位呢？只怕是「厚顏無恥」亦不足以形容其無恥的程度。其實那所謂習氏親自宣布的「全面脫貧」亦是謊言，遮羞布而已，不過這話題的沉重廣泛，非此小書承載得起[56]。談判失敗的代價仍將是由大陸小民接受，即小民若尚有餘錢或腰纏萬貫，將自行負擔，按市場價格購買。只能靠醫保才看得起病的眾多百姓，則只能望藥興歎，生死自負。幾乎是與此同時，煌煌大陸中國剛剛履新的崴腳部長秦剛，則進行其履新後首次崴腳之旅——訪問非洲各國。於二〇二三年一月十六日，秦剛宣布向非洲各國共援助一百億美元，同時豁免眾多非洲國家對大陸債務。若可以一次出手對他國援助一百億美元，又何愁大陸政府口袋中，缺少購買輝瑞藥物納入醫保所需的區區兩百一十億人民幣之數？分明是在如何使用國庫內錢財之時厚此薄彼，無視本國百姓正深陷於水深火熱中，掙扎求生。聯想到天朝帝王習氏於庚子大疫之前訪問非洲，曾當眾宣稱，「我不僅心繫中國的十四億人民，我還心繫非洲的十四億人民！」說時仰面朝天，志得意滿，似乎已經是如同大明朝船隊首達非洲時一般，上邦大國氣

56 事實上，大陸官方機構的資料與官員講話，都透露出並不支持大陸百姓已經「全面脫貧」的說法。例如二〇二〇年國家統計局的資料顯示，大陸人均月工資收入不到人民幣兩千元，且這是「平均數字」。國務院總理更是坦然承認，大陸約有一半以上人口月收入在人民幣一千元之下。亦有大陸經濟學專家資料顯示，大陸中國的居民消費率僅是百分之三十九，甚至是號稱窮國的印度居民消費率則是百分之六十八。

派，不可一世。不知道天朝百姓看到這兩相對比的錢數，心中會浮出怎樣的聯想？是否如當年大清維新派的死敵滿人高官的豪言，「寧與友邦，不予家奴？」究其實，天朝政府那沉甸甸的錢袋中的元寶，來自哪裡？縱然大陸中國積累財富與當年加入WTO不無關係，但若無十億百姓的辛勤勞作，又何來廉價產品可供大量出口？這些廉價產品爲習氏皇庭贏得財富，盆滿缽滿，而習氏接任時僅見到國庫豐盈，卻無視那充實國庫的皆是民脂民膏。他那在所謂「一帶一路」沿途國家漫灑華夏國庫財富的「豪舉」，恰是對華夏百姓辛勞一生的譏嘲、怠慢、盤剝與羞辱。

自己相信，無論習氏挾黨之名，日後如何爲其「清零政策」到雙手一攤的「群體免疫」辯護，如何在那累累白骨之上，堆砌黃金版華麗的言辭，來自誇自贊其抗疫病之「光榮偉大正確」，華夏小民都只會嗤之以鼻，他們對於壓在他們頭上的官吏、共黨與習氏本人，從此只會再增一分厭惡，更會減一分信任。自「清零政策」以習氏的「雙手一攤」而結束以來，自己留意到甚至網上的小粉紅群各種發聲都銷聲匿跡了，或許也是民心之變的跡象之一吧？

習氏要盡權謀詭計終獲連任，他究竟會是問鼎之爭的勝者，還是這問鼎之勝終將成爲習氏的滑鐵盧，使其自取其辱，生前聲望一瀉千里，死後則遺臭萬年？古人言「腹有詩書氣自華」。習氏若論詩書則是腹中空空，大庭廣眾面前毫無風度，反有沐猴而冠的尷尬，被他過去的同事形容爲「很乏味，無人會記得他」。習氏或許會成爲中共自於華夏建政以來，在民間傳爲笑談的首位紅色王國的帝王。例如大陸民間網上已經是廣爲流傳的一則笑話可名爲「誰是蠢豬」?笑話是帝都一輛車在行駛途中被員警攔截，原因是其上貼了一句話：「蠢豬，下臺！」車主問「我沒有交通違規，你爲何攔我?」員警手指那句話，以問代答：「你說誰是蠢豬?」車主反問：「你認爲我指誰?」員警不敢回答，囁嚅半晌，揮手道，「你走吧」。其實二人心照不宣，但員警絕不敢說出心中那三個字的名字。

「愚蠢無止境」之四——大陸王土處處「爛尾樓」

以上箚記起筆於庚子大疫初期，至壬寅年末習氏「清零政策」一百八十度大轉變作爲結篇。文中許多資料取材於天朝牆內流傳的微信帖與海外媒體的轉發，否則自己遠居域外，如何得知牆內民間生態?由於極權體制的利刃不時地封鎖或切割牆內網路微信內容，大陸牆內訊息常是被切割得七零八落，斷斷續續，自己雖盡力補綴，卻仍不免文內細節是雞零狗碎不成體系。不過雖未臻完美，終於還是將牆內三年瘟疫起伏與民間與官場的交錯狀態梳理出一條脈絡，雖粗疏但仍得以成文。自己首先要感謝那些天朝牆內之「微信人」，幸得他們辛勤篩選且「搬運」微信帖，每日不輟，不懼微信屢次遭封，亦不懼屢次被員警「請去喝茶」。如柴靜曾言，「若有人問我有何貢獻，我只能說我轉了許多微信帖」。自己期望的是筆下文字雖是不成體系，仍可看作是一篇平民記錄，可以為後代人留住些這三年期間，華夏王土底層小民與高層官場相互作用的生態場景。

寫到此時已經是癸卯年元日（2023年1月22日），癸卯年替代壬寅年進入人間。不過華夏民間並未因流年偷換而隨即變換了心情。民怨已是深重，天朝習氏朝庭卻依然「自信」，似乎只要不提不理裝作無事發生，疫情引發的民怨便會自然平息。不過那「自信」也只是習是皇庭的「皇帝新衣」，或許形容為希冀自欺即可以欺人更為確切，於是共黨中央網信辦㊼首先頒布警告，宣稱將「深入嚴查政治虛假訊息，防止渲染灰暗情緒。從嚴查處炮製年中借債過節，破產倒閉、哭窮賣慘虛假情節；嚴格管控借發布回鄉筆記、返鄉見聞等不實訊息可以煽動地域攻擊、散布焦慮情緒，渲染社會陰暗面等問題」。㊽我直覺這一紙禁令蘊含的是強權深藏的恐懼。專制權力在恐懼些什麼？事實上，這禁令已然管控失效。

大陸流傳的微信中，通常農曆年遊子還鄉與家人團聚，祭祖拜親、鑼鼓煙花、紅花紅襖的年節喜樂，於癸卯之年赫然成為倖存兒女還鄉送葬家人的場景，沒有溫言笑語，只有一片悲淒。雖有網信辦的威脅，依然可見視頻在網路微信群中流轉。其中可見上海崇明島處處白幡在寒風中顫慄，身披痲衣按古禮祭奠親人的行列長不見尾，那行列一路緩行，一路抽泣。微信中亦可見武漢街頭巷尾與靈堂擺得滿滿的白菊花。那不是節慶的花，菊花的語意是祭奠亡靈。武漢人直言：「武漢把新年過成了清明節。昨晚十二點左右就開始堵車，路邊全是賣菊花的。武漢剛剛過去的這兩個月，有多少老人就這麼同年同月同日去了另一個世界。按武漢的傳統習俗，老人去逝的第一個除夕夜，親戚朋友都要買上一盆菊花去已故老人家中祭拜。……武漢人相信，今夜靈魂會歸來探望家人。他們『守夜』，和親朋好友一起，等待著親人的靈魂回來。」也有感歎，曰：「若按街頭這些花束70%能售出，那是得有多少老人去逝啊！」另有微信人應和：「我家也過成了清明節。我在家群建議靜默七日……」[59]

大陸每年一度由央視舉辦春節晚會向全天朝王土轉播已是多年慣例，此次春晚節目中，居然對於疫病曾橫行華夏隻字不提，一貫的外殼華美、內裡空空，一貫的粉飾太平，更顯示了強權的傲慢無禮，視百姓生死為無物。此一傲慢如火上澆油，民怨更熾，紛紛提議從此之後應徹底取消春晚。網路上傳出一張春晚時觀眾席諸人的表情，人人一張緊繃的臉，面無表情。是怨？是憤？是百無聊賴？是精神倦怠？無解。無語。依然是除夕夜，網路傳聞帝都有住宅社區居民敲起鑼鼓，齊聲呼喊，「除夕！除夕！除夕到！」居然引來大批員警團團圍住

---

[57]「網信辦」即指「國家互聯網訊息辦公室」，其直屬「中國共產黨中央網路安全和訊息化委員會」。

[58]引自《中央網信辦啓動「清朗・二〇二三年春節網路環境整治」專項行動》，2023年01月18日18：09，來源：新華網

[59]以上引文均來自大陸微信群流轉帖，日期為2023-01-22。

社區，如臨大敵。這是應怪「習氏」之「習」恰與「夕」字同音，還是居民確是有心渾水摸魚地呼喊「除習」？員警最終抓不到把柄，撤去了事。這是否又是一幕人人心中有數、卻無人敢於說破的場景？

虎兔相逢，吉凶難測，亦是華夏歷來的說法。不過此次虎兔相逢將對於何人將更爲難測吉凶？是對於高踞於中南海的習氏皇庭，還是對於民間百姓？新春書寫對聯，本是華人延續數千年的傳統，今見到網上微信中流傳的慶新除舊第一副對聯，居然是「驅走瘟疫祛毛病，迎來新春除惡習」，橫批：「國泰民安」，足見民間怨念已深，無論是對毛氏還是對習氏都已經深惡痛絕。癸卯年究竟將會如何？自己既不通《易經》，亦不懂巫卜之術，甚至連人心也無能忖度，自然是「不知」。不過既然古人有云「鑒古知今」，「鑒往知來」，或曰「鑒前世之興衰，考當今之得失，嘉善矜惡，取是捨非」（司馬光《進〈資治通鑑〉表》）。那麼自己何不遵古訓，且翻檢一番中共於華夏大地建政至今所留下的，究竟是怎樣的豐功偉業？如今的華夏大地是國泰民安，還是對外雖氣勢如虹，其實卻是金玉其外、敗絮其內？

讀過一則短文〈我們怎樣做祖宗〉[60]，論及祖宗起碼應謹守的幾條規矩：「日不留夙債，日謹守規矩，日理想戒遠，日牛皮莫吹」。有關夙債，道是「要當不挨罵的祖宗，第一要務就是力求留下的遺產爲正值，使繼承者真有所得，至少要資產和負債相當，勿使後世自己謀生之外，還要爲祖宗還債」。自己極是贊同筆者爲祖宗所立之規，不妨於癸卯年元日回顧大陸紅色中國建政以來已有的「祖宗」或將自居爲「祖宗」者，爲大陸後世留下的遺產究竟幾何？

毛氏自然是大陸紅色中國當之無愧的開山祖宗，他留下的遺產中或許可計爲正值的，是中國進入了世界的「核俱樂部」，也一直是紅色官場津津樂道的毛氏「豐功偉績」。不過核武器是否在未來必定是正值資產？似乎仍在未定之天，例如俄羅斯繼承蘇聯核彈遺產，公認爲世界「核大國」之一，若論核彈頭之數目可謂「核大國」之首位。俄羅斯卻是深陷與烏克蘭的戰爭泥淖已將近一年，頽勢漸顯，贏固是明顯無望，如今連求和談亦未知能否如願。普丁雖數次揚言核威懾，卻始終未敢動用其核彈。爲何？無非是如古人所言「得道多助，失道寡助」。本是一場不義之戰，若眞敢動用核彈，則必將在國際社會中遭遇沒頂之災。除此之外，華夏王土中可歸與毛氏名下的遺產，於如今學人、乃至天良未泯之百姓眼中均是負值，例如先是「打地主分田地」，隨即以權力加謊言從農民手中收回田地建立農村公社，繼之是剝奪民族工商業者的一切私有財產以擴充紅色國庫。繼後實施「大躍進」，卻是以「大饑荒」爲終結，致使農村餓殍遍野，同時城市見人人面有饑色，通身浮腫，餓斃者未有分別統

⑯⓪ 作者黃一龍，《隨筆》，二〇〇七年由廣東出版集團與花城出版社發行。

計，但百姓死亡之總數不下於三千萬。

若以此為毛氏留予後世的第一座龐大「爛尾樓」，則毛氏發起的「反右鬥爭」與文化大革命合於一體，可謂是第二座更為龐大的「爛尾樓」，將華夏學人與學統一併打入九地之下。兩大「爛尾樓」可統稱為毛氏留予後世的負值資產，而這兩大負資產留下的惡果則難以盡數，不知大陸中國贊同者有幾何？自號無法無天、建紅色王土毛氏始皇通過文革砸爛的不只是寥寥政敵，而是其旗下為其南征北戰最終一統江山，並將其捧上帝王之位的幾乎所有文臣武將，準備日後再慢慢甄別其對於毛氏本人之忠或奸，而遭屠戮幾乎淨盡的更是文化精華中的精華——學人與學統。毛氏本人不幸或有幸未能如神龜般得壽千年萬載，因而文革最終以「爛尾樓」留予世上。若追根溯源，毛氏留下的負值資產遠不止上述，負資產之實質則可說是他主持建成的華夏極權專制王國的機制，此一機制至今依然屹立於華夏王土，如毛氏幽靈般，若明若暗地掌控著生存於王土中的十數億人的命運。習氏如今重建的「小矮人皇庭」正是攀附於那一機制而建成。若無毛氏遺留的此一負值資產，習氏皇庭又何能建立，何能立足？

毛氏離世，繼之則是鄧小平，按鄧之心思慢慢終結這座文革的「爛尾樓」，那便是華夏王土始於七〇年代末八〇年代初「改革開放」的開始。這改革開放雖起始便是一場戴了毛氏負值遺產鐐銬的舞蹈，卻不可謂鄧氏與其舊人班底其時莫不是誠心誠意，而對於二十餘年寒苦度日的小民，亦可謂是久旱遇甘霖般的可貴。不過這場初起時眾望所歸的改革開放，至今卻只能說又是一座爛尾之樓。改革之樓最終爛尾的過程也可謂是「道阻且長」，但「爛尾」始於一九八九年「天安門事件」，或許已經成爲大陸民間異見者的共識。自那時起，對毛氏極權體制的政治改革成爲一場空夢，餘下的只有經濟向外國資本的開放，與允許私營工商業在國有企業無意佔據的邊邊角角中生存。不過莫要忘記同時留下的還有多項嶄露頭角的負值資產，例如國有企業在大量行業中的霸道擴張，與「紅N代」開始轉向「官N代」或「商N代」，以權力換取財富從而成爲「富N代」。

繼鄧之後的歷任黨魁，少有推陳出新的建樹，唯一作爲例外的胡耀邦不見容於極權制度，則早被鄧氏從權力體制中驅除。大陸中國改革開放在混沌中「摸著石頭過河」，依極權體制的慣性向前，踏入權貴加資本的貪腐之河。改革開放的結果雖使大陸中國在經濟上擠入世界強國之列，但那以血汗飼養華夏成爲強國的各層百姓卻是受益最少的人群。受益首屈一指的則是當年文革劫後餘生的「紅一代」[61]衍生出不計其數的「官N代」，他們憑藉「打

---

[61] 對大陸中國語境中的「紅一代」、「紅二代」、「官二代」直至「N代」等等，我在拙作《方寸天地看人間——燈火闌珊處，尋一代少年背影》（華夏出版有限公司，二〇二二年）中曾有解釋。相信許多其他回憶錄中也有解釋。

江山者坐江山」的農民起義邏輯，將權力收入私囊，繼之以權力強迫工商業者以錢財與其交易，例如換取大陸中國管理機關對工商業運營設置的重重關卡，即各式名義設置的審批、許可證，等等。大陸紅色官場對財富的欲望永無饜足，由於財富可以用以爲子孫置下私產，亦可以用於買官鬻爵，以求擴展權力。官N代們或因歷史淵源，或因財富交換而織成縱橫交錯的蛛網，全方位地密密籠罩大陸中國經濟與權力。雖古人贊荷花「濯清漣而不妖，出淤泥而不染」，但現實中，官場濁水之中可有容納潔淨剛直如蓮之人的空間？

改革開放大業始於鄧氏，緣於對極權體制的改革失敗而半途而廢。毛氏創建的極權體制與一元化社會形態，隨改革過程中共黨維護極權所需而漸形成「官N代」至「富N代」加黨極權加壟斷資本的格局，華夏王土至今所呈現的是「官N代」從高層中層乃至下層的層層貪腐，留予小民的則是一幅畫餅充饑的渴念。小民中的所謂「白領階層」憑藉十年寒窗而獲得向銀行舉債爲父母兒女購買私產的資格（無論是住宅還是汽車），其實是身陷債務泥淖；而「藍領」民眾則仍是賴以每日出賣體力勞動爲生，雖是生活較毛氏時代有所改善，但是苦力人生便是他們的命中注定麼？一場曾以萬千氣象向百姓允諾爲多元化社會開端的改革，結局卻使「官N代」強權之惡更爲無所約束，百姓人生更淪爲權貴奴隸。這半途而廢的改革開放究竟是後代人的正值資產，還是負值資產？公平而言，「官N代」至「富N代」加黨極權加壟斷資本的格局，或許並非鄧氏敞開大陸改革之門時的初衷。但不得不說其囿於眼界格局與個人乃至家族兒女私利摻雜其間，仍然以共黨專制、黨首專權爲改革設限，如此「猶抱琵琶半遮面」的改革本身即昭示了其負値的結局。

壬寅（2022）年十二月我隨先生於臺北小住月餘。臺北市民生活已經完全恢復正常，庚子疫病已經漸漸退出公眾話題，似乎僅有坐公車時須戴口罩的要求，還在提醒所有人新冠病毒尚在人間流連。某日參加年尾晚餐聚會，見到一群素不相識的臺灣經營私營企業的創業人。她們投入各類創意行業，有多媒體也有出版界，都是處於年在而立的大好年紀便成爲小小私營業主。圍坐餐桌，人人都是笑得鬆爽，相互閒談各自的生意，似乎對未來際遇如何都毫無心理負擔。她們一致的想法是無需做大，無需要壓他人一頭，只要按自己的意向去駕馭屬於自己的資產，只要按自己的興趣去選擇課題，足以自食其力，就是做得圓滿。我從她們的言談中理解了何謂臺灣人認定的「小確幸」，那便是生意做得大小並非目標，自由與怡然自得才是人生應享有的幸福。那是個微寒的冬夜，雨下得淅淅瀝瀝，外相陳舊且無供暖設施的餐館大廳裡排滿大張圓桌，原木製成，質樸無華。我們面對的亦是一張大大圓桌，菜式卻是極豐盛，火鍋與砂鍋裡濃白色蒸汽嫋嫋升起，驅散了寒意。台菜多取食材於海鮮，那晚便有許多從未嘗試過的海產品，鮮美無可形容。忽然想起我姥姥多年前的話，「餃子有餡兒，在裡不在面兒」。

臺灣雖是面積小小，卻有無限的空間供每人去探索自己的人生路。如同一道水流豐盈的河，河中有百舸競發，各色各樣的帆與蓬皆成風景，卻亦知舟行之中要讓他人之舟可同樣行走，而非是貪圖獨霸河道，因爲一舟獨霸的河道中沒有風景，只有王霸戾氣。也有臺灣朋友閒談時告訴我，前幾年藍綠兩黨之爭亦幾乎撕裂臺灣族群、乃至家庭。持不同政黨立場之人形同仇儔，互不理睬或相互爭拗不休。實行執政黨民選制度，歷經幾輪選舉之後，藍綠兩黨成員之間的關係反而平和下來，從劍拔弩張轉向各自相安。之前爭拗到互不理睬的家人朋友反而又重有往來，因爲大家都明白了一個道理，便是要尊重他人的自由選擇權利。與大陸中國的共黨壟斷一切財富，官場權力支配一切財富相比較，臺灣是留富於民，百姓富有、歲月怡然。兩種制度結出兩種果實，個中滋味迥異。究竟何爲正值資產，何爲負值資產？

習氏終獲問鼎之勝，愈益顯現其自認是毛氏正宗繼承人的傾向。其政見雖未明說，卻暗地裡與毛氏一切資產財富收歸國有的政策亦步亦趨。只看其重建毛氏供銷社系統與國有化阿里巴巴與騰訊兩大民企巨頭（以及同時悄無聲息國有化某些高科技私營企業）即可窺一斑而見全豹。習氏第三任掌政尚是進行時，尚難推測其最終走向與業績，但是其掌政前十年至今的小小「爛尾樓」已經可與其自曝的讀書單一比短長了。天朝內民間網路流傳出的相關網帖已有許多，自己只是擇其一於此處實錄之：「蠢豬的功績：修改了一部憲法/建立了一所大學（梁家河黨校）/出版了一堆廢紙/任用了一幫馬屁/宣判了一批政敵/亂來了一個雄安/留下了一堆爛尾/整死了一批民營/搞垮了一國經濟/推行了一個國安/毀掉了一個香港／狂撒了一路錢幣／結盟了一個普丁／樹立了一堆死敵／加強了一個維穩／遮罩了一切聲音／親抓了三年封控／綁架了全國百姓／掏空了萬億醫保／選擇了一夜躺平／害死了千萬老人」。其實可以加在這已經不短的「習氏業績」單中的還可以有許多，例如「為挽回一人臉面，隱瞞死亡資料」，例如「為博得世界『至尊』之名，濫用華夏百姓民脂民膏」，例如「有外交，無朋友」，如此等等，已經是數不勝數。習氏獲得連任後睚眥必報的本性顯露無遺，歷屆黨魁換任，均不會更換國務院總理之下的官員，緣由自是為維持一國行政可常規施行的穩定與連續。習氏卻因視前總理李克強為政敵，而將國務院處級起的全部官員一應撤職，且派其「小矮人」之一的兄弟接任中堂一職。該人從未有管理經濟的學識與經驗。自此，煌煌大國經濟業績是否會江河日下？還是會依靠資料造假維持臉面呢？

庚子期間習氏掌政最明顯地激起眾怒的，當屬他先是固守「清零政策」，繼後於一夕之間棄之不顧，同時棄之不顧的則是百姓性命。這也可謂是他迄今為止最糟蹋他個人在百姓心中形象的一項「負值資產」。習氏本人自然自認是「眞龍天子」，「大好男兒」，卻從「清零政策」一夕間轉向以來，直至春節時染疫高峰已經過去的數月期間從未露面，不知是出於怯懦於如何面對眾怒，還是怯懦於病毒感染？看到牆內人在網路中貼出對於習氏違規獲得連任，繼後「清零政策」一夕間取消之後天朝官場狀態的評論，曰從此天朝貌似一國，實是一盤散沙：「七個小矮人治下的中國社會，已成三層皮。第一層是高官及官媒，繼續高唱凱歌，鼓吹形勢一片大好，但自己也知道是謊言連篇。第二層皮是各省各市，各行其是。躺平也好，『做一天和尚撞一天鐘』也罷，全憑個人良心行事。第三層皮是下層百姓，也是各行其是：有人忙看病；有人忙『躲陽』；有人忙家中喪事；有人仍不得不忙著以命換錢，已經掙到錢的人正忙著『潤』[62]走……」。

天朝小民已經赫然看到他們面對的是一個荒誕不經的笑話——那笑話就是他們也曾為之高唱讚歌的天朝極權體制。那體制之下，黨政官員們喪失了改革開放激起的靈性與熱情，也未能繼承數千年儒家官員遵傳統所持守的獨立價值判斷，更是良知與天良皆泯。他們回歸為毛氏時代奉旨於上級的馴服工具。更有甚者，他們或視百姓為無物，或視為砧板上的魚肉，可予取予奪，或視為「潛在異己分子」。官方面對百姓則明顯是風聲鶴唳，草木皆兵，甚至已經無暇亦無意遮掩。都市街道上皆可見巡邏的員警與保安，於互聯網上亦如是，網警二十四小時不停不休地刪帖。其實不可說黨政官員的嗅覺全是過敏，因為平民百姓的衝天之怨或衝冠之怒，或他們對於此黨此政此強權的蔑視，乃至對於黨魁習氏本人之蔑視，均昭然可見，且表達得毫無掩飾。這是十億人心中聚集的喪親喪生之怒之怨之恨，習氏朝廷豈是一字不提便可以瞞天席地麼？這也是共黨於華夏大陸建政以來從未出現過的民間信任危機。

若暫且將自己置於「大荒山無稽崖的青埂峰」旁來看天朝，則前述「民間信任危機」於天朝小民與後輩人而言，或為幸事。自己期冀有信任危機才會引致更多百姓的思考，而思考是一座橋，通向天朝百姓向人類的回歸。習氏被民間冠以「蠢豬」稱謂，不僅僅是洩憤，而是小民確實體會到習氏之蠢。習氏一直是我行我素地自誇自讚，似乎並未認識到其粉飾太平、隻字不提新冠疫病之殤只會使民間齒冷。許多歐美國家首腦均早已經數次向新冠疫病逝者致哀，而習氏則漠然待之，恍若未見，只是一貫的大話炎炎，例如在春節團拜會上他再起高調：「在農曆兔年，希望全國人民特別是廣大青年像動如脫兔般奮躍而上、飛速奔跑，在各行各業競展風流、盡顯風采。」且不說習氏將「動如脫兔」一詞用於此處是如何不倫不類，這「動如脫兔」四字使自己霎那間聯想到習氏本人恰是「動如脫兔」的踐行者——將「清零政策」一夕之間棄之如敝履。「雙手一攤，收放自如」，罔顧小民的無醫無藥，甚至無太平間、無焚化爐讓逝者於生命最後一程暫且在世間存身，全部關注僅是在「過峰率」的速度，習氏帝王如此瀟灑的「脫兔」一動，爲千百萬小民帶來的又是如何的沒頂之災？在未來又將會爲習氏極權帶來怎樣的影響？

習氏掌控的黨媒如此爲習氏抗疫的那座「爛尾樓」自吹自擂，如同在骷髏上披紅掛彩，打扮成天下抗疫之戰業績中的狀元，甚至「厚顏無恥」四字對習氏還是過於客氣了。若說

---

62 以上引自微信帖，作者未有署名。「潤」是大陸「微信人」用以代替英文「run」的諧音詞，意爲逃向海外。

大陸中國三年抗疫終極還是結束了。那麼是否可問三年期間小民生活旦暮何聞？惟有杜鵑啼血聲聲哀鳴。若這也算是「勝利」，那也是十數億小民堅忍地活下去的「勝利」，是無數逝去的生命換來的「勝利」，不知如今怎會莫名其妙地成爲習氏本人「抗疫成功」的功績？顚倒黑白，難道這習氏與中共眞的以爲大陸天下小民眼睛都瞎了麼？可以容其如此厚顏無恥地自我吹噓？網路上已經有微信帖總結習氏這「動如脫兔」一躍爲共黨極權制度可能帶來的震撼，一曰其「動搖共產黨不可戰勝的神話。因爲清零政策轉向，是民眾抗爭的結果。共產黨遠遠沒有它表現出來的強大和不可戰勝，這個神話破滅了」；二曰其「覺醒更多的反賊。這次抗議活動的成功，同時也是一次全面普法工作的成功。網上傳播最多的不是集會視頻，而是從憲法和法律角度要求限制政府行爲的視頻，這其實就是民眾中公民意識的覺醒」；三曰其提示民間「抗爭比妥協有用」。這是最直接的結論。老百姓明白了，面對極端政策，抗爭比妥協有用。所以，白紙革命以後，各所大學的學生又多次爆發集會示威，要求的已經不是抗疫封控了，而是出現了更廣泛的訴求，例如武漢大學的學生要求的就是「決策過程，透明公開」[58]。與此同時，習氏與他的小朝廷已經開始沿襲自毛氏在中共組織內一路「秋後算帳」成就其霸主之業的模式，對「白紙革命」的參與者開啓秋後算帳——參與者被抓捕，甚至是「迷蹤」般地消失。

習氏皇庭治下的大陸中國終於在癸卯年（2023）春正式宣布抗疫已經「勝利結束」，全部功勞自然是歸屬於「偉大正確」的習氏黨魁一人。事實上，那曾傲慢地宣布武漢抗疫是由其「親自部署」、「親自指揮」的大陸天朝第一人，是許多天朝百姓眼中的千古罪人，習氏抗疫，犧牲者不只是武漢疫病初起時那逝去的數十萬人的生命，還有其後數不清的小民性命。習氏「清零政策」的餘患至今仍未完結。「清零政策」中華夏王土曾遍地建起所謂「方艙醫院」，據聞僅山東一省建「方艙」即耗資達兩百三十億，於壬寅年（2022）五月始得全部完工，僅於七個月後「清零政策」便被放棄。習氏小皇庭有權力「雙手一攤，收放自如」，而那些爲執行其「清零政策」所建的建築物則全部成爲建築垃圾，須儘早拆除。這一建即拆，還有那些將居民住宅以鐵皮鐵籬層層封閉消耗的材料，那些「全民天天核酸」的成本費用，臨時徵雇的「大白」與保安的費用，這些「清零政策」實施的「成果」雖是隨「清零政策」一夕終結而全部成爲垃圾，但是實施之時畢竟需要錢財支撐，那麼這些錢財出自哪裡？難道不應是出於極權政府自己的國庫？偏偏國庫是大門緊鎖，其中錢財是「寧予外邦，不予家奴」。這些錢財的消耗雖僅僅換來垃圾遍地，卻偏偏是要算計小民本已經乾癟的錢袋。

---

63 以上「三日」均引自微信帖，作者署名「品蔥」。

「清零政策」虛耗的錢財，實際上仍是出自百姓錢袋，即用於百姓醫病的醫療保險基金。此基金來源可以分爲二，即部分來自於雇員自己的薪酬，部分來源於雇主企業的貢獻，兩者均是被強迫而不得不爲。基金設立伊始，有法律明文規定雇員貢獻的薪酬數額，將始終歸屬於其個人財產。其若故去，亦由其直系家人繼承。不料大陸中國的此項法律依然證明不過是一紙空文，如同大陸中國的《憲法》可隨時被黨魁修改。此時極權政府見醫保基金虧空，居然要求將本屬於雇員個人的財產部分一律歸入基金池中，成爲公共資源，此一變更顯然是使繳付醫療保險爲時已經數十年，而如今已經退休的白髮一族損失最爲慘重。由此可見習氏「親自部署」，中共率政府不遺餘力地實施的「清零政策」唯一的效果，並非是實現將病毒「清零」，而是將全民醫保數十年間累積的基金一次性清零。難道中共不知那基金按天朝法律本是百姓的私有財產？如此，人人可判斷「清零政策」究竟是德政還是惡政？是成功還是失敗？此事已經引發華夏王土數地小民的遊街抗議，遊行抗爭者中有許多年逾花甲之人，故而民間繼「白紙革命」後稱此次抗爭爲「白髮革命」。雖有武警在側虎視眈眈加以抓捕帶頭人，亦不能攔阻。外媒有評論說「此次抗爭之激烈，爲中共建政七十年來之僅見」。習氏無知，難道是誤會了清朝民間之語「發如韭，割復生」的意思？以爲百姓將永爲其刀俎之下的韭菜麼？君不見「霸業原如春夢短」是華夏王土歷代圖謀王圖霸業君王的下場麼？而民間對於這些君王之所作所爲歷來自有評價，那些黨媒的濫誇之詞，最終只會成爲笑話，成就習氏與中共的千古罵名。

習氏借其執掌的中共之口，聲嘶力竭地爲其本人披紅掛彩，將其「偉大光榮正確」的頭像日日掛在黨報頭版，如年畫中的灶王爺。卻瞞不住大陸小民的眼睛。小民對那「皇帝的新衣」自有判斷。昨日見到無名氏在網路上發帖，描述今日大陸中國現狀：「政治失能，經濟失衡，社會失序，民眾失望，政黨失信，領導失德，執政失策，工作失誤，外交失態，內政失控，軍事失威，科技失準，民生失歡，百姓失業，法律失守，百業失敗，國家失利，民族失落」。滿篇皆是一個「失」字，雖無名言卻是總結了習氏與中共執政的失敗。至此，習氏在毛氏「爛尾樓」基座之上搭建的又一座「爛尾樓」已經可見雛形。「偉人們」無論是權勢還是日常衣食住行，均是貴爲帝王，爲後代百姓留下的卻皆是負値資產。

前文絮絮引述了多篇大陸中國牆內民間的微信帖。絮絮引述亦是緣於自己的一個心願，即是期冀居於天朝紅牆之外的諸國百姓學人，能理解居於天朝牆內之人亦與他國人同樣屬於人類，同樣有人類共通的喜怒哀樂，有識別是非黑白的願望。他們如我一般不幸，無法選擇落生之地。生於長於大陸紅牆之內。他們亦如我一般自幼被灌輸中共洗腦教育，難免少時會坐井觀天，寫些牆外人看來是不可思議的「反人類」話語，但成年後隨人生閱歷漸豐、隨個人、家人遭逢的權力不公而漸漸回歸人類情感的同理心，生出反思，重新檢視強權之惡。

若依自己從有限的牆內訊息中獲得的觀感，可見習氏掌政以來已經留下最醜陋的幾項負值資產：以大陸《國安法》毀去香港的普遍人權——那歷經百年才建成的言論自由、小政府大社會的制度機制；以極權與謊言毀去大陸牆內小民本已經漸次享有的人權——那經數十年開放可見逐漸形成的公民意識、公民社會團體，以及與牆外世界自由溝通的各類管道；以極權手段意圖重新如毛氏般「屠戮」私有財產，堵截民營工商業者繼續發展的一切管道；繼承歷代帝王「天國上邦」的狂妄自大，魯莽無知，致使華夏大陸在國際上再度陷入「四面楚歌」境地，包括以權貴加財富的方式推行的「一帶一路」，亦包括蠢不可言的「孔子學院」。

習氏此次「動如脫兔」般地棄置其堅持稱爲「永久國策」的封城與「清零」，使數千萬小民掙扎於沒頂惡浪之中，據聞全王土感染者竟達人口的90%，至於爲何嚴重程度遠超多國解封時的狀態？聽聞的解釋則是眾說紛紜，例如官員輕描淡寫的四字——「準備不足」；有臨床醫生抱怨「不可理解」——錯過春暖花開的最佳「解封」時間，卻偏偏在感冒流感本就肆虐的冬季「解封」，對醫院的壓力無疑是雪上加霜；亦有醫學界人士直言禍端在於國產疫苗的抗疫性能太差。這些大宗的「負值資產」最終將由何人償還？

不過習氏「動如脫兔」的掌政方式，已經留下明晰可見的「負值資產」，讓牆內許多百姓看透了極權體制的罪惡，與習氏本人的怯懦且迴避責任的本性。習氏的怯懦與自視爲皇的習性，難免將留下一筆最大最惡的「負值資產」，那便是爲維護「黨天下」與其個人「英明正確偉大」的聲望而在未來假造歷史，顛倒黑白是非，更深地污染華夏後代人。若果眞如此，那便是十惡不赦之惡政了。由「七個小矮人」組成的習氏新皇庭在如此敗績累累、民怨四起的開局狀態下將駛帆行舟向何方？更不知何時才可還大陸華夏後代人一個清白人世，朗朗乾坤？

經習氏「清零政策」至其「收放自如」地棄百姓生命於疫病沒頂浪潮中，大陸中國的經濟已經被摧殘到極致。例如數十年來，一向是最具活力與凝聚了無數中小民營企業蓬勃成長的深圳已經陷入深冬。城市人口從兩千多萬直降到稍多於一千萬，且預測隨更多私營企業的倒閉而將降到一千萬之下。習氏小朝廷已經完全毀去深圳的一座「世界工廠」，亦即將使大陸企業積數十年的血汗與勤謹不輟而與國外客戶建成的供應鏈寸寸斷裂，若繼續如此掌政，是否將天朝百姓歷四十年篳路藍縷地在文革後一片荒蕪的基礎上積蓄下的資產與家業財富一併揮霍淨盡？只怕習氏小朝廷已經距懸崖不遠，卻渾然不自知吧？其實不只是改革四十年積蓄的財富可能一夕間敗光，甚至是引致華夏王土全民再遭劫難，再入水深火熱中。習氏十餘年對王土百姓作威作福，對海外諸國頻頻挑釁，可謂嚐盡帝王榮光，不知縱使是「舞低楊柳樓心月，歌盡桃花扇底風」的風流，也終有舞盡人散之時麼？只怕習氏朝廷終會見到前文提及的《桃花扇》所歎的大陸中國的落幕：「眼看他起朱樓，眼看他宴賓客，眼看他樓塌了！這青苔碧瓦堆，俺曾睡風流覺，將五十年興亡看飽。」那時的習氏與他的小矮人朝廷，必將是華夏百姓的千夫所指，是千古罪人了。

見到亦居於域外各國的新識與舊友一同討論「中國是否還有希望？希望在哪裡？」如此宏大的議題，或許也依然是帶了我們一代雖不堪回首、卻依然是屢屢回首的經歷刻痕吧？——我指的是我們一代那歷經紅色教育、文革狂熱、上山下鄉與最終夢醒的人生路。我看到如今大陸天朝已經是四面楚歌，例如美國國內再起對大陸的制裁之聲，可能很快成真。不過對境外的制裁，我始終認爲那並非是良策，緣於大陸中國如此的體制，那些制裁的後果終還是落在十數億小民肩上，使得他們更深地陷入貧困與被控制中，而對於習氏朝廷與共黨高層在王土內的作威作福則毫髮無損。我自己只能說我不寄任何希望於那個紅色政黨與其充斥無數「官N代」官場的改革，緣於那其實雖有內部異見，卻同時是利益的共同體。世有戈巴契夫，有蔣經國，那僅是鳳毛麟角，可遇不可求之人。我相信天公不語，並非無可言語，而是期待人的醒悟，等待人的自救。若非如此，人無可獲得救贖的路徑。期待華夏王土上終會成長起自己的公民社會，堅忍經年卻始終不屈。

自己極愛李清照先生的一首小詞，雖文字淺白卻雋永，回味悠長，如餘音繞梁不絕，可意會卻難以言傳：「昨夜風疏雨驟，濃睡不消殘酒。試問捲簾人，卻道海棠依舊。知否，知否，應是綠肥紅瘦。」「綠肥紅瘦」，時序輪迴。時間推移不止，於人類而言這便是人世間唯一的永恆。不過於個人而言，永恆可以另一種方式呈現，那便是始終不遺忘一段記憶，直到一個人生命的盡頭。在那生命的盡頭會有後人接續那記憶，於是那往事存在的片刻記憶，便會成爲人世間的永恆。

帝王的加冕與民間的至暗時刻

二〇二三年三月某日看ABC頻道的時事評論，主題是澳洲對於澳中貿易重啓可有何期待？首席評論人起首一句是，「澳洲要認識到，庚子大疫之前與之後的大陸中國會差異極大」。他談的是經濟局勢，聽者如我首先想到的卻是大疫之前與之後的大陸中國豈只經濟局勢有異，只怕是政治局勢更大異於前，而這也將是未來大陸中國經濟局勢大變局之因。

自己於大陸中國有數十年身在其中，如今不得已地只能隔海遠望，卻不知是否蘇軾先生的題壁也有道理：「不識廬山眞面目，只緣身在此山中」？隔海遠望雖失落了許多個人經歷的細節，卻將那庚子大疫從初起至終結過程中，大陸百姓與集權之間反向而動的脈絡看得格外分明。我隔岸已經可見習氏獲得問鼎之勝時未能料到的新場景，即天朝的皇庭與民間社會反向互動的生態已經呈現，即小民不再是馴服工具，而是與強權屢生齟齬，屢屢較量。我看到大疫自武漢初起時，極權治下對專業聲音的暴戾壓制。若華夏王土可以如李文亮醫生離世前最後的話語——「這世界不應該只有一種聲音」，那麼是否無數無辜的生命在「風起於青萍之末」時本可得到拯救？我看到極權統治數十載後民間人性的折疊，雖依然有孜孜以求為民瘼「鼓與呼」者，卻同時有許多天朝小民早被強權折疊得不辨是非黑白，只以個人利益度量，因而使得強權與獨裁愈益為所欲為，即使小民已經饑寒到極處，依然故我地堅持「清零政策」。我看到在多數國家依據科學，步步為營地從封城、疫苗覆蓋直到解除封鎖的過程，而天朝卻反其道而行之，百姓被蠻橫霸道又無科學理據的「清零政策」封閉在家中或被趕入「方艙醫院」。終有小民被逼到絕境或逼到人格底線退無可退時的「雖千萬人，吾往矣」，即如四通橋上的「坦克人」，繼之有群起的「白紙革命」與「白髮革命」，那是華夏數千載綿延未絕的天地正氣。此時共黨高層為何缺失了對民間的任何救助？只是一味以封鎖手段管控？因為他們的關注在別處，在共黨內部的問鼎之爭。我看到不知民間有多少人渴盼黨魁換屆，但是共黨高層妄想「以理行事」的「書生們」，終於在逐鹿之共黨內戰中敗下陣來，敗於不忌憚採納偷換當選者名單的習氏。小民可在微信群中評其為卑鄙無恥流氓手段，卻是如之奈何？習氏連任共黨魁首，大陸中國主席，獲全票通過，亦是不出意料之事。

其實反觀中共歷史，黨魁與國家元首必須獲全票通過，已經是不成文的規則。建國之初，張東蓀對毛氏成為國家主席投下全體代表中僅有的反對一票。雖名義上是「不記名投票」，卻很快鎖定該反對票出自張東蓀之手。張先生是當年中共軍隊得以兵不血刃入駐京城，北平和平易於中共之手過程中居間和談第一人，也可謂對毛氏有功，卻在投票之後的一年內被以「間諜罪」論處，庾死獄中。有此前車之鑒，從此大陸中國主席「候選人」在所謂的「選舉」中永遠是全票通過。曾有《人民日報》於當年三月十七日刊出的一篇文章，曰「在民主選舉中，很難出現一邊倒的支持，尤其是很難出現全票當選」，甚至續言道，「如果綁架民意的全票當選慣例繼續下去，人民的逆反感會悄悄累積」。這難道是一條嚴格內審程序中的一條漏網之魚？是仍有傳統報人氣節之人露出的一點「反骨」？結果自然是全文被刪得屍骨無存，卻依然在網路微信間存活下來。習氏全票當選，繼之欽點親信組成民間戲稱為「七個小矮人」的權力寶座最高朝廷，此舉更顯示出所謂「黨天下」自習氏此次再坐皇座後，已經轉變為「習氏挾黨以令天下」的「習氏幫派天下」。

逐鹿之戰暫時塵埃落定，那「龍之逆鱗」亦暫且無人再有能力挑戰。不過帝王之位雖得暫且斬獲，卻不得不面對「清零政策」的幾大惡果：經濟蕭條、諸國與大陸中國經民間數十年辛勞建成的供應鏈向他國轉移已無可阻擋，同時民怨沸騰已非是一城一地，而是漸成燎原之勢。小民驚詫地見到嚴酷地實施三年的「清零政策」本身竟然是一夕間歸零。政府官員各層設置的「疫病管控」瞬間全部撤銷，而病毒遂洶洶而至。小民面對的是醫院無醫、藥房無藥、求助無門，任憑他們在沒頂疫病之浪中自行掙扎。那場無奈掙扎留下的便是華夏王土無處不縞素，那是小民為父母親人撒下的一地白菊花，那是華夏舊曆年祭祖時，無數搖曳於天地間的哭聲與白幡。縞素是民間能為那無數逝去的生命所做的唯一告別，亦是對劫餘之人的安慰，卻從未聽聞共黨高層有過一聲道歉。為何大陸王土疫情的結束一刻是以無數生命的逝去而換得，而其餘國家多是以疫病消退為結局？為何是如此天差地別？

我亦看到習氏帝王獲鹿後的應對手段，那絕對是以民為敵與以所謂的「官場異己」清除殆盡的掌政方式，義無反顧地走向獨裁。他從庚子大疫中學到的絕非是如何治病救人，而是如何以「防疫」之名，如何以「黨組織」之名、且輔佐以現代科技，更強勢更嚴密地管控民間。曾有友人言，文革是毛氏發動的「黨天下」與「毛家天下」之爭。其實毛氏子孫凋零，頂多只能實現「毛氏天下」。習氏（或是其近臣如「帝師」王滬寧之類）或許從毛氏結局中獲了些「靈感」，在毛氏「爛尾樓」骨架之基礎上架起的，則是更為獨裁的一番氣象，即是將共黨納入其個人囊中，自此挾黨之名號令天下。葬身於毛氏黨爭歲月中的劉少奇，生前或許一心維護的是「黨天下」，曾教導黨員作「黨的馴服工具」。習氏雖是治國無能，一場文革的紅小兵經歷顯然並非浪費，而是從中學到了更多的權謀術。他那毫不掩飾的以反貪震懾官場，繼之更是赤裸裸地清除異己與任人唯親的雷霆手段，必是連毛氏亦會自歎不如。

習氏反貪手法，或是學到了明始祖朱元璋的手段，如雷霆霹靂，全無預警下頃刻間其認定之官員便「昨為座上客，今是階下囚」，官場莫不為自保而戰戰兢兢，習氏便將「做黨的馴服工具」，從容地改為以黨之名自命的習氏帝王的「馴服工具」。自己並非為那些貪官鳴冤，僅是遺憾反貪本是正大光明之事，卻在習氏治下翻轉為魑魅鬼魅的無良權術。我還看到法律在共黨掌政的定位始終是「統治者手中的工具」。共黨從未曾睜開眼睛看看法律在當代許多民主（甚至是「半民主」）國家，乃是為平民抗拒政府不公的權利與利器。共黨則一貫將法律定位為統治階層的工具，即是任共黨打扮的「小姑娘」。人民代表大會在二〇二三年三月提出修訂的《立法法（修正草案）》中居然提及「習近平法治思想為新時代全面依法治國、加強和改進立法工作提供了根本遵循」。作為法學生畢業之後、以法律行業為職業大半生之人如我，則看到法律在大陸王土被共黨羞辱，偷天換日。從習氏掌政以來至今之所作所為，例如莫名地修改《憲法》，以清除其通往帝王之路的法律障礙，以及其為自身連任黨魁與國家元首而對當選者名單偷天換日，難道有任何對法律的尊重麼？其實論人格魄力，還不如毛氏在大庭廣眾之下坦然自道他本人是「無法無天」。習氏則是應了華夏民間的俗話「又想做婊子又想立牌坊」，人格猥瑣、面目污穢，實是不堪至極。

回望歷史，無論毛氏還是習氏皆是全無仁心，更是泯滅人性，視百姓性命為草芥。這究竟是其本人人性使然，還是制度使然？自己曾見到毛氏逝後的華夏大地上人性開始復甦，且那時自己亦身在其中，身歷其境，感受到枯木早春的一絲暖意。社會的細枝末節似乎在發生改變。社會的一元制度漸次生出裂隙，裂隙中漸次萌發社會多元化的幼芽，人際之間關係開始生長出善意，如同石縫中漸生的青苔，茸茸的青色柔和了那毛氏革命屠戮人世的僵硬慘烈。小民袋中也漸漸多了些銅板，雖然他們心知那也不過是上層滴落的一星半點，也依然開心，也增加了些人生的動力。我本以爲不會有人再想回到毛氏的歲月，哪怕是僅有小學生知識水準的習氏，也不至於愚蠢地想回歸舊制。如今卻眼見到與自己推理得來的效果絕然相反，證明自己亦不過是書生常理而已。習氏所力求的獨裁制度甚至是甚於毛氏，傳聞他居然視大明皇帝朱元璋爲榜樣，有意撤銷現有國務下轄的公安部，另建由其本人直接掌控的員警部隊，集偵緝、抓捕、刑訊與行刑各項功能於一體，已經見到大陸微信群中有評論，道是這已經可直接比擬爲大明皇朝的錦衣衛加東廠與西廠的制度。究竟是習氏恰是毛氏傳人，人性近似，還是毛氏在數千年華夏帝國的模式上，已經建立起的極權制度幽魂未散，才複製出習氏？其極權的帝王靈魂，在業已存在的極權制度中獲得傳承，亦獲得滋養，生出更爲愚蠢與狂妄野心，汲汲以求將本已在其制度囊中的權力歸屬其本人直接管控。如此，歸根結底，極權制度下權力持續地向獨裁者本人掌中歸攏，成爲獨裁之權的結果，其實無關某個人的人心或人性，而是在於制度存在的本身，極權制度使極權在握者生出更強勢的野心。於是這極權制度便會向權力的內部不斷集中進展，同時引發古代所謂之「宮鬥」，現代所謂之「黨內部官場的爭鬥」——或如今日流行於大陸微信的語彙：內卷。「內卷」見於高層，可預見的便是以黨之名爭權奪利的權謀之戰，在共黨內部將無盡無休，直到此黨本身葬於墳墓。這便是華夏王朝的運行軌跡——數千年不變的王朝軌跡。

無論毛氏還是習氏以從列寧創建的蘇聯那裡借用千萬噸「紅色」爲其塗脂點彩，其內核依然是華夏數千年的皇權獨裁。如今，經習氏在毛氏「爛尾樓」基礎上一番「組織變革」，只是使得它與皇權的本來面目更接近，即鄧離世後的「黨內小集體領導」模式，向完全的獨裁模式演化。習氏治下，華夏極權制度的金字塔頂端僅容得下他一人獨坐，一人獨尊。共黨成爲什麼？只成爲習氏一尊的「馴服工具」而已。幻想極權者的變更會帶來民間的權利，其實皆是虛妄。唯有小民中生出的民間社會，且不斷擴大的民間社會，才會成爲極權的眞正終結者。

大陸民心之變漸次鮮明，甚至是民意表達方式，已經從「朦朧詩」的朦朧逐漸轉向明白曉暢，直言辱罵，無論是對於官場國企官員，還是對於高企於皇座、沐猴而冠的習氏，都可如徐庶擊鼓罵曹，字字直白，不遮不掩，直抒胸臆。例如我於癸卯年（2023）春讀到互聯網上微信中流傳的一首「詞」，雖無格律可言，語言俚俗，卻直白道出大陸民間的嘆息與無奈，「十年執政兩茫茫，黨指定，紅二郎。貌似合理，國運陷泥塘。奈何草包根底淺，瞎折騰，不自量。怨聲一浪高一浪，臉皮厚，不下崗。路在何方？傻逼挂倒擋，百姓家國無希望。渾不吝，耍流氓」。自毛氏建立紅色大陸中國以來，能將百姓逼到罵出「渾不吝，耍流氓」的大陸共黨黨魁加國家元首，連帶「紅二代們」一併遭百姓唾罵，習氏也可算得是首屈一指，「功業無量」了。經此庚子大疫，大陸民間與官場此一刻確實已經是塹壕深築，勢成水火。

近四年之間自己陸續收集民間資料，將七零八落的資料拼湊成篇，卻記錄了結局是如此憂傷的一段大陸中國人間旅程，其中只見強權的愚蠢蠻橫殘暴，只見小民傷痕累累，雖有心抵抗，但面對強橫且全副武裝的極權卻是有心無力，終是被欺辱荼毒。筆下流出的是如此記錄，自己也是心中有憾有怨，有憂有傷，亦有怒有恨，同時亦不免有愧。自己亦是華夏子民的血脈後人，卻無能對大陸民瘼有任何幫助。「青雲打濕諾言」是才女林徽因筆下的憂傷，不過自「紅黨紅色大旗」遍覆華夏大陸後，「青雲」已經不見，「諾言」不僅僅是被打濕而是被掌權者吞噬，因爲那些自詡「紅色」的帝王臣子們一步步地自食其言。學者文人百姓的一步步退讓，將內心與人格層層折疊，直到攬鏡自照亦不識自己眞面目。換得的只是帝王們的無情無義，無恥無賴，步步侵佔百姓私人生活空間，更莫提百姓生而爲人的天賦普世權利。

庚子大疫雖已經漸漸退出人世，但其留下的刻痕仍在華夏王土小民心中，那是些憂傷怨憤焦慮纏扎糾結的刻痕，是父母兒女夫妻無辜離世的刻痕，銘心刻骨。習氏其實亦知民間深恨他出於一己之私而祭出的「清零政策」，於是在獲連任黨魁之後，不再吹噓庚子抗疫是其「親自部署」、「親自指揮」的煌煌功績，甚至不再提「清零政策」，反而開始譴責國務院其時的施政錯誤是造成一切民瘼之根源[64]。習氏翻臉將自己一切愚蠢蠻橫決策之錯一概抹去，強加於他人，如此的無賴無恥行徑，怕是只有文革才可歷練得出。同時，是否此是帝王一尊終將再一次掀起「秋後算帳」的前奏，劍指前任國務院總理與其所率的行政官員？不禁聯想起明末最後一任皇帝崇禎，他雖勵精圖治，同時卻多疑暴戾，誅殺忠臣良將。李自成率軍攻入帝都之時，官員中文臣武將竟無一人願護衛其左右。他自縊於紫禁城後花園景山，身邊僅有自幼照料他的一位老太監相隨。據說崇禎帝曾歎道，「朕非亡國之君，是群臣誤我！」如今大陸中國政府防控此庚子大疫是再建一座「爛尾樓」，此次敗績，若追問是群臣誤君，還是君誤群臣？則如同追問是先有昏君還是先有庸臣，或是先有庸臣才有昏君？其實已無必要去強辯「先有蛋還是先有雞」。只要依然是極權制度立於華夏王土，無論發展過程如何，即使其間偶爾有「風散雲清」、「新荷擎露」的瞬間，最終可見的結果亦必將是昏君庸臣齊聚於同一朝堂，狼狽為奸，而承受全部苦難的永遠是王土之民，是那些底層勞工與有獨立人格自由思想的學者文人。觀華夏王土，似乎「敘舊與編新」確實可一體視之，不知何年何月才可出現眞正的「編新」？

「何處是歸程？長亭更短亭」。

---

64 二〇二三年二月末中共中央政治局召開會議，決議認為：「國務院聯防聯控機制工作存在重大失誤，主要表現在：防控工作措施不當，對各地防控工作指導不力，防控規範性文件用詞不準確、語義不清，對過度防控行為沒有及時制止糾正。各地防控指揮部凌駕於法律之上，未經國務院和全國人大常委會批准，違法採取封城封控禁默等措施，嚴重地損害了經濟建設和社會生活。……」（引用2023年2月28日網路流傳出的的微信）。

第二部　本是井內人，忽作井外客

「素履之往，獨行願也」，一直是我念念不忘的人生境界。雖直覺自己當不起那八個字的內涵，卻固執地不捨此語，因不捨那句中蘊蓄的孤勇氣概。那非僅僅是我本人的內心自白，相信亦是天地間山嶽河流中蘊含的正氣那無聲的自白。

我非孤勇者，亦無「朦朧詩人」的才氣與成就，頂多算是撿拾記憶碎片的旅人，在人生旅途中，一路撿拾且一路背負那些殘花落葉般的記憶。那些殘花落葉經歷歲月沉澱而轉爲棕黃、鬆脆，或是只餘一縷苦澀香氣，或是只剩了幾條或清晰或彎曲的葉脈，卻始終不肯零落成塵，散爲灰燼。是它們依然眷戀現世？是現世依然鐫刻了它們的印記？還是這只是我個人的固執？我的行走世間只不過是終於明白「孤獨」只是內心事，是人的命中注定，無關他人。所有少年時相約同行的人，或許也曾一同走過一段年華，但終究有一天會失散於某個渡口。每個人只能背負自己的記憶隨命運前行。

木心半生坎坷，雖交友眾多，但平生摯愛卻唯有詩與畫，但是如此人生卻未阻礙木心筆下文字少有苦澀，卻是將淡泊與至美融於一體。李劼評木心散文：「有如打翻珠寶盒，滿地珍珠。當然更像是滿山遍野的野花，姹紫嫣紅。」、「木心完成，灑下一地芬芳」[65]。我想木心離去，身後留下一片芬芳，必是他生前內心芬芳的天然散發。「幽蘭在空谷」，唯有內心馥馥，吞吐之間才會生出奇芳散於人世。不過木心於大陸中國坐牢二十餘載，怎會未沾染一星牢獄污穢之氣，而依然是翩翩出塵？李劼評說，木心本身是藝術品。我想藝術品是時間的沉澱，卻亦是早春新柳初綻的瞬間，會心一笑，驀然驚豔。我只在書中有緣識得木心，卻想木心文字的清澈精緻，有些像自己極愛的那杯薄荷茶。歐洲隨處的咖啡館都可點杯薄荷茶，青碧的一枝新鮮薄荷，置於玻璃杯的熱水中，嫩綠的葉緣與半透明的枝幹娟秀而純淨，在透明的水中載沉載浮。清新的薄荷甜香隨杯緣處嫋嫋升起的水汽一同飄散，雖看似極簡，卻是我認定的茶中藝術品，景色天成。我曾擔心那一枝青碧經熱水浸泡會漸漸萎黃，事實上那薄荷在滾水中始終是青枝綠葉，碧色不敗，直到那杯茶飲盡。自己也曾嘗試過回到M市在市場買到鮮薄荷沖泡，卻總是失望，因爲泡出的味道始終是缺了那份清香，或許是品種不同，應了「南橘北枳」的古話。與木心相比，我們一代人的文字或沉重或粗糲，或是極力地

---

[65] 引自《木心論》，李劼，廣西師範大學出版社，二〇一五年八月出版。

拔起自己的頭髮嘗試離世，卻潛意識地脫不出那華夏紅色歲月的刻痕。自人生恰如幼芽萌發即被灌輸「紅色飼料」，繼後經過少年時文革與下鄉磨礪的我們一代，筆下文字或許更像是我們的人生路程——如同一杯拙劣手法泡出的烏龍茶。九蒸九曬後蜷曲的葉片依然半皺，沁出的茶湯色帶黃濁，茶味苦澀，經久才能聞到其中仍有一絲絲茶的香氣盤桓。

木心與我們一代同時經歷華夏王土的煎熬，爲何兩者成就與性情如此殊異？自己對此兩者殊異的一解也或許只是一孔之見，那便是這殊異緣於木心與我們自幼成長環境的天差地別。木心入獄時已經成年，他自幼所讀所學自與我們一代有天壤之別。木心早慧，自幼遍讀華夏古籍與西方經典，那華夏遠古時代文學的飄逸之美，與西方文藝復興時代繁花漫山遍野的肆意爛漫之美融入其心靈，即使他身在獄中也與他形影不離。於是木心成爲那些古代大師造出的藝術品，通體浸薄荷的天然青碧與鮮香。木心之美，從此是寒冬酷暑不能敗。木心之心存於海外仙山的飄渺之間，現世強權永不能及於其心。反觀我們一代，自幼是被極權制度圈養在飼養場中的塡鴨，自覺或不自覺地被強行灌入的飼料餵養，只知一味吞嚥，不辨五味，更不辨那究竟是否夾帶蠱毒。之後雖也試圖將那些硬被塞進食管中的飼料吐出，奈何總是有半數纏結於體內，於是始終是處於苦澀不褪的尷尬中。筆下文字也因此而難以達到閒適怡然，更莫提飄逸空靈。

自己成爲天朝王土「化外之人」已有數十年，其間或爲掙得「五斗米」或爲陪伴家人，曾在不同國家駐足，或長或短、數年至半年皆有之。雖是不再羈絆於中共集權制度構成因素之一的「單位體制」之中，身處異域卻依然難以去除心中那故國刻下的印痕，一切平和靜好或華美雄奇的異國風景，總不免與心中的印痕交錯呈現，於是形成的印象皆是類如蝙蝠的不倫不類——不爲飛禽接納，亦被走獸棄爲異類。

不過自己旅途中品味到那些紛呈交雜的印象，或許也是於五〇年代生於長於紅色華夏大陸一代人的今日與過往交錯的眞實人生場景吧？這些旅途中的雜感，與庚子大疫在大陸中國的流年殘葉又有什麼關係麼？爲何自己會於此際心中浮起那久遠的交錯？我想將此兩端連結於此冊拙作中的關鍵，應是自己對「人間」與「人性」的感受，是自己對於無論是人間還是人性都可舒展，不再「折疊」的期望。

「井外客」之一——折疊的人世間

我從大陸中國法學院畢業時，大學畢業生「單位分配」的體制尙在施行。正是八〇年代初，改革初興，所謂「百廢待興之時，急需新人」，新出爐的法學生不愁無處可去。自己甫一畢業便分配在F部，那是個得以每年有出國參與各種聯合國會議機會的政府部門。與如今的大學畢業生數萬人競爭考取一個政府職位的情形相比，各自的幸與不幸只能是「如人飲水，冷暖自知」了。

聯合國中與經濟貿易或相關公約草案之類議題的會議，常是於其設在歐洲國家的分部舉行，因而自己初出大陸後踏入的異國土地多是歐洲國家，間或亦有當年遭更多國人矚目的美國。八〇年代初從大陸中國直飛歐洲各國的航線還是稀有物種，因而轉機是飛歐洲的常態，而轉機則常為行程增加了旅途間歇中，在轉機城市停留一天或兩天的額外驚喜。那些旅程距今已經四十年有餘，繼後脫離天朝，成為異國他鄉自由雇用體制中一枚「自由雇員」，個中滋味也可說是「如人飲水，冷暖自知」吧？

自己喜歡讀各式遊記，無論是歐洲還是華夏古人今人所作。那些遊記各自重點不同，有人喜寫景，有人喜寫人。自己兒時週日常是糾纏母親「要出去玩」，記得我母親被纏無奈，曾說「出去看什麼？世上本無景，只有人看人」。記得姥姥也說過：「城牆外還是城牆」。或許這便是成人無奈的通透吧，風景不過是浮光流影，而生活卻是那黯淡的主要內容。風景即使如高山流水亦難脫離人間。看風景的人也無意間成為他人眼中的風景。不過我也不介意成為他人眼中的風景，只要不是惡行惡狀地掃人興致的風景便好。當年的我自己呢？因而或許算得是貪心的遊客，既不捨看風景又不捨看人間，或許是緣於過去從未想到會有見識到異國景色的幸運。不過人與景糾纏成團，或許便失了文字的清爽。

為何以「折疊」二字總繪世間景致？

下文中描述自己所見所想的異國觀感，常是不脫「折疊」二字。曾被問及爲何選擇「折疊」二字表達對這世間的觀感？其實也一言難盡。刪繁就簡地解釋，「折疊」二字本來源於幾年前大陸的一篇短小說，自名爲科幻小說，實則因切中庶民心中之痛而風靡一時。其勾勒出一座權力將人強行劃分爲三六九等的城市，三六九等級人群之間以機器員警硬性地強制劃定居住區域，不得自由互通。如此一座城市便如同將人群強制地分割，強制地圈養，如同摺疊出一道道階梯。這「硬性摺疊」加於我們一代人時，由於被極權劃入不同等級，人群被劃入各類另冊管理，使人間如溝壑摺疊，如天塹分割，且那片大陸的極權治下，百姓至今仍不能免除如此切身之痛。年復一年不見盡頭的「硬性摺疊」亦同時消磨了百姓文人的勇氣，更莫提風骨與遺世獨立，被「硬性摺疊」層層捆紮的百姓學人，最終多數成爲果戈里筆下的「套中人」。

其實人世間摺疊處處均在。我也見到這人世間另有一種「摺疊」，即這世上多數國家中亦可見到人群的分割，例如貧富之分，移民與本地居民之分，職業之分，等等。不過這些分割並非由極權統治強制劃分，而往往是歷史與社會自然發展的遺留，且並非人群不可互通，例如職業之分並非不可流動，而是可通過教育彌補。我因而將此稱爲「軟性摺疊」，或說是社會自然存在的形態。在此我意無意探討如此「軟性摺疊」是否必然合理，不過相信與「硬性摺疊」相比，不可否認是人類社會文明的進步。

自知「摺疊」並不能作爲衡量廣大世界的標準，選此二字，僅是從拙作角度的小小視野罷了。

初遇巴黎

八〇年代初因出差而踏入異國土地，落腳的首座城市居然是巴黎。同出生於五〇年代的我們一代中大多數人一般，自己於懵懂少年時，即與我的同代人一同成爲毛氏棋盤上的過河小卒（雖然自己可能是那枚不自覺間脫離棋盤的小卒）。之後是與我的同代人一同成爲那棋盤上的棄子，如羊群般被驅趕到邊荒塞外之地，成爲農田勞作小工——通稱爲「知識青年上山下鄉」。「征客無歸日」，外表或依然是少年，內心卻被磨礪得不敢再妄想歸程。雖然最終是借了那王土改革的窗口重歸大學，但少年風流早已隨風雨遠去，更莫提會妄想見到異域世界。巴黎，夢中之城，其實是自己還在大陸北大荒大田裡做小小農工的少年歲月[66]夢中也不敢夢到的城，更未料到有朝一日，自己會與它面對面地站立，卻是對面相逢不相識，與自己從雨果筆下的巴黎獲得的印象全然不同。

首次站在塞納河邊，無論望向東西南北，景象都是似眞似幻地缺乏眞實感。古人形容景致，會說「琳琅珠玉」，「美哉輪焉，美哉奐焉」，其實自己覺得都表達不出自己的心情，也或許那時的自己內心依然如在夢中，只覺眼前是四野空茫，同時又是古今中外交雜的陌生世界迎面撲來，百感來襲，因而才會一時難以分辨是幻是眞。站立良久才有了身在其境的眞實。漸漸分辨出熏風、流水，還有巴黎市中大都是如白中透出淺灰的大理石色澤的各式建築，街道似乎是呈放射形延伸，也漸漸看清塞納河。那河流經市內的河水其實是極平緩，夾岸雖有綠草如茵的護堤，間雜有五色野花點綴，卻也無格外出奇的驚豔。河中漂浮各色遊船，身邊有蜂房般繁忙的雜色人群，其中或許有遠道而來的遊客，但也有游走在人群中兜售旅遊紀念品的本地小販。小販大都是非洲面孔與膚色的少年，搖晃著手中的一串串鑄成銅色的巴黎地標，例如凱旋門、埃菲爾鐵塔，等等。他們游魚般靈活，也游魚般快意，燦爛地笑著，露出黑人特有的白牙，像是岩石中不期然嵌入的和田玉。記得自己初到巴黎時，很是驚訝城市中居然到處可見黑人，人數眾多且都並非是遊客，而是紮根於巴黎的本地人，因爲可見他們都在繁忙地經營各種小生意。繼後自然明白，這些非洲黑人種族的後裔，是法蘭西王

66 自己曾在《方寸天地看人間——燈火闌珊處，尋一代少年背影》中寫到自己那些歲月。

國當年在非洲殖民的遺跡。想到那些打零工的非洲少年面上身上帶出的愉悅，想必這打零工的日子，一定是他們少年的心中人生的歡喜開端吧，比起非洲鄉村，也許會爲他們帶來更好的前程？

我們的出差旅途因轉機而獲的間歇也僅是一、二天而已，所以也是匆匆落腳的遊客。既是遊客，自然也要看遍巴黎的名勝古蹟。巴黎聖母院是記憶中第一座自己有緣踏入的歐洲教堂，我是來爲我的姥姥還自己的心願。教堂中光線透過七色玻璃嵌成的窗，朦朧的光影斑駁地落向地面的紋飾，鮮花與蠟燭的輕煙交織，耶穌的身體扭曲地懸掛在貼牆壁矗立的巨大十字架上，天使環繞的穹頂畫必須仰視方目之可及。我屏息立在大門邊，忽然感覺不敢再向前邁出一步。於是便釘住般立在那裡，在心中悄悄地對自己的姥姥說，我知道這是天主教堂，而姥姥是基督教徒，但是相信我在此面對的那三位一體的聖父聖子聖靈是相同的，不是嗎，姥姥？你那在W城所建的教堂，若干年前被毀於紅色權力的謊言，毀於那權力矯飾在紅布下的卑污手段，最終又是被毀得屍骨無存，但是你的靈魂家園永不會被毀。我如今替你站在祂面前，你一定感覺得到，不是嗎？姥姥，你不必回答我，我心中聽得到你的回答，感覺到你的寬慰。重新站在教堂中，在神的世界裡面對神，那本應是屬於你的愉悅，如今卻是由我替你踏入，且我來得太遲。從我四歲站在姥姥家族老宅院子裡一心盼鳳仙花開的時光，至我站在教堂門前這一刻，時間走過了多少年？是一百年，一千年，還是無法計算的遙遠？默默地站在大門邊，我告訴姥姥，原諒當年我未能在人世間與你有最後的告別，不過當年的未能告別，是否意味你與我終會再相見？原諒我無能使你的骨灰歸葬入姥爺的墓地——甚至是任何墓地，只記得你埋骨是在樂道院的廢墟。雖然未能留任何標記，但我想你一定記得那裏曾是你當年最親近的人——母親與J姨少年時暑假傍晚在院中消閒的荷花池。如今我只能替你在巴黎聖母院裡燃上蠟燭，姥姥，這樣好嗎？對姥姥多年未說出的話，無字無言卻如水底深深的漩渦迴旋不休，捲我沒頂，無法呼吸。

自己不知道在那門邊立了多久？直到感覺有靜靜注視的目光。抬頭看到那是位身披紫袍的老先生，衣襬飄逸的紫袍襯得他格外高大。他鬚髮皆白，顯然是教堂終身的神職人員。我從思緒空茫中勉力向他微笑。他先問我的語言，再問可否告訴他我為什麼在門邊佇立許久？我告訴他，我自大陸來，是替我姥姥來踏入教堂。她是基督教徒，已經數十年未能邁進任何教堂的大門。他聽後並未追問我為什麼。我想他必是見過這世間許多種苦難吧？他沉默良久，之後將骨節嶙峋的大手扶上我肩，帶我去燃起整整一排橫架上的蠟燭。燃起的燭光在他的白鬚白髮上留下跳動的光斑，他在胸前緩慢地畫出十字，之後亦是用緩慢的語調說，他會為姥姥每日向天主祈禱，永遠地祈禱。我相信那必定是他天長地久的承諾。

走出教堂大門，站在依然燦爛的陽光下，恍如隔世。教堂門外遊客如織，有人讚歎教堂外牆上石雕的精美；有人欣賞教堂座落位置的妙處——恰是在塞納河中的西堤島上；不知道是否還會有人談起那流落人間的精靈——那吉普賽姑娘與鐘樓敲鐘怪人的傳奇故事？想到每人都在看風景，站在同一處勝景中，每人目中所見與心中所思與他人卻可能天差地別，這便是眞實的人間吧？每個人的人生都是一場折疊，每座城市的每一秒間變幻出一場新的折疊，於是不斷地折疊出人類整體的一支萬花筒，不然何來「大千世界，萬千景象」的佛教宇宙，又有現代人狗尾續貂的一句「無奇不有」？不過今日落筆時，回望當年佇立教堂與那俯身微笑的紫衣老人交談的場景，亦感覺猶如隔了一世。

當年那來自大陸中國的女孩爲姥姥還願而來，卻是「近鄉情更怯」般屏息佇立良久，不敢邁出一步。那時來自大陸中國的女孩，或許是巴黎教堂中罕見的來客，繼那二十年之後，來自大陸中國的遊客團早已經「霸佔」了巴黎遊客的主場，想必也是將巴黎聖母院那空廓的大堂擁塞得水泄不通吧？只是其中是否有人會體驗到如「朝聖」般的心情？如今的大陸遊客只需匆匆地對著五彩窗照相，留下「到此一遊」的證據便再轉戰凡爾賽宮，徑直擠向被圍得水泄不通的「蒙娜麗莎的微笑」，之後便直奔那些聞名的購物天堂，尋覓那些世界知名的品牌店，這便是大陸遊客對巴黎的「必遊之意」。

自己寫下此寥寥幾句並非是譏嘲，只是感覺「物是人非」罷了。

不過天父亦不會許諾這世上皆是「人同此心，心同此意」，那又何必強求人的心意相通？也許假以時日，大陸遊客也漸漸會對巴黎風光生出其他意趣吧？不過這一切初嚐財富滋味大陸遊客的熱鬧亦未能長久，而是被庚子大疫一刀切斷，那一刀是否連歲月流年亦同時切斷？

這三年於長得似乎是瓊海無盡的人類歷史只是瞬間，對大陸中國卻是天翻地覆，且是覆水難收。此三年期間，大陸中國在習氏小朝廷極權治下，將那冠以「主義」之名的極權的邪惡曝露於天下，又在美國率先發難之下，漸有成爲「世界公敵」的趨勢……。無論是深信「善不由外來兮，名不可以虛作」的傳統華人，還是「腰纏十萬貫，騎鶴下揚州」的新富華人，只怕是都再也回不到那舊日的夢裡？那座開山帝王毛氏搭建而獨夫民賊習氏承繼的「高樓」倒塌時，華夏王土的十數億人是否都要爲此殉葬？甚至居於海外的華人是否一定會免遭牽連？只怕也是未必。華人如我們一代，究竟是怎樣在過去的數年裡，一步步走入了今日的死胡同？我們如何從八〇年代初最受歡迎的遊客，漸次淪落爲今日歐洲人目中的惡客？

當年自己在巴黎最愛的去處是蒙馬特高地，其實那高地並非如山巒拔地而起，恢弘嶙峋的景色，只是在平坦的巴黎城中那片地略如高臺，人與景交織，既有藝術的追尋，又有純粹的人間煙火，別有意趣。高地邊緣處是一排咖啡館，各色裝潢，如非洲茅屋或如歐洲鄉間花園，隨遊客挑揀。高地平緩的坡上則處處是繪畫人，各種膚色、各式衣著的年輕人，不過繪畫人中那時還鮮見有華人學生，素描油畫水彩畫，風格各異，自然也是希望引來遊客購買畫作。遊客常是挑一處面對繪畫人的咖啡座，手中一杯香氣四溢的咖啡，看對面的作畫人，又何知作畫人中，不會將那些人面桃花交相映的咖啡店作爲繪畫素材呢？倒眞是應了那句話——看風景的人，也成爲他人眼中甚或是手中的風景。

那時的我們——有幸參加各種國際會議的「政府官員」，兜裡並非空空如也，甚至可說是裝了沉甸甸的盤纏。那時出差異國的官員，每日有當地貨幣的出差津貼。不過那時國人尙無揮霍或攀比奢華的習性，那盤纏都是緊緊地攥在手中，作爲家用的補貼。我自小是對錢有些散漫的性子，缺乏節省度日的意識，或許是承繼了父親的態度，還記得他說，「你看那樹上的鳥兒，在那裡只是梳理羽毛，可賺過一文錢？」自己即使散漫，也不過是肯買一杯咖啡加甜點（其實那便相當買了可坐看高地景致的咖啡店座位）在那裡閒坐，心中慢慢展開讀過的雨果或巴爾扎克小說的場景，便覺得心滿意足。距那時約二十年之後，蜂擁而至的中國大陸遊客，多數只是把那高地看作是「地標景點」之一，匆匆拍照後呼嘯而去。那些遊客或許不會回味從那高地呼嘯而過的他們失去了什麼？自己也不能全部責怪遊客未能慧眼識珠。其實他們匆匆離去，也是那些專業旅遊大巴與導遊的安排。或許那些導遊心知若允許遊客在那高地流連，即等於損失了安排的遊客購物時間，那時間亦是導遊們獲得額外酬勞的機會。

作爲遊客，自然不能與巴黎那些名聲久遠的宮殿擦肩而過，凡爾賽宮的名畫收藏，如今是中國遊客的地標之一。八〇年代初，距中國遊客「稱霸巴黎」的年代差了二十年有餘，所以同事與我還可以耳邊清靜良久地立於蒙娜麗莎肖像畫前，琢磨那世人皆視爲神祕的微笑到底神祕在哪裡？不過眞正使我心弦撥動的其實是楓丹白露宮，或毋寧說是那行宮的花園。巴黎城區與那宮殿尙有一段距離，之所以心心念念要去遊楓丹白露宮，也可說源於兒時起便對那皇宮的大名「楓丹白露」記在心上。不知自己幼時從何處獲知楓丹白露的大名，且望文生義，按頤和園爲原型想像，想到既然白露如霜時那花園是楓林如丹，那花園必定是山水相依，林木葳蕤，四季繁花皆不同，連冬季也是白雪紅梅的養眼。實地見到楓丹白露宮，才知道自己兒時的想像完全是穿鑿附會，那時只知頤和園是皇家園林，似乎便是審美想像的極限。其實審美本毋須有模子，皆因大千世界萬千氣象，豈可困於一隅之見？亦可謂當年的自己是「井蛙不可語海」吧？

到達楓丹白露宮才知其占地極大，一日拚力遊走或許也只是掛一漏萬，自己最終看到花園，或許只是那宮中數座風格迥異的花園之一。記得自己站在宮殿出口，面對的並非是想像中楓丹柳青，人可分花拂柳地行走其間的園林，卻是望之無涯無際的玫瑰園，一色的白玫瑰成列地伸展，每列白玫瑰都配有一道柏牆。森綠的柏葉襯得玫瑰更是白如堆雪。行走於玫瑰與柏樹牆間窄窄的人行道中，只見兩者都修剪得一絲不苟，絕無雜枝旁逸。那玫瑰已經生長經年，枝幹蒼綠高挑，可與我齊肩。白玫瑰綻開於陽光下，花大如盤，無一絲雜色，朵朵舒展繁盛，堆雪之色中透出的並非是花的嬌弱，卻是花的傲氣，是肆無忌憚的盛放。沿甬道慢慢走過，探出枝頭的花便失了那傲岸，而是輕柔地與你擦肩摩頸，柔嫩的花瓣如初生嬰兒細膩的肌膚，搔得人心中柔軟，彎腰可見層層疊疊的花瓣簇擁了一點嬌黃，那是花蕊其實也是花瓣的母親。玫瑰的香氣濃重如秋霧，縈繞如華蓋。自己不由地問，這玫瑰的盛放可是有季節限制？或是時間寬縱了白玫瑰，任憑其盛放得地久天長？這玫瑰園圍繞整座宮殿，綠白相間地鋪展開去。我恍然想到，若能站在高處俯瞰，那玫瑰園必定是寓意宮殿散發的陽光吧？那麼宮殿便寓意太陽？那是如何傲岸、大膽、放縱無隱的寓意？卻也是法國人骨子裡自信的發散吧？不過如今那象徵陽光散發的白玫瑰，卻成爲和平歲月的風景，撫慰遊人的心情，即如「舊時王謝堂前燕，飛入尋常百姓家」。

站在白玫瑰叢前，忽然想到大陸曾有數名「鍍金文人」主張華夏大陸的中國，實際上是一種歷史遺留的文明形態，因而應予以其保存，採納民主制度的國家對其制度的批評與對立，則顯示了這些國家缺乏對於文明的理解。自己無意在此對此條分縷析地批判，只想問那些「御用」的鍍金文人，難道君主制數千年的法國在失去君主後，就失去了其文明麼？文明難道不應是隨時間的推移，煥發出其自時間肇始便開啓積澱人類那精華的內在，而去除其污穢與糟粕麼？若「公器私用」、若「公天下」轉爲「家天下」、若「君臣父子」、「男尊女卑」皆是此「文明」之根基，則此所謂「文明」難道不應消亡於世？如此，何妨天朝百姓向天朝皇庭一問：居住於天朝當代皇庭中南海那些宮殿屋簷下的「王謝堂前燕」，何時才會「飛入尋常百姓家」呢？

那次遊園距今已經四十年，其時感受的震撼卻依然難忘。法蘭西人自認是古高盧人的後裔，高盧人的圖騰便是雄雞，雄雞是太陽的信使，歷來是與太陽一同升起，或許那便是那玫瑰園的寓意？中國的御花園也是美輪美奐的存在，但絕不會平鋪直敘地向天地展開其全貌，而是直連霄漢的鳳閣龍樓，總是隱於林木或翠竹千竿之間，又要有含蓄的山川流水野趣，玉樹瓊花菲菲紅素絞纏的嬌柔，間或有翠鳥鳴於古木間的怡然。

從未有華夏帝王公然宣稱自己爲太陽（除了唯一例外的毛氏），那御花園更是在華美精緻中要顯示出一點低調，顯示帝王的愛民之心。例如頤和園後山有一處山坡直對小巧精緻的諧趣園，坡頂偏造有一座茅草蓋頂裸色白木爲柱的亭子，名爲「樂農軒」，自然是寓意皇帝顧惜民間，特意鑿此亭昭示憫農吧？是眞心誠意還是惺惺作態？似乎亦難一概而論。華夏文化傳統——尤其是唐宋王侯高官，似乎要多些沉穩低調，少些張揚，否則即成爲「暴發戶」風格，惹讀書人恥笑。這傳統全然不同於那玫瑰園的張揚。這是緣於審美觀的不同？緣於文化傳統的差異？我並非有黑白優劣的審美判斷，如同宋詞，婉約豪放皆是美，只是後知後覺地領悟到，那審美的差異如何地顯示了民族性格的差異。

雖是如上所說，自毛氏於華夏土地建政以來，卻是一反華夏舊時傳統，張揚地招展一面鐮刀斧頭之旗，號曰依據「祖師爺」馬克思理論立國，加入「蘇聯大哥陣營」以挑戰資本主義形態。雖然毛氏骨子裡的心願，不過是華夏王土數千載王圖霸業的翻版，卻招致大陸中國一時四面楚歌，例如在蘇聯「大哥」的逼迫下，以無數條小民性命投入的朝鮮戰爭後遭國際禁運的困境，以及其後數年逼得百姓學人愈益增多的逃向香港，等等。毛氏治下大陸中國對自家小民雖然是屠戮不斷且戰無不勝，但（除朝鮮戰爭）對國際秩序並未率先挑釁。自認承繼毛氏體制正統的習氏皇庭卻更是張揚狂妄，將幾屆政府搜刮民脂民膏積聚而成的如山財富，一併收入自己囊中，隨意向所謂「一帶一路」國家沿途拋灑，同時頤指氣使地張揚要展示其極權體制的優勢，展示其建立「新型」國際秩序之心，正可謂是「禍福無門，惟人自招」。如今習氏執意所組成的「七個小矮人朝廷」，只有沐猴而冠的尷尬，全無人君氣度。一度曾「稱霸」世界多國旅遊大軍的「中國大媽」或「大爺」們，於庚子大疫後的歐洲倏忽之間便不見蹤影。歐洲各國卻全不在意，依然有悠哉遊哉的無窮樂趣。「脫鉤」之勢已非僅在美國與大陸中國之間，而是亦蔓延至歐洲與大陸之間。

習氏朝廷難道看不到今日世界，已經不是「有槍便是草頭王」的時代？難道這世界缺了大陸中國便會停止自轉麼？為何不反問，若中國丟失了與世界的聯繫，將會如何？難道十億小民還會接受返回五〇年代憑票購買基礎生活物資的窘困狀態麼？回想歐洲歷史，也曾有「你方戰罷我登場」的戰國年代，例如高盧雄雞亦曾發動一統歐洲的戰爭，納粹時期的日爾曼人也曾認為以其武力，可以將歐洲變為日爾曼人的繁殖場，結局又是怎樣？即使習氏僅是小學生知識水準，即使依然有中共癡迷於那舊夢——「試看如今的世界是赤旗的天下」，也應該看得到昔日王霸之夢是如何荒唐吧？如今在歐盟框架之下的歐洲是和平的，青山綠水，綠地如茵，人傑地靈，各國早已經將那王霸之夢扔進垃圾桶中，那白玫瑰園之美仍在，但王者霸氣已然消解。各國百姓和平相待，共生於同一片大陸。

前文中述及曾與舊雨新知的臺灣朋友一同晚飯，他們之中有成業者亦有創業者，都是心態平和，只求經營好自己的願做之事，也極願享受商河裡百珂競流的景色，並不似大陸企業都是要「做大做強」的心態。大陸企業似乎是繼承了始皇帝的霸氣，只想做成行業老大，稱霸商河，即可壓榨弱小，甚至是繼後「一統」小型企業，並因此獲得政府機構更多關注（自然亦包括金錢的資助）。如此的經營心態，便造成大陸同行業企業的一致「內卷」，相互傾軋，競爭激烈，鬼魅伎倆層出不窮，官商勾結更成爲首選途徑。同時，爲「做大做強」所必須追求的工作量與效益的壓力，最終全部落在雇員肩上。雇員日日加班至子夜，次日仍是「黎明即起」直奔工作場所，從無休假，老闆則視此爲運營常態。爲此，雇員常年處於過勞狀態，常見那些晝夜忙碌的生命，因過勞而猝死於青壯的大好年華。若華夏子民對此國運之劫與小民人生之劫依然默默接受下去，或視爲正常的狀態，那麼華夏大陸是否眞會成爲人間煉獄，會萬劫不復？前文中亦曾自問，若習氏未來某日對於此次疫病起源雖早已自知，卻謊言欺世，是否會拖累大陸百姓皆落入萬劫不復，此時又爲不同原因生出此問，是否重複得無意義？自己的回答是「否」。柏拉圖曾在《理想國》中寫道，「一個國家樣式的方方面面，都隱含在它的人民中間」，換言之，有什麼樣的人民，就有什麼樣的政府。「理念世界」與「現象世界」在現實世間究竟是如何互爲表象？「極權」與「人民」究竟是如何交互作用？或是一部巨著的題材。我僅能期冀這庚子大疫三年期間無辜逝去的無數小民的靈魂仍在。他們提醒天朝民間，極權永不會有對民生的悲憫，小民的步步退讓，只會導致極權的步步緊逼。

還記得有本書曾風雲一時，書名曰《這世界是平的》。不過庚子大疫之後再看這世界，是否依然是平的？自川普贏得美國大選與習氏成爲大陸中國黨魁起至大疫將近尾聲，無需敏銳之人，更無需專家解說，小民都會清醒地感覺到，那些曾經與天朝連結暢通無阻的全球物流供應鏈正寸寸斷裂，世界的平坦地形正漸漸折疊出溝壑叢生的狀態。世界的平坦似乎是如此脆弱，而世界的折疊卻是如此迅雷不及掩耳，且凡世小民難以預料，更無能阻止。

寫到此節時，俄羅斯與烏克蘭的戰爭仍是膠著，自己自始便認爲此一戰俄羅斯必敗無疑，除有西方世界對烏克蘭的一致支持，亦是普丁若想重回沙皇帝國之夢，那結局只會是自取其辱。時間推移，時移勢易，任何一統天下的帝王夢，都已經是只屬於歷史的垃圾，成爲世界新秩序重建時的教科書——教導後人永不再蹈覆轍。不過雖然戰爭是國與國的博弈，參雜了意識形態的博弈，卻始終亦是無數生命的被絞殺。這些生命原本屬於那些在田間務農的平民，甚至可能屬於在甜點店櫃檯後含笑招呼客人的店員。他們也是家庭中的父親、兒子或兄弟，無論是烏克蘭人還是俄羅斯人。自己期待習氏皇庭起碼看到俄羅斯陷入四面楚歌、普丁大帝終將黯然下臺的結局後，會以此爲戒，克制其大陸文革期間紅小兵的狂性。這樣的世界雖依然折疊，但將會少些帶了血腥的折疊。

富與貧的共舞

巴黎不是自己之後的旅程中遇到的唯一歐洲城市。除去大陸中國，似乎五洲之中，歐洲是與自己緣分最深的洲。數十年間，自己曾遇見許多大大小小的歐洲城市，不過也只是停留時間或長或短的旅者。隨對異國風土人情的見識漸增，那異域初逢的景色人情，與自己落生便日日見到的大陸中國的景色人情天差地別所引動的震撼漸漸減弱，得以平和心待之，便看到更多細微處。同時，那些輪廓分明的景象亦漸次失去清晰，融爲一副七彩迷離或曰世情紛雜的清明上河圖。

借「清明上河圖」作比，也是心有所感。前文提及有一部大陸科幻小說篇幅不長，卻深得民間認同，名《城市折疊》，借科幻之名描述一座以未來科技管制而居民等級架構分明的城市場景。其實這大千世界中，細看人間萬象，世上又有哪一座城市不是折疊成數層？不過於我而言，這折疊景象關鍵的區別在於是權力制度強迫設置的硬性折疊，抑或折疊可謂是種種非強權因素的結果，因而折疊於其間的人群有選擇改變人生的路徑，且不會被權力制度任意封閉？例如大陸中國可謂是存有重重折疊的國家，且可以不同標準將其王土之民折疊成數層。例如若以居民戶口身分為標準的折疊，則有演化為「農民工」的「農民」與「城市居民」；若以家庭背景為折疊標準，則王土之民有永久存在的「黑五類」與「紅五類」之分；若以極權制度下官位等級為標準，則可折疊出一座矗立天地間的現代金字塔，等等。這些自己定義中的「硬性折疊」，將十數億王土之民折疊得如禁錮於蛛網中的小蟲，介於人與非人之間。相比於此類「硬性折疊」，前面描述的城市折疊或可稱為是「軟折疊」？我看到的歐洲城市場景確實如一幅「清明上河圖」，若在腦中將碌碌眾人在瞬間定格，每個人在同一秒間都在從事完全不同的行為，或為謀生或為娛樂人生。生於「軟折疊」的人世中，有權利得以透過個人努力可改變人生路徑之人，便是難得的幸運兒。

我喜歡坐在臨窗的咖啡店中打量來來往往的行人，且從那些人的衣飾與行走姿態中想像人間故事，可渾然忘我。記得自己坐在香榭麗舍大道的一個小小咖啡座中，正是黃昏與夜晚交界時分，華燈初上，樹影婆娑。咖啡館微帶花紋的玻璃窗將人影敲碎，雖斑駁卻依然可以辨識大道上行人的各色服飾。我的目光長時間集中在大道對面，對面是座氣派的建築。所謂氣派未必是珠光寶氣的熱鬧，卻是優雅與肅靜的象牙白，唯有沉木鑲邊五色琉璃的大門顯出其身家不凡。那扇門內顯然是將開始一場宴會，因為不時走進一雙雙服飾嚴整的男女。男賓是黑色正裝，女賓則是繽紛長裙，有裙襬曳地的飄逸且優雅之美，想來那地面必是早已經擦拭得粒塵不染。這場景中有一個不協和的身影卻始終存在，那人一件褪色成斑黃的白襯衫，直立於那琉璃大門旁，為每雙行至門前的賓客拉開大門，同時深深鞠躬。他顯然是個乞丐，因為腳下有一頂帽子，無論客人是否投下銅板，他都是同樣鞠躬如儀，絕無不虞之色。那建築四圍自有一身制服之人穿梭往來，卻無人干涉那乞丐拉門行乞。自始至終，那乞丐行為也是中規中矩，無一絲僭越，身形也並不猥瑣。

我矚目良久，不免想到若是大陸中國，無論是官員還是富商畢至之宴，保安或武警絕不會容許有乞丐靠近，更莫談是容讓乞丐為賓客拉門行乞，只怕是早就被一頓暴打後扔向路旁。其實那乞丐亦不過是憑勞力賺一餐飯錢，又何必要驅之方可後快呢？那些在塞納河邊遊客前兜售旅遊掛件的非洲孩子，豈不是同樣靠勞力賺餐飯，遊客又何必定要白眼相向？難道在某些人的心中眼中，這世間之人必得分為「三六九等」麼？不幸那或許確實是生活於極權體制治下，被掌權者分為「三六九等」區別對待的大陸國人的畸形心態，而對自在地售賣各式旅遊掛件的黑人少年白眼相向，確實是後來無數大陸遊客的態度。不過若只說是大陸遊客有此傾向或許是有失偏頗了，在所謂「精英教育」下成長的人群——無論是華人或美國人，往往只將人看作是兩類——「贏家」或「輸家」（winner or loser）。那乞丐自然屬於人生「輸家」，可歸類於垃圾，又何必生存於世間？其實此類「精英教育」本身的結果便是製造出一批「人類精英」，他們自覺或不自覺地將人世作爲「硬性折疊」的角鬥場，結果是無論是在本國內還是國際間，都使得「硬性折疊」成爲主流場景。古人形容夜景，「七八個星天外，兩三點雨山前」，淡淡而直白的描述，自己卻覺得是如同展開一幅天地的捲軸，星光與落雨共存，兩者同樣是點綴天地的風景，難道必定要分出高低上下嗎？大陸皇朝官場人只識得星光高高在上，難道想不到若無雨水點點，何來人間稼穡？何來官場人的錦衣玉食？

八〇年代初赴異國出差的大陸人，多是入住大陸中國官方設於那裡的招待所，且大多是建在使館區域內。在巴黎的某次暫停時，居然幸運地遇到官方招待所客滿，同事與我被安置在一所小小的民間旅館，恰在香榭麗舍大道後的窄巷內，晚間推窗便可見沿大道林立參差不齊大道建築剪影。我的房間是鋪滿粉藍色小花的壁紙，恰適宜渲染出巴黎那繁華中蘊涵的優雅，而類似鄉間野地色彩的粉藍，又柔和了那繁華中的喧鬧。房間中的床單枕套無不是相同花色，靜靜地招呼客人今夜在那衣香鬢影的繁華背面，做一個鄉間野花叢中的夢。那房間讓自己感覺巴黎人的審美是華美中蘊涵了淡定，鄉村天然之美永遠是美的底蘊，繁華背後其實是寵辱不驚的尋常日子。老闆娘是位多話的中年婦人，英語中帶了濃重的法語口音，其實巴黎人不屑於講英語，因爲歷史上只有法語才是社交的正統語言。不過時移勢易，二戰後英語的通用終於勝過了法語。她先猜我是日本人，之後我解釋是華人，她便問：「華人——臺灣？」那時普通歐洲人確實只知臺灣是唯一華人國家，那也是歷史遺留的印記吧，怪不得歐洲百姓。她那一知半解的英文對上我磕磕絆絆的英文，實在難以解說清楚那歷史的複雜——這也是世界的一次小小折疊吧？至今仍是記得那「雞與鴨」對話的無奈。我們的話題便轉向眼前的巴黎，老闆娘立時眉眼生動地贊她這小小旅館位置的佳處——可一眼見到香榭麗舍大道的位置，實在是難得。按她的提議，我在天色微明時起身推窗，看巴黎城慢慢從夜的酣眠中醒來，那粉色蔚然的天際，仍是透著酣眠後的慵懶與溫柔。

記得萬籟俱寂中最早出現的市聲是車輪粼粼碾過小巷碎石路，那是清晨垃圾車的聲音。於是依然身裹睡衣的主婦們紛紛出門向垃圾車聚集。此時的香榭麗舍大道卻依然是在酣眠，無聲息，亦無燈火，那些建築物高低錯落的輪廓，似乎是舊日小說中紅綃帳中猶自醉臥的美人背影。自己心中突然是莫名湧起的驚喜，驚喜居然見到似乎是雨果小說中十八、九世紀的人間市井。如同是咫尺天涯，咫尺之遙的香榭麗舍大道只屬於繁華的巴黎，屬於五光十色的夜巴黎，而市井人家的日常生活與夜巴黎比鄰而居，兩者是否相關？自己焉知那些凌晨身裹睡衣的婦人之後不會去那大道的酒館咖啡館做工，或是去享受一杯甜酒糕餅呢？那也是屬於她們的夜巴黎，是她們可共享的繁華。折疊的巴黎，又何嘗有大陸帝都中南海宮牆與民間的硬性折疊？大陸帝都如此高牆深院的折疊仍嫌威懾不足，尚須加以全副武裝手握槍械槍面向大街行人肅然而立的武警衛隊。貧富場景共存的巴黎，又何嘗不是貧富人群在相當的程度上可以共用的人間？那市井與繁華一牆之隔的距離間，並無身分地位的硬性劃分，又何來不可逾越的天塹？

如今回想當年所見，腦中跳出的居然是「長安一片月，萬戶擣衣聲。秋風吹不盡，總是玉關情」一句。李白數千年前的詩句，與自己那年憑窗而望的巴黎清晨眞的是風馬牛不相及麼？我想自己既有此聯想，必是暗示兩者在自己心中必有微妙的相及之處吧，那便是無論繁華與市井看似隔了山海之遙，人類的市井人間、柴米油鹽與安然居家的愉悅均是相通吧？起自武漢的庚子大疫，豈不亦是從反向證明了人類本是同類，若非如此怎會被同一病毒襲擊？本應同病相憫，爲何不能「豈曰無衣，與子同袍」，卻偏要在人類中自造出道道天塹，使天朝成爲寰球世界中的孤家寡人？或者，更爲確切地看待那次大疫中天朝小民被極權對待的方式，先是「清零政策」的犧牲品，繼之是「雙手一攤，收放自如」式的全部放開的犧牲品。天朝小民一時只能在沒頂的病毒襲來的巨浪中，與死神爭奪家人生命。於天朝集權朝廷而言，十數億小民不過是他們「以體制優勢對抗西方科學」的立場或心態的棋子，過河小卒，可用之亦可用畢即棄之。

當年參加聯合國會議，也常會與日內瓦見面，空閒時便會與同事去日內瓦湖邊散步。日內瓦湖縱跨三國，我們自然只能在小小範圍內轉圈行走。我的同事老D便是某次在那湖邊向我講述了他年輕時的戀人[67]。老D少時曾在英國與日本留學，曾與女友同遊日內瓦湖。聽到毛氏在開國大典宣布「中國人民從此站起來了」之際，老D報國之心無人能擋。他飛蛾撲火般直返大陸，與女友相約三年後再返歐洲，卻是入大陸中國不久便折斷雙翼，再無能起飛，直至暮年才有機會重見日內瓦湖。日內瓦春末夏初的湖邊並非惠風和暢，而是清寒透衣。雖然無風，湖水卻依然是波濤不息，起伏深深。在我看來刻意修剪得有些奇形怪狀的樹梢頭葉鞘僅是初見綠意。老D必是觸景生情，情不自禁，才會對我傾訴往事吧？「人世幾回傷往事，山形依舊枕寒流」，青山依舊，湖水依舊，只有老D已經是年華老去。湖畔同時有各式行人，又有多少人會想到居然有位老人在此懷念往昔？

日內瓦自然是聞名於世的財富之城，但城中居民也並非是人人豪富。城中有租金高昂但設施俱全、空間寬敞的公寓，多是供各類金融業公司高薪雇員居住。城中有鐵門緊閉、高牆矗立的深宅大院，唯見森綠的柏牆探出高牆，間或亦有「竹外桃花」探出牆頭的旖旎，那多半是舊日貴族或世代累積成爲巨富的商人世家，也或是外交高官的宅邸。同事們與我曾應邀去某外交官邸的晚宴，黑色鐵門開啓後，是一條似乎不見盡頭的長長甬道，松牆夾道，路燈隱在層層柏葉之間，甬道便時明時暗，從車窗看去，實是看不出那庭院深深深幾許？不知是否有意遮罩訪客的視野？

---

⑥⑦ 我的當年同事老D的故事寫在拙作《夢裡不知身是客——我的寫字樓歲月箚記》，華夏出版有限公司，2021年3月出版。

晚宴設於一處極軒敞的大廳，卻因其方正平直而顯得肅穆，正面卻是寬大的壁爐，爐中火光熊熊，在肅穆中烘托起一縷尋常人家的熱鬧。四壁照明的雖是燈光卻設計爲燭光式樣，未裝頂燈的大廳因而是稍暗的色調，卻是光線柔和，軟化了那本是僵硬的四壁線條。意外的是那晚宴並非採用了極拘謹的形式，而是看來隨意的烤肉。烤肉架沿牆壁三面擺放，客人也可隨意去那烤肉架前一展烤肉手藝。松木的香氣與肉的油膩融合，優雅的大廳中多了些煙薰火燎的放縱，兩者最後融合成開胃的濃烈燒烤香。肉類中最多的似乎是不同種類的鹿肉，據說這也是多山的瑞士傳統食物。已經忘記晚宴中都有些什麼閒聊，只是不同國家的官員們相互扮作是閒散食客，總有些聽流行樂曲的感覺，是音樂又非音樂，似是而非。不過總是窺了豹之一斑。回想那鐵門內森森庭院，雖是有一晚宴客的放縱，卻更多地是安靜得落葉聲可聞。那被富或貴罩命的人生狀態，難道不可能也是處於一種無奈的孤獨寂寞中的狀態麼？

依然是在八〇年代到此城參加聯合國會議，只是留意到愈接近八〇年代晚期，出現在歐洲的大陸華人的人群愈益增多，大多是各地來歐洲招商的地方政府團體，於是大陸外交招待所客滿的情景亦隨之漸次增多，我們留宿於民間旅館的次數便隨之增多。這或許也算是大陸中國國門那時日漸敞開的側面證明，總是值得欣喜的舊年記憶，只是那時未能料到會在四十年後，被極權借助新冠病毒之力而戛然斬斷。以財富著稱的日內瓦也並非沒有底層打工人。那時在日內瓦也聽到當地的玩笑話，道是日內瓦有幾大壟斷行業：水果蔬菜小鋪子由土耳其人壟斷，家用下水道修理由東歐工人壟斷，亞洲餐館（無論是日餐韓餐中餐）由華人壟斷。自己無緣見識那些被戲稱爲「壟斷者」的人群，在那富庶之地的整體生活狀態，只是由於留宿在民間旅館而意外地見識了一些外來打工人的生活方式。

記得那次是冰天雪地時抵日內瓦參加會議，日內瓦冬季之寒確是透骨之寒，遍地積雪盈尺，襯得被清掃過的道路沉黑瑩潤，襯的日內瓦城似一幅黑白兩色的水墨畫。日內瓦湖也是冰封雪埋，不過湖邊依然道路被清潔的無雪無冰，供人散步。同事與我雖是北京人，年年總要過冬，卻也受不住日內瓦湖邊的烈烈寒風、黯淡浮雲，只得放棄沿湖邊散步的消遣。雖知城中有許多餐館咖啡甜點鋪子，也是日內瓦人冬季慣常去處，我的同事們卻都攥緊錢袋，對那些去處絕不會動心，會議間歇時便只在房間內消磨時光，幸好日內瓦房間內永遠是溫暖如同初夏。站窗口張望市井也是飯後消遣之一。某日有同事興致勃勃地拉我們到一扇窗前，道是有了項發現，原來那座樓有數層在窗外掛滿了鼓脹的塑膠口袋，袋中隱隱是超市採購的各式肉類，想必是住戶將日常食用的肉類凍在寒冷中以防腐壞，如同大陸中國的東北人當年慣常作法。東北人在冬季甚至會某日興起便一次包數百個餃子，裝入麻袋凍在戶外，可以隨吃隨取。原來如此富庶的日內瓦，也並非是戶戶都是家有冰箱呢，依然有居民不得不借助冰封雪凍的天地大凍櫃存儲食物。我們都不免感歎。之後得知那棟樓的住戶多是外來的打工人，他們的學業背景與技術能力，不足以支持他們進入那些令人豔羨的職業，因而打工的行業自然多屬於那幾大「壟斷行業」。瑞士並非是容易移民的國家（雖然不是不可能入籍），那些外來勞工不得不數十年如一日地清苦勤勞打工度日。雖然前方並非是輝煌的前程，為何他們仍舊願意選擇離開家鄉親人赴異鄉成為移民勞工？

我想那動力類似於九〇年代大陸中國興起的「農民工」吧，雖然「農民工」始終是大陸體制強加於他們的身分——「農民」，即使在城裡做工亦是「農民工」，亦始終依靠體力付出換從那架財富機器中滴落的一兩點碎屑，那收入還是好於家鄉黃土中的產出。另外，他們也期盼有幾分餘錢供自己的兒女讀書，從此兒女後輩不至於如他們般，在這架財富機器中只能靠出賣體力賺得一餐飯。數年後自己懂得了這便是多數華人移民的人生旅途，無論打工多麼辛苦，心中都有項期盼，便是兒女好好讀書，未來成為白領甚或是專業人士——醫生、律師，等等。依此判斷，日內瓦雖貧富之差如冬與夏般差別分明，不過那已然可謂是「軟折疊」的城市，由於並無強權阻斷下層人士的上升之路。生活於瑞士的移民外勞享有的福利待遇雖遠遜於瑞士本地人，但遠好於大陸中國的「農民工」。例如他們的兒女可以理所當然地進入日內瓦公立學校讀書。相較在大陸中國戶籍制度仍在的體制下，他們所生的兒女即使生於城市醫院，也仍然只有「農民身分」。「農民工」期盼兒女在城市（尤其如帝都般的城市）讀書的心願若想實現，實在是「難於上青天」。而大陸中國的城市農民工兒女上學，只得依賴天良未泯的大陸志願者，與民營工商業者湊錢建起的「打工子弟小學」。這些專爲「農民工子弟」讀書的小學在制度的威壓與盤剝中勉力生存，常常被逼得從地處偏遠的校址，不斷地前往更爲偏遠簡陋的校址。其實不僅僅是「農民工」，凡是沒有帝都「戶籍㊳」的雇員——哪怕是大型公司的中高層雇員，他們的兒女都會面臨難以理所當然地進入帝都公立學校系統讀書。於八〇年代起，甚至直至今日，大陸中國依然是一個雖雇員尋找工作可自由流動，但是那極權體制強加入其身的「身分」，卻依然僵死地牢牢套住他們，使其永遠不能獲得無關卡的選擇自由。

回想，日內瓦人世的富與貧何嘗不是懸殊，日內瓦又何嘗不是這折疊世界中的分子之一呢？不過生活於日內瓦的移民外勞們，選擇去那折疊的城市生活，卻是由於那裡仍然有在重重折疊中，逐漸改善人生的路徑爲他們敞開，緣於那裡是軟性的折疊。他們不必擔心自己的兒女無學校可去，不必擔心他們租住的寓所某日被強行拆除，或他們某日莫名其妙地被驅趕出家門。他們若有餘錢也可選擇在那城中開家小小店鋪，也不必擔心某日當地政府心血來

㊳戶籍：「中華人民共和國戶籍制度是中華人民共和國政府對定居在中國大陸的本國公民實施的、以戶爲單位的人口管理制度，通過該制度能夠確定自然人在某地生活、工作等行爲的合法性。自一九五〇年代，中華人民共和國人口管理方針的制定與實施均建基於此項制度。」（引自《維基百科》：《中華人民共和國的戶籍制度》）

潮，便會強令他們改換招牌門面。那些折疊雖然存在，生活於那世界底層的民眾，卻不是被強權壓制得無通道可解開。尤其是瑞士作爲申根國家，對於同爲申根成員國家公民的自由往來無設限，且外來勞工並非沒有在瑞士入籍的可能。那麼那些年輕人又爲什麼不選擇離開家鄉，去闖蕩那富庶世界，尋找更開闊的人生天地呢？回憶到此，常是爲生於大陸中國的年輕人惋惜，惋惜他們是被極權政黨與體制捆綁的人質，受極權制度教育的禁錮而無法生出隨心行走世界的自我意識。回想，在我們一代的少年歲月，即使生出自我意識亦是無法行走世界，因爲我們一代被大陸極權機器困於囚籠，是紅色權力偉人棋盤上的棋子，是權力爲所欲爲的囚徒。自己成年後，有幸於八〇年代的一輪改革中，獲得脫離那專制囚籠的幸運，自然也誠心期望我們華夏民族的後代，亦可面對大陸中國更爲軒敞的大門，可以選擇走遍這世界的山山水水，也可以認識到窮與富或做官還是爲民的身分並非人生的終極目標。那些紅色大陸體制所設定的等級與極權觀念，並非是這世界通行的人生標準，或毋寧說那些等級與極權觀念，可謂是將鮮活的少年心性鑄成僵死的自我囚籠，是這世界占據發展主流的國家已經擯棄的皇權垃圾。

於習氏再度問鼎獲勝與庚子大疫交加而促成的極權與「鬥爭」模式重歸以來，華夏王土曾一度天朝集權制度有希望發生的漸漸「軟化的折疊」向「硬性折疊」回歸，同時曾一度希望會更大幅度向歐美國家敞開的大門再度緩緩關閉，雖是仍不得不尷尬地留下些許縫隙，緣於那七〇年代末與八〇年代之交時期，大陸中國開啓的一輪改革開放。那改革開放雖是在今日看來又是一座「爛尾樓」，但並非未能在今日大陸中國遺留些「資產」——似乎從使得習氏皇庭進退兩難的角度而言，亦是從大陸民間仍有微薄卻又是堅忍的財富，支持那些私營工商業者對習氏極權之路抗拒的角度而言，那些「資產」並非全是負值。例如大陸民企篳路藍縷、從無到有地憑藉勤勞與堅忍而在前四十年期間，建立起的大陸對歐美世界的民生乃至某些工業的供應鏈。這些供應鏈賺取的外匯雖來自民間工商業，卻全部被強行以「國家法律」的名義收進極權體制的財富口袋，也成爲習氏皇庭至今得以將搜刮多年積累下的民脂民膏向某些國家人性揮灑的基礎。再例如大陸中國今日的多數重工業——甚至是一度驕人的高速鐵路，全部須仰仗歐美許可進入大陸的技術或產品的支撐，不然便無法運營。

典型之例可謂人人皆知的晶片進口。自然大陸中國若集舉國之力，未來也有可能製造自己的晶片，無奈一是遠水不解近渴，二是大陸僵死的教育體制非但不產出人才，反而是扼殺少年人的創造能力。這或許便是習氏皇庭雖是一邊擺出潑婦罵街式的戰狼姿態，例如頻頻由黨報——即人民日報連續數評，強詞奪理地不斷「批判」美國，同時又不斷地表示「中國與美國絕不能脫鉤」——便是堅持要保留兩國之間的產品、金融等等交流的管道。感覺自己很難理解他的行事思維邏輯。習氏究竟是要什麼呢？是妄想「甘蔗也能兩頭甜」，即可以肆意叫罵，罵對方是十惡不赦，同時又堅持「兩國要和平共處，互作生意」？古人留下「首鼠兩端」四字，形容有權勢之人遇事遲疑不決，搖擺不定。不過習氏的行事似並非是緣於搖擺不定，而是在天朝內部的黨報上做「鬥爭姿態」，想以「不服輸」姿態博得天朝小民向其聚攏，而對外則是「釋出善意」，因爲「時勢比人強」，大陸中國的重工業乃是輕工業承受不起「脫鉤」的後果。於我而言，確實不願見到「脫鉤」成爲大陸中國的現實，並非是心憂「故國前途」，而是「脫鉤」無異於關閉大陸後代人僅剩的、可維繫其與外界關聯的幾縷牆縫，或曰僅剩的一扇未關閉之窗；再是見到自己曾參與其中的、使大陸得以開放的努力成果逐漸化爲烏有，不免會心有不捨。我依然期盼大陸中國的後代人仍然有機會有選擇，無視那些黨報的紙面文章，而是可以從那些留下的門縫中望向眞實的世界。原諒我在此對於大陸的極權體制用了太多筆墨，也是緣於「胸有塊壘，不吐不快」。

還是回到另一端的歐洲，這裡有許多我極愛的城市，無關城市大小，愛的是那裡的氣氛，古典與市井共存，雅俗可以共賞，時光於新舊場景中交融。布魯塞爾、維也納均是我的極愛。奧地利就領土而言雖是小國，但維也納卻氣象宏大，緣於其本是奧匈帝國的皇城，或許那氣象的根源，更在於那是座對各種文化與思潮相容並蓄的城，例如最終成爲黑色或紅色鐵血獨裁者的列寧、史達林、希特勒都曾是那裡的居民，而鐵血獨裁觀念的死敵哈耶克、米塞斯也曾是那裡的居民。由於一戰之前的維也納哈布斯堡王朝，對待猶太民族不似他國般苛刻，那座城曾是猶太人的樂園，聚集了繁星般閃爍的猶太文學、作曲與藝術家，還有那外表安靜卻內心思如天空般夢幻的佛洛依德。維也納城中有輝煌不下於凡爾賽宮的宮殿花園，亦有古色古香的各色巨石建築匯成的街道，大小店鋪沿街伸展，亦有無數博物館。二戰之前的維也納曾聚集了無數名人，繼後被納粹驅趕或虐殺。他們雖已經離世，卻留下了無數博物館，大都隱藏在尋常街巷中，常是設在那些名人曾經居住的家宅。雖是外貌不起眼的博物館，走進去卻是庭院深深，每件展物都有詳盡的說明，若細細去讀，足可耗盡一天時光仍是意猶未盡。

自己也愛那城中大大小小的公園綠地，風格與巴黎的玫瑰園風情殊異，一是皇家氣派，一是幽美隨意的市景。那是些鬧市中茸茸綠草鋪地的公園，綠地中散散落落地植了深紅淺紅交雜的玫瑰，怡紅快綠的養眼。白日裡，若天光晴好便可見許多婦人草地上或躺或趴或坐地曬太陽，上身僅剩一件胸罩，伸展四肢，悠然自在，旁若無人。來往行人皆如常穿行綠地，毫無駐留，視若無睹，那這必定是尋常景象了。初見此景時，自己卻眞的看作是奇觀，曾不自覺地注視良久，心中很羡慕那裡的女人可以如此率性而爲。若在大陸，必看作是大逆不道了，有傷風化，甚至會有員警來干涉這些女人，而維也納人卻將此視作是理所當然。細想，她們不過是曬太陽而已，有何不可呢？

維也納是歐洲古典音樂的發源地，因而亦被稱爲「音樂之城」。其實感受維也納的音樂並非必定要去那庚子大疫之前，被大陸國人炒的沸沸揚揚的「金色大廳」，那「金色大廳」

隨華人遊客的增多而逐漸改變，終成爲大陸明星炫耀身分的舞臺，成爲大陸新富的富豪們附庸風雅、顯示一擲千金的財富地位的銷金窟。它不再屬於音樂的維也納。音樂天堂的維也納無處不在。臨近傍晚，女人們曬太陽的草地換了「主人」。草地上擺了輕便折疊椅，一群少年人便坐在那裡，或是音樂學院的學生，少年的瀟灑襯在白色襯衫與黑色套裝之間，有格外的純淨美好，但身姿一絲不苟，如在音樂廳堂中演奏一般。他們面前是大提琴、中提琴、小提琴，自然也不能缺少各種號與管。音樂從他們手中流淌出來，如溪流般清澈，綿延不絕，不帶俗念地流淌，落在玫瑰花上也落在茸茸綠草上，更落在聽者的心上。聽眾大都席地而坐，不聞一絲噪音，他們的鄭重便是對音樂與奏樂人無聲的尊重與讚賞。維也納有許多公園，夏季的夜晚更是處處可聞音樂聲。與那「金色大廳」的璀璨相比，我想這才是純淨的音樂，來自俗世之外，來自沒有折疊的維也納。

其實維也納眞的可以在折疊的世界中獨善其身，避免自身折疊麼？似乎也不是的。許多歐洲人評說維也納與其所屬的奧地利極其不同，其差別之大甚至可以說維也納並不屬於奧地利。奧地利是西歐人公認最「右翼」的國家，此之謂「右翼」，緣於其對移民的排斥，不僅是年度配額極少，且必須是經政府認可的「精英人才」，外來勞工獲得簽證的標準亦高於歐盟其他國家（不過獲得簽證後可享有的社會福利、兒女讀書的待遇則與本國人相同）。如此，我們在維也納見到地鐵中雖不乏外來勞工，但大都來自歐盟中較貧窮的國家，尤其是前東歐諸國，例如匈牙利人、波蘭人，但也有世代橫跨歐洲經營蔬菜水果與烤肉卷餅店的土耳其人。也因此，雖然維也納傳統的甜點、咖啡、冰淇淋，無論品味還是外形都唯美到無可挑剔，但若論城中餐館風味的紛紜多樣，不免輸卻墨爾本一分。與維也納的朋友閒聊，也聽到他們的歎息無奈，尤其是惋惜如此移民政策，亦不免影響到維也納大學與研究院教學內容的多樣化與品質。

自己在維也納大街小巷閒逛時不免留意到另一件事，那便是「絆腳石」的缺失。「絆腳石」是深嵌入街道巷邊的一片小小黃銅板，十釐米見方，其上銘刻被納粹驅趕、虐死直至集體焚燒於納粹集中營內的猶太人逝者姓名、生卒年月與死亡之地，而黃銅板嵌入之處則是逝者原本的家庭居屋。獲得「絆腳石」銘記的，如今已經不僅僅是納粹當年屠戮最多的猶太居民，亦有他國人，包括當年僑居的華人。「絆腳石」行動一九九二年由德國藝術家於科隆市發起，如今已經幾乎遍及歐盟國家，而最普及的當首推德國，例如漢堡市已經嵌入的「絆腳石」已經超過六千片，其代表的逝去生命則多於六千條，由於許多小銅板上銘刻的是全家每個逝者的姓名年歲，其中甚至有未及學齡的幼童。德國人如此坦蕩地將本民族曾經的罪惡昭示於光天化日之下，銘刻於石亦是銘刻於心，是坦誠的悔罪，亦是將本民族的決心告誡後代人——此惡將永不得再次見於人間。先生與我遊走歐洲時，常會見到「絆腳石」嵌入的道路，無論城市大小，甚至在舊日的「東歐陣營」的城市中，也不乏「絆腳石」的蹤跡。例如在德國東部的萊比錫、哈勒與捷克的布拉格、Olomouc。細想，「絆腳石」雖僅有十釐米見方，但嵌下一片片黃銅板背後，將投入的精力與人力又有多少？確認那塊黃銅板上銘刻的訊息，需要有人一頁一頁地翻檢那些紙張早已經泛黃，文字經年代侵蝕可能已是模糊不清的資料，去核對戰前有記錄的戶籍，而那些因戰亂而散失的資料，又是經何人不懈的努力去一一尋回？《塔木德》——猶太宗教文獻曾寫道，「當一個人的名字被忘卻時，這個人才算眞正被遺忘」。於是德國人決心，即使要翻檢堆積如山的故紙堆，也要尋回那些逝者的名字，將他們的人生帶回到他們曾生活居住之地。

不過在維也納的大街小巷，「絆腳石」卻缺席了。由於歷史原因，維也納可謂曾經是猶太人的樂園之城，其實這座城市也同樣善待了許多其他民族的移民客。二戰之前，維也納曾是猶太人居民最多的歐洲城市城市，超過二十萬人。他們雖愛錢財，也同樣愛繪畫，愛文學、哲學與音樂。他們家族的富裕與教養傳統，使猶太家族可以養出詩人作家與音樂家，其實與木心自幼得以衣食無憂地悠遊於古籍與詩文間可有一比。安靜地居於那座城的佛洛依德，有音樂與藤曼與玫瑰糾纏的花園伴隨他思考，他的人格潛意識理論與壓抑的防禦機制，至今是歐美各國心理學教育的經典。馬勒音樂的浪漫旋律與史特勞斯華麗的圓舞曲，至今迴旋在維也納的夏日傍晚，盤旋在那些怡紅快綠的草地音樂演奏會中。爲什麼維也納曾經有超過二十萬猶太人消失於納粹的殺戮，城中卻未留下一分一毫的「絆腳石」痕跡？居住於那裡的朋友提起此事亦不免自覺尷尬，解釋說這是奧地利政府的決定。逐漸在歐盟國家擴展的「絆腳石」的腳步，忽然被阻擋在奧地利的領土之外。究竟是爲什麼？若是由於希特勒本人的身世與奧地利有些說不清道不明的糾纏，那麼奧地利不是更應該讓「絆腳石」出現在奧地利，藉以提醒自己與後人，不再重複以往的罪惡麼？還是因爲維也納本是超過二十萬的猶太人的家園，那豈非要讓「絆腳石」鋪滿大街小巷？沒有答案。只是心中領悟到，看來惠風和暢的維也納其實也有她自己的折疊，那或許是這座城本身不情不願地被折疊。

行筆至此，倏然悟到這人世在被各種權力折疊得溝壑迭起的同時，亦有無數普通人在努力地去填那些溝壑，去撫平那些折疊或折疊之後的印痕。「絆腳石」行動難道不是如華夏小民一般的民間普通人那撫平折痕的努力之一麼？記得自己留意到荷蘭人早年間提起德國人時仍常是心有隔閡，頗多嫌棄，講起有關德國人的笑話也多含譏嘲。德國七〇年代的總理施洛德在波蘭猶太隔離區紀念碑前下跪默哀，雖然有近一半德國人感覺難以承受此舉，但確實改善了受納粹荼毒的歐洲人心中對德國人的觀感。於九〇年代初起自德國民間的「絆腳石」行動姿態溫和但持之以恆，始終在腳踏實地擴展。由於起自民間，更彌足珍貴。布拉格保存的猶太人墓園，逼仄的一片園地中密密層層地疊起數不清的墓碑，簡介中說明那墓碑之下還是墓碑，難以釐清地底下共有幾層？如此層累式的埋葬方式自己也是首次見到，歷史上對一個種族的不公，藉此層層疊疊壘起的猶太人墓碑，如此直白地闖入我的眼前。這墓地的擁擠不堪，是緣於猶太人在歐洲各國歷來無權享有土地所有權，而這一小片數代努力獲得的墓園，便成爲猶太人難得的逝後入土之處。猶太人的習俗是親人友人來訪，便在墓碑上擺一片小小碎石，心意如同歐洲人在墓碑前擺上鮮花。先生與我在擺放碎石時，見到有許多德國旅遊客也是如此。由於德國人的眞誠悔悟處處可以感受，如今的歐洲各國，例如曾遭德國戰火與佔領蹂躪的荷蘭人、法國人等等，對於德國人確實是已經消除了敵意。

地球上存有許多古老的敵意，例如不同宗教與不同種族絞纏不解的敵意。或許並非僅是孳生於「富與貧」之間的怨懟，亦是根植於權力那腐蝕人心的貪婪與狂妄，「一葉障目，不見泰山」。自己印象裡一直認爲佛教是最溫和出世的宗教，佛教徒應是於世有緣但與世無爭，直到在斯里蘭卡見到被確定爲「官方宗教」的佛教徒，才領悟到自己對世事理解的淺薄。如阿克頓所言，「權力是腐蝕人的，絕對的權力就會造成絕對的腐蝕」。我看到即使是宗教中人亦難免權力的侵蝕。斯里蘭卡信奉的佛教約是小乘教的一支，僧人著深紅色僧袍，袒露左臂。既然是定爲「官方宗教」，自是有些專屬佛教徒的特權。我住在那裡兩月餘，觀察到的則有兩項，其一是大學專設佛教課程，由僧侶教授；其二是佛教寺院有政府資助，且寺中僧侶一日三餐皆由村民供奉。供奉者是否都是心中雀躍，認爲是自己的榮耀？我不知道。不過看到那飯食確是供奉得極爲盡心，不只是豐盛，更是盡其所能地供奉本地最昂貴的食材。斯里蘭卡佛教不禁葷腥，這也是我未料可以實地學到的知識。據聞僧侶們由於享用美食過多而生出多種「富貴病」，政府因而不得不向僧侶講授健身與減肥課程。僧侶約占全國人口的70%，多是僧伽羅族人，聞說普遍認同他們天性平和散漫，不喜勞作。

斯里蘭卡另有約占人口的7%信奉伊斯蘭教，大多屬泰米爾族人。泰米爾族人為爭取獨立平權，曾使全國陷入內戰多年，直到二〇〇九年泰米爾族人敗北。我暫住那裡時已經距內戰結束將近十年，卻依然可見那戰爭於人間的刻痕。先生與我由大學安置於城市邊緣新建的中產社區，每日黎明降至時，便被那社區寺廟的高音喇叭喚醒。那喇叭日復一日的高音從無缺席，那是呼喚佛教徒前來參拜的現代晨鐘，卻缺失了佛教歷數千年以來那晨鐘暮鼓蘊含的平和意境。自己感受到的是一種權力的強勢與炫示，那感受也確實不是我的錯覺。高音喇叭宣示呼喚教徒之後，便是長篇大論的演講，想來是宣講佛教教義吧？類似基督教牧師的佈道？不過那宣講語氣強硬，含逼人之勢，使自己不禁聯想起文革時的高頻喇叭。先生雖不通當地語言，但以同類語言的知識彌補也勉強解得出零零星星的一句半句。他說這「佈道」中許多內容是提醒佛教徒要警醒，因為伊斯蘭教在不斷入侵，伊斯蘭教徒慣於繁衍眾多兒女，因為泰米爾族人作為穆斯林，不會真心接受和平……。諸如此類，反覆警示也反覆批判伊斯蘭教徒的「野心不滅」。聽後自己真是久久無語，心中五味翻捲。傳統中一向是和平的佛教，原來也可以翻成另一副面孔，將仇恨播入原本是平和的佛教徒心中。這面孔的翻轉，歸根究底還是緣於宗教與國政權力捆綁於一體，宗教從與權力的捆綁中獲得地位與權勢。在人類心中，難道古老的教義永遠敵不過現世的利益麼？在那些古老卻又現代的敵意中，誰是誰的敵人？誰又是誰的根基？

斯里蘭卡的寺院與大陸中國的結構完全不同。寺院皆是以細沙鋪地，進入是要脫鞋赤腳而行，以示敬重。熱帶的太陽曝曬下的細沙承受了陽光的福報，細白潔淨，但也如帝都糖炒栗子大鍋裡的沙粒般滾燙，對於自己的腳底板是絕對的考驗。某次實在沒有勇氣再去赤腳穿過那沙地，於是站在寺院門口，等待先生與陪伴的僧侶「拜廟」歸來。未料到坐於門檻邊的一位婦人向我打了招呼。那是位赤腳的婦人，極瘦小，一身補丁累累的度夏沙麗下可見凸起的肩骨，必是生活得拮据。她必定也是僧伽羅人，不然不會坐在佛寺門前。雖明顯是活得拮据，但她顯然是受過些教育的，可以講簡單的英文。她嗓音低弱，問我是哪裡人？聽到我是華人，她說她要是可以去中國該有多好，說時低弱的嗓音中帶了嚮往。我完全未料到聽到如此的回答，忍不住問她爲什麼？她卻猶豫了，停頓許久，答說是斯里蘭卡天氣太熱了。聞說中國涼快許多。這是我在外旅行時，第一次聽到有人會因氣候不適而寧願遠離家鄉，一時實在不知該如何回答？這是她的眞心願望麼？我無法知曉。由於語言障礙，或也由於其他原因，我與她無法有更多交談，不過她必定是活得不適意，才會想離開家鄉吧？這裡雖稱佛國，卻也是折疊的人世吧？有宗教與種族的折疊，亦有同一種族中，身材壯碩的僧侶階層與瘦弱貧寒村民的折疊。人類是選擇以言與行比肩的誠意地各盡一份心意去撫平那些折疊，還是將溝壑挖掘得更深？播撒仇恨的人，是否最終會被自己種下的仇恨，埋葬在那些溝壑之底？

「井外客」之二——折疊的人

少年時讀過契訶夫裡的小說《套中人》，始終記得那戰戰兢兢地活在套中的小公務員，最終仍是心膽皆瘁地死於那套子中。相較於那公務員只需面對一位老闆的單層套子時代，如今的人世間可說是設置了層層疊疊的套子。無論是生活於何種體制的國家中，百姓中只怕難有人自誇說自己活得百分之百的自由。每個人面前的自由都須遵循一定邊界，亦有可能遭受到難以名狀的法律之外的籠壁。雖是如此，不同體制的國家為治下之民所設定的自由邊界，則可說有天壤之別。我在前文中描述庚子大疫期間華夏王土小民們，於「封城」期間與「解封」後的人生處境，在某種意義上，便是極權體制下百姓的任何自由與人權都被剝奪的極端典型。

極端如是的極權體制治下的每一小民，便是身負數重套子的人，為生存下去或為有權利獲取集權機器縫隙滴落下的一星半點殘羹剩飯，或為向社會階梯高層爬行，而自願或不自願地將自我折疊出數副截然不同的嘴臉。例如前文中提及的那婦女，曾為方方以文字為她的救母行爲添一束薪柴而表露感激，繼後卻由因《方方日記》在境外出版，而變臉加入對方方的群罵吶喊中。我一直疑惑她自己是否知道哪一副嘴臉是眞實的她？

我將現時這些層層折疊得自己難以辨識自己眞面目的人群稱爲「折疊的人」。

巴黎春光——「春心莫共花爭發」

至八〇年代中期之後，巴黎已經並非我的初遇，數度相遇後卻仍能有出人意料的奇遇。巴黎有紅燈區，且並非僅有一處，這些完全算不得是巴黎城的私密去處。例如位於世界無人不知的紅磨坊夜總會所在的皮加勒街區，便是其中精華地段之一，常會見到孤身女人在巷口燈光昏暗處，拉扯一眼可見並非是巴黎本地人的遊客。我初次瞥見那些街邊巷口的妓女時，曾訝異她們並非如小說描寫與我個人想像中的風情萬種或沉魚落雁，許多人已經是徐娘半老，濃妝豔抹下可見鬆弛的肌膚與已經失去婉約形狀的腰身。細想也可以理解自己那些腦中形象不過是少年時留下的幼稚，妓女們是以此維繫生計，甚至是靠此收入養兒育女，絕非僅是花季時的一時興起，自然也可能是花季時一時興起便一步踏入，從此只得身陷此業，從此只得盡可能延長皮肉生涯。如同我們自覺選擇或陰差陽錯地做了律師，同樣是一旦騎上虎背，絕不是可輕易便跳下的。不過某日的巴黎終於是見到了她們走出街燈陰影，洗盡鉛華，立於光天化日下的群體形象。那是群膚色混雜的女人，相互之間的年齡亦隔了幾十年的歲月。她們完全是像常人一般的T恤和長褲、短褲，讓我聯想到深圳的打工妹。那是一次妓女遊行，抗議政府對於妓女行業的管理法律過於嚴苛，孤陋寡聞如我則是生平僅見的一次妓女遊行。她們顯然是有備而來，浩浩蕩蕩沿街走得從容，打出各式標語橫幅，理直氣壯不輸任何其他行業遊行抗議的氣勢。她們的橫幅中宣稱她們的行業支撐了多少其他行業的繁榮！例如服飾行業，餐飲行業，尤其是釀酒業，旅遊業，等等。她們持牌行業，依據收入納稅，她們難道不是平等的納稅人？豈非應有平等地與政府管理者平等協商的權利？

第一次看到她們坦蕩地公開立於陽光下，舒展開那在粉面濃妝性感蕾絲下折疊起的臉，自己心中有難抑的震撼，很慚愧往日雖是無心卻不自覺地存在的惡俗行爲——對她們或是不敬或是無視。其實她們與我們本無人性的不同，我們爲何會不自覺地拒絕將她們視爲我們的同類？自己也難免聯想到華夏王土，想到雖然大陸法律上，無論是作皮肉生涯還是嫖妓者均是罪在不赦，但事實上存在的眾多妓女——無論是高官富商混跡其中的夜總會的頭牌舞女，還是按摩店隱身的底層妓女，都並非是「清倌人」。事實上，在大陸中國踏入官場與男性上司共同工作的女性官員們，又何嘗不是常常陷入隱晦的尷尬中——是「質本潔來還潔去」？還是放棄女性的持守，任憑那淫穢狀態中的「一樹梨花壓海棠」發生於己身？若選前者，後果輕者則只能甘於在同一位置上坐守退休，重者則難免日後遭上司各種白眼甚至是報復。有本大陸網路小說寫道，「入人世，雖重傷而不嫉。這種人性，在二十一世紀能治癒很多人大半個人生」。這或許是作者對於「佛系人生」與其治癒效能的理想主義，現實中又有幾多人可以免除燈紅酒綠的誘惑？由於名利場上的誘惑或不堪重壓，實際是選擇後者的女性眾多，但選擇後亦不免心中有悔有恨，甚至是失望引出報復之心，而去更上一級告發其上司貪腐。

如此等等便演繹出大陸中國官場中無數的「今日官場奇聞異事」，例如「公共情婦」與「公共情夫」。那些女性官員是以皮肉生涯換取功名利祿，細想，與妓女又有何異？成爲妓女的女人必然各有各的故事、處境與原因，那些悲喜、嫉恨、欲望、預謀、算計交集的人生與或有斬獲或是竹籃打水的結局，都是無數作者筆下的題材。我無權涉人隱私更無權利妄測人心。只是四十年後想起，那些女人那日於巴黎的繁華中獨樹一幟的場景，依然不免對她們心存敬意，也爲自己曾經的成見或漠視而心有慚愧。她們也在風月粉黛中層層折疊，卻有一日敢於敞開內心，宣稱自己與他人的平等。不知何時，大陸天朝王土以同樣方式謀生、謀利或謀權的女人，也能於某日敞開層層迭起的內心，立於豔陽晴空之下，坦坦蕩蕩地爲自己做一次自辯，且毋須在其後僅爲出賣肉體，而向那些掌權之人與權力的施行者承擔任何後果？她們的人生瘢痕，又是出於何人手筆？那些「始作俑者」爲何不承擔後果，承擔後果的卻僅僅是他們製作之後，又無羞無恥地玩弄的俑人？

八〇年代初期雖改革初起，春寒料峭的風中含了冰凌乍破的清新，但官場人大多還是循規蹈矩，謹言愼行，依然是折疊起的人生，但那尚是不逾矩不違法的折疊。那時的自己還是大陸體制中人，異國出差總要幾人同行，似乎按規則起碼是三人同行，想來必是含有「相互監視」之意。不過似乎身處異國也使得各人心情放鬆許多，也或許F部當差之人赴異國出差並非鮮見之事，看得尋常。那時的同事關係也依然單純，同行幾人大都無相互猜忌或防範之心，並不介意有人獨自出街，看景或購物。八〇年代初的官員較之九〇年代中後期時心思也清廉許多，雖爲省下些外匯，回國後爲家中添置當年國人皆是豔羨的家用電器，而對個人日常花銷是撙節過之，但依然守禮守規，並無貪圖非分之財的想法。記得某日同事與我在街邊各種風味的餐館前徘徊，爲一頓晚餐猶疑不決，「既想馬兒好，又想馬兒不吃草」，或者是想那草兒花費少少。我看到某個靠窗餐桌上蠟燭光下的龍蝦紅豔豔的誘人，不覺向同事們求道，「我們也吃一次龍蝦行嗎？每人只要半隻？」幾人躊躇片刻，之後與我商量道，「我們一起進去，你點半隻龍蝦，我們每人點瓶檸檬水吧？」聽罷我只能棄了那誘惑。我們一同去買麵包店傍晚時減價甩賣的法棍麵包，同回住處。數年後龍蝦在大陸亦非是餐桌上罕見食物了，自己卻未能忘那隻隔了玻璃窗的餐桌上向我招手的龍蝦，與我的同事那表達極委婉的拒絕。他們起碼是清廉自守的人，不貪份外之財，只靠自己的節儉，實在是無可厚非。

其後不久，依然是與同事們一同出差，途經巴黎。正是盛夏時光，巴黎蒸籠般的夜晚把人趕出房間，走上那酒香、脂粉香、音樂聲響混雜的街道，那正是充滿欲念誘惑的夜巴黎。

同事們與我也在那色彩明暗變幻不斷的街頭散步，褪去了那大陸當年標準的會議著裝——一身或黑或灰的「紅都牌」西裝，換上寬鬆的夏日便裝，或許也使每人鬆弛了心防。走過那巨大的紅磨坊店招，走過數家紅燈搖曳的店，同事們躊躇駐足。幾人交頭接耳，之後有些遲疑地看向我——幾人中唯一的女性，極輕悄地說，「可不可以商量件事？」我點頭，當然。「那……我們幾人湊錢買張票，只買一張給你。你替我們進去看一次peep show？只看五分鐘，我們在外邊等你，回來告訴我們那裡面到底是做什麼？」我懵然地張了張嘴，卻不知道該如何回答？他們雖有些面紅耳赤，卻耐心地勸我：「聽說是俊男美女的表演。萬一是什麼『違禁的表演』，我們這些男人若是在裡面撞到個熟人，難免遭到流言蜚語甚至是上級批評。不過你沒關係，即便偏巧遇到認識人，你是女孩，又年輕，別人頂多是說你單純好奇得過了頭而已。不行嗎？」同事們平時出差都對我極是照顧，此次如此軟語懇求，自己有些不忍掃了他們的興致——同時也好奇，難道那地方眞是進不得嗎？我終於點點頭，點頭的同時又覺得自己愚蠢。那到底是怎樣的地方，我就輕易答應要去？我們一起走向售票處，中途已經遇到攬客人走近，都是清一色高大的黑人，肌肉凸起卻又身材停勻。其中一人向我伸出手，骨節分明，燈光下色如青銅。我不知爲何忽然怕了，向後退縮，悄聲說「我不去了」，自覺是面紅耳赤，愧對了同事們欣喜的目光。我們在沉悶中向回走，我悄聲說，「對不起，不過我不會對人說的」。

大約年餘後，我終於讀到了什麼是peep show。那是進入室內之後，每人站在被指定的一條狹縫中看幕布後一男一女的「巫山雲雨」，據說圍觀之人中不乏許多人當場性欲大發、醜態百出。得知眞相後，自己不免慶幸當時因忽生膽怯而推拒了那請求。若我眞的看到，又如何向我的同事們去描述那催人性欲的「巫山雲雨」？我的同事們從來是行事循規蹈矩之人，衣冠得體，更從未聽到他們談論性事。回想，他們又何嘗不是折疊的人？將那內心的欲望深深地折疊起，裹在層層衣冠與中規中矩的言行之下？終有一日未能經受得那巴黎夜色的誘惑而將那深藏的欲望洩露在外，卻又要顧及於域外某夜滿足欲望與返回現實世界時可能遭遇的危險，而不得不琵琶遮面，欲泄還藏。他們那個春風不度的夜晚，距今已經有四十年有餘。如今的大陸天朝官場早已經污穢不堪，風月場已經是等閒事，可能peep show更是小兒科了吧？

自己成爲天朝「化外之人」也已經超過三十年，我的那些曾經的同事們還好嗎？有幾人如今是風月場常客？或是「公共情人」之一？又有幾人依然是雖是心藏欲望，卻對那燈紅酒綠望門而不入呢？十五世達賴喇嘛倉央嘉措，也曾經徘徊於命定的地位與詩人天性的浪漫之間。他以詩人的天性去對抗如來佛祖爲他定下的命運，折疊於「不負如來不負卿」的心願之間。他寫道「白天，我是布達拉宮裡的王。夜晚，我是八廓街上最美的情郎」；他問那深藏在心的她，「告訴我，你藏在落葉下的那些腳印，暗示著多少祭日，專供我在法外逍遙？」

當年那些好奇卻依然想有「兩全之法」的天朝官員們，即使並無詩人的浪漫而只有雄性的欲望，是否也有類似的詢問與人生的折疊？

大陸中國那如今已經顯出「爛尾」的改革開放大業的結局早已經注定了，在一九八九年那血染的「六四事件」發生時就已經注定。這世間還不曾見識到極權體制下，可以開出自由市場經濟之花的實例。不過大陸改革開放的四十年，畢竟是激發了小民再次創業與「芝麻開門」的夢想，將那天朝「大躍進」與「文革」時期所謂的「戰天鬥地英雄膽」，統統轉化爲「芝麻開門」的智慧，再加骨子裡祖傳的堅忍辛勤。那些卑微的私人工商業者，從小小作坊漸漸做到中興甚至大型工廠，雖一路承受權力與國企巨人的擠壓，依然積累了驕人的財富。不幸的是財富亦促成了大陸官員從上至下的普遍腐敗。

大陸民間有譏嘲貪官污吏的笑話，曰「把全體官員一條索子綁起，全部以貪污罪槍斃，可能裡面會有人冤死；若把他們隔一個槍斃一個，剩下的必有百分之八十是漏網之徒」。可見百姓對天朝官員的觀感。中共政府自「改革開放」起幾代謹慎守成、蕭規曹隨的黨首後，皇權終落入毛氏正統傳人習氏掌中。習氏掌政之初以抓捕貪官立威，使天朝官場人人噤若寒蟬，絕不敢違背習氏之言，只因官員人人對自己的貪腐之行都心知肚明，絕不想撞上習氏那黑洞洞的槍口。自習氏問鼎以來，在其反腐立威與「不得妄議」的威懾之下，大陸官場中可還爲言論自由留下一分一毫的空間？即便是那鳳毛麟角的清廉官員，亦被「不得妄議」震懾。何謂「妄議」？只憑帝王習氏一語定音。如此，所有官員都將良心（若有）密密層層地折疊在心底暗格中，將文革中學會的「緊跟」姿態重新翻出，擺放於最表面一層。如此，在一尊的愚蠢之下，渾噩度日的大陸官場，才會在華夏王土建成那座三年抗疫的「爛尾樓」吧？「爛尾樓」上僅留下百姓自行沉浮於疫病的大浪中，拚死保全各自家人性命。

回想往事，大陸中國赴異國出差的政府官員舉止做派漸次發生變化，也可謂是大陸官場逐漸演變爲貪腐昏聵的軌跡之一斑吧？八〇年代初期如我的同事們，雖有藉換乘航班的間歇而途中停留一日，「偷得浮生一日閑」，飽些不必花費錢財的眼福，卻從未逾矩地去賺取違規之財。這情形寥寥數年即被改變，先是大陸國內財務制度對於異國出差改爲實報實銷，於是當地華人相應地建起名爲旅店實爲「大車店」般的住宿處，專供大陸的出差客居住，成爲一門興旺生意。生意興隆是緣於那些「大車店」，可以提供客人回大陸後向單位報銷用的「發票」。「發票」是何物往往不爲歐洲各國人理解，因爲歐洲各國店鋪包括旅店均是將付款帳單收據給予客人，實付實收數額一目了然，便是天然的支付憑證，又何需格外的「發票」？大陸國內單位報銷則按會計程序要求一紙「發票」，即由收款人出具蓋章收據，寫明實收數額。那些「大車店」則是實際收取的數額遠低於「發票」中載列金額。如此，店家與客人兩者是皆都歡喜。那「實收數額」雖低於旅店通行市價，店家卻因成本低廉而斬獲甚豐，而客人則可憑藉一紙「發票」，將那實付數額與發票金額間的差價裝入私人口袋。此類

「大車店」曾在歐洲各國盛極一時，最終是隨大陸官員的消費習慣逐漸改變而漸漸退出生意場。

大陸中國於加入WTO以來，逐漸發展爲全球供應鏈中極重要的一環，雖是出口產品依然是「薄利多銷」，卻因數量巨大而聚沙成塔，歷經四十年，那如沙礫的利潤終於集聚成如山的財富。

天朝始終施行嚴苛的外匯管制，於是那些粗糲的勞工之手賺回的民脂民膏便入了國庫，成爲以國家之名可供天朝皇庭隨意揮灑的財富。在此過程中，各級官吏們也見縫插針地實施權力與錢財的交易，中飽私囊。於是千禧年前後，伴隨貪腐漸熾且不在意囂張炫富，大陸客——無論是政府官員還是國企經營人，都從攥緊錢袋的窮遊客人，一變而爲一擲千金的豪客，「腰纏十萬貫，騎鶴下揚州」，住店必得五星級知名酒店，購物只進那些頂級品牌的專賣店。於他們而言，錢是國家的，而享樂才是自己的。華夏古人說「書中自有黃金屋，書中自有顏如玉」，那是古人勉勵讀書的迂腐之詞，於大陸天朝官員而言，「黃金屋」與「顏如玉」都須來自權力之手。不過從人性折疊的角度而言，這些官員們在享樂時便是不再折疊麼？我其時已經是天朝「化外之人」，不能再作爲同行人，但也可觀察到他們的內心與外表的折疊其時已經是更甚。

那些官員富豪們在欲望的巴黎放任自己一擲千金、放浪形骸的同時，眼中所見究竟是春道碧樹，燕草綠絲，還是未來的寒冰白骨，自己是一步步走向懸崖？他們在歐洲的一擲千金與放縱欲望，也或者只是他們的「今朝有酒今朝醉」吧？在習氏治下，「今日座上客，明日階下囚」的悲喜莫測之戲劇，不知已經上演了多少場？甚至許多是公認的習氏提拔或任命的高官，亦是轉眼變成階下囚，無人知道此一帝王將何時翻臉不認故人？或許這也是毛氏執政模式的故伎重演吧，難道毛氏不是於其人生暮年時，一網打盡所有始終跟隨其一生的從龍老臣？有人論說，毛氏生前才是心思深不可測，雷霆雨露無人猜得到將於何時施予何人，因而人人戰戰兢兢，惟恐一步踏錯便落入萬劫不復，卻仍然未能躲過毛氏人生落幕前的雷霆一擊。如今，僅看那些異國出遊的大陸豪客千金買笑，便視他們爲幸運之人，其實他們的內心又有誰知？他們的忐忑、焦慮與惶恐可能時時跟隨，甚至是千金買笑的片刻時抑或並未能完全拋卻。

莊子與惠子同遊，莊子感歎魚之樂，惠子反問：「子非魚，安知魚之樂」？其實子非魚，又安知魚心中之焦慮憂傷呢？大陸王土那些官場之人、紅頂商人，哪一個不是一邊不計臉皮的頌聖，讚習氏與中共史無前例地「光榮偉大正確」，另一邊儘量利用極權體制的縫隙收斂非法之財，甚至是不義之財，悄悄地將兒女與財富轉移出天朝極權制度之外？使兒女盡可能脫離那無法預見的極權與暴君施予的雷霆一擊？他們若眞誠地信任中共與其黨魁，又怎會如此行事，將兒女遠送海外？他們的自我折疊之層次繁複厚重，只怕唯有神經極度強韌者才可以承受。一旦嗅到在劫難逃的味道，他們中許多人便選擇從高樓上一躍而下，了此餘生，以盡最後之力翼護兒女，爲兒女守住他們生前以權力與金錢交易所斂得的非法財富。此處描述此類官員，讀來似是自己對他們心有憐愍，其實不是的。他們平時助紂爲虐，以權力壓榨獲取民脂民膏，如此下場也是咎由自取。不過在極權體制治下，期待官場依然有清官廉吏，有人獨善其身，似乎也是遠離現實的理想。「洪洞縣裡」難道可以允許好人生存麼？那是個逆淘汰的體制。同樣，習氏雖是以「官場反腐」爲旗號，但滿是貪官污吏的泥淖裡，難道能生出瑩潔如玉的君王麼？習氏「反腐」並未能制止大陸天朝官場的腐敗交易繼續下去，因爲那腐敗的本因即是極權體制的存在。

習氏只是藉「反腐」震懾大陸官場，將查得的貪官之財富納入其袋中，因而獲取了更多可供其如歷代帝王般隨意向所謂「友邦」揮灑的錢財，並將一言九鼎的權力集中於其一身。

在山與出山——「曲徑通幽處，禪房花木深」

「在山泉水清，出山泉水濁」，簡單明徹的一句詩中，蘊含了多少華夏讀書人心中的無奈。其實若山外世界依然清明，空氣清澈，泉水出山又爲何必然被染得污濁？又何嘗不可保持本來面貌？

記得大約是八〇年代中期之後，大陸中央政府各部官員赴下屬部門去作「培訓」、「講課」已是蔚然成風。不知是何人首倡？中央政府機構「官員」（甚至是如我畢業不過幾年的小小「官員」）若親赴下層「講學」，下級政府機構官員必然要竭誠款待，除「培訓」期間的三餐宴飲外，赴當地名勝一遊亦是其中必有行程。記得自己便是因此得以首次遊少林寺。上級政府官員出行必有「下級官員」義不容辭地陪伴也是慣例，於是出遊便成爲浩浩蕩蕩的大巴行列。那大巴行列氣勢浩蕩地駛進停車場，首先圍攏來的卻是一群兒童，大都在「狗竇大開」的年齡，滿是補丁直到看不出本色的短衫短褲，手中卻都有抓了一把鏈環栓起的牌子，搖得叮咚作響，而那童音的叫賣「合唱」嘈雜地壓倒了那叮咚的「配樂」。我們下得車來，那些孩子便一擁而上，相互推搡地擠近前來，抓褲腳牽衣袖，四面團團圍住地上下拉扯，一時間擠搡得我們手足無措。那領隊的當地官員貌似已經相當有應對經驗，既不攔阻亦不勸說那些孩子讓路，只揮手讓屬下掏出一把硬幣灑向那群孩子，之後又是一把硬幣灑下。待第二把硬幣灑下，孩子們便一哄而散地丟開我們，各自低頭撿拾地上的硬幣。我們便趁空「逃離」，徑直走向少林寺山路。

當年那一幕距今已逾一個甲子，自己依然記得官員撒硬幣的場景，亦始終心中鬱悶。當時聯想到的是自己的知青歲月，那時曾在北大荒養豬場時見到餵養小豬的場景——飼養工手中的玉米屑一把把灑落，小豬們便歡天喜地磕頭撞腿地奔向那一地金黃，低頭拱嘴地搶食，舒服地「呼嚕呼嚕」聲此起彼伏。那些停車場的孩子們還小，不懂得官員的做派其實蘊涵的滿是侮辱，只知道是得了錢，便歡天喜地一枚枚撿起，同時爲爭搶一枚硬幣依然是相互推搡。難道這車場便如養豬場，兒童便如同豬崽麼？難道官員非要用如此手法對待我們的兒童麼？那些兒童的父母，難道眼裡只有那幾枚銅板，全不顧忌自己兒女的天眞與自尊心麼？

若與這些兒童和在巴黎塞納河畔或埃菲爾鐵塔前兜售旅遊紀念品的非洲少年相比，他們各自隨年齡漸長會生出怎樣的心性？會如何看待他們將要面對的人生與社會？那些非洲少年雖是沿街兜售些不值幾個銅板的小物件，但也是做的正經小生意。他們不會強賣，遊客買後也會笑說「謝謝」。小物件換得的那幾枚銅板雖價值細微，但是爲他們賺得做人的信心與自尊，甚至激發他們對未來的期許。反觀華夏王土，卻是官員自覺或不自覺地待稚童如待乞丐，而稚童懵然不覺其中的羞辱之意，只見腳下滾動的硬幣？爲何天朝王土的官員們，肆無忌憚地揮灑那權力的硬幣，使得他們童稚之年即被污染？那些遍地撿拾硬幣的大陸孩子，如此日復一日地做小小丐幫，又會悟出何種人生道理？童年時靠撒潑耍賴賺得的硬幣，與那官員手臂一揮中蘊含的鄙視，會在他們尙幼稚的心中留下何樣種子？是依賴取巧賺錢？是領悟到做了官員才有的「闊氣」？還是終於領悟到當年官員們的舉止其實是羞辱人格，是傲慢無禮，因而生出仇視之心？或者在那些兒童心中亦是「仁者見仁，智者見智」，他們會各自吸取其中不同的意涵？最終各自成長爲以不同方式折疊自己的人？不過紫陌紅塵，虛幻榮華，只有錢財才是鋪砌人生路的唯一基石麼？難道修路人別無選擇？他們是否也可反思自己行爲的無理，持與人爲善之心，善待兒童，嘗試爲那些幼童的人生前路稍稍添加些如青山綠水的清澈？

成爲「化外之人」後，自己有幸得見帝王遺留的繁華都市之外的歐洲人間風景，見到那些古樸卻蘊蓄舊時明月的城鎮，它們或藏於溪流盡頭，或與田園共枕於丘陵之間，甚至是融於市井卻不失古意。例如我見到的比利時小城SPA便是如此有禪意的古城。SPA早已是世界通用之詞，包括在大陸中國亦是通用，人人皆知是指以天然（甚或人造）溫泉水供人浸泡的場所，不過或鮮有人會追究此詞的來處。其實SPA本非是商業用語，卻是比利時一座小鎮的名字。小鎮深藏於阿登高地（The Ardennes）丘陵林帶中，我們開車去尋，似乎那蜿蜒於林木中的山路永無盡頭，木遮雲掩，車行到夾道兩旁樹冠交合之處常是感覺山路已到盡頭，卻是柳暗花明，密林夾道後是豁然開朗的山間草場。山路數度轉折，終於抵達小鎮。那已經是薄暮時分，小鎮極安靜，可聞樹葉落地，鳥兒撲翅，心中一閃的是古人詩句，「曲徑通幽處，禪房花木深」。詩中描繪的雖是風馬牛不相及的地域，卻是莫名的心境相通。

小鎮雖靜無人聲，卻並非是空無人煙，並未遭人廢棄，因爲一路是綠草如茵，林木如織，處處顯示出悉心照料。沿鎮中心草坪延展的商業街上，數家餐館有暖黃色燈光，似是悄悄招呼客人，甚至售賣運動服裝——包括泳衣的店鋪依然掛了「open」的店招，顯示有旅遊客不時問津。我們抵達時天色已暮，雖是夏末時令，山間夜風卻是沁涼透衣，卻又帶了山澗泉水般清新透骨，讓人不忍拒絕那無聲召喚。餐館裡面則是暖氣襲面，黑木地板，四壁白牆，掛了小鎮舊日風景的黑白照片。那些照片上雖已經是百年前的風景建築，那些建築卻大都可與如今沿街建築一一對應。小鎮躲過了二戰期間的轟炸，或許是由於地處丘陵間，又非戰略要衝。餐館的菜式亦是比利時傳統家常風味，蔬菜濃湯、魚排或雞排配薯條，並無「創新菜式」特意攬客。如今大陸餐館風味是琳琅滿目的豐盛，卻仍然要菜式不斷地推陳出新，從酸湯魚到麻辣烤魚、松鼠魚到跳水魚，如此等等，如時裝潮流隨商業化潮流同樣要年年翻新，似乎非如此便不能存活，或不能吸引得食客滿座。不知道是餐館的競爭意識寵得食客格外挑剔，還是食客追逐時髦的風尚倒逼得餐館窮於應對？

這小鎮亦並非絕對寂寂無名，據說世界首位「世界小姐」便出自此鎮，不過也從未見鎮上任何一處場所掛起那美女的照片，標有「××曾到此一遊」的招牌攬客。所有旅店都備有免費供遊客自取的導遊小冊子，據此指引小鎮有一處已有數百年歷史的公共SPA浴池，一座當年可謂規模宏大的白石小樓，幾層都是公共SPA池，但有些樓層帶有隔間。這公共大SPA池坐落於小鎮，似乎是遊客必去之地，因爲既是昨日歷史遺跡，又是今日現實的消磨時光愉悅身心之處。確實是歷史與現實仍可交融的場所，可存於世，亦可存於心。導遊手冊亦寫道，這小樓初建時去那裡洗浴的時光，如同是華人一年中僅有的元宵燈火般讓人欣喜不已。

可惜我們錯過了小鎮的那座公共大SPA浴池開放的時間，便去尋另一處更為小眾的SPA池，據導遊手冊指引是「位於小鎮風景佳處」。那池確實建於風景佳處，在小鎮邊緣的山丘之上，林木葳蕤，曲徑通幽。抵達目的地後面對的是一道山崖，設有一座兩面玻璃的電梯便利遊客。我們乘電梯時遇一中年婦人同乘，她手持小桶與清潔噴霧劑，笑得禮貌但矜持。先生便解釋，我們是遊客，很是嚮往，可不可以去這裡的SPA泡一次這流動了數百年的天然溫泉？她依然笑，卻問我們事先有沒有預訂？先生解釋我們不知規矩，疏忽了。她眼神裡帶了憐憫，便提議帶我們去查記錄，看今日有沒有尚未預訂的空檔？我們等待時可見到依山崖而建的整座建築另一面建成開闊的橢圓，乳白色的屋頂，落地則是純淨無色的透明玻璃門窗。門窗外是弧形陽臺，陽臺面對青翠山林，晨起的陽光柔和，落在散放的躺椅上，極閒適灑脫的意境。查後結果是大失所望，當天已經全部訂滿。她道歉似的解釋這裡是極受喜愛的SPA池，無論是遊客還是當地人都引為必到的「打卡之地」，要不要預定下一天？我那時不得不趕回法蘭克福上班，只得割愛了。雖是遺憾錯過了SPA，但那一番短暫對話，還是為自己留下了理性平和的善意，一如小鎮本身的氣度。

回想，那番談話極普通，卻也極平和理性，友善卻不逾矩，按規矩行事卻又盡可能考慮助遊客滿足小小願望，即如同小鎮那平和低調理性的風格。我們不會想到去問多付點錢，是否可討得「加塞兒」的方便？接待之人亦絕無此類想法更無此類暗示，清清白白的一段對話便爲此留在了心中。小鎮的百年一如既往，既無爭勝更無爭寵於遊客的氣度，豈非更是舊日貴族的低調傲骨呢？其實也如同華夏古文人清白自持的氣節：「豈無陽春月，所得時節異。靜女不爭寵，幽姿如自喜」。那些氣節傲骨不知道在如今的華夏天朝還有幾分留存？不過在小鎮卻處處可以感知。

先生在比利時長大，說如此隱於丘陵間與世無爭的小城小鎮，在比利時還有許多，可惜先生與我那時各自忙碌專業，沒有時間一一去尋。或許自殖民地化終結後的比利時便是如此低調吧？舊日融入骨血中的貴族氣質，如今成爲低調的自尊，不爭，卻並非不自知那舊日風月依然爲現世留下印痕。例如今日世界通行的炸薯條冠以「法式」（French Fries）二字，卻本是比利時首創的食物，但從未聞比利時爲此名稱之歸屬要和法國一爭短長。世界上味道最精緻的巧克力亦是比利時的出品，並非是那些模壓成貝殼形狀，機場免稅店中處處可見的比利時巧克力。最精緻的比利時巧克力出自那些碎石鋪砌的深巷古舊糖果店。你若沿布魯塞爾的中心市場中那家賣「碎石巧克力」的店鋪轉角⑲一直走去，便是那條碎石古巷。巷子深深，雖無人叫賣杏花，卻隱隱漂了巧克力的甜香，正是尋眞正比利時巧克力的去處。

走入老式玻璃門，店鋪都是狹小，迎門的玻璃櫃卻是豐盈，一列列地擺滿做得嬌小玲瓏的顆顆巧克力，那些巧克力外皮深深淺淺，其上繁複的紋樣做得一絲不苟的精細，內裡則含了這世界上你可以想像得出的所有味道。若是桔味巧克力，你可以一層層地品味到橘皮的清新微苦，橘肉的柔和微甜，巧克力本身則是絲滑細膩，甜與苦搭配得恰到好處。這些巧克力都是手工一顆顆製成，製得頗費思量，因而產出極少。店鋪也沒有大肆渲染的名號招牌。這低調中隱含的奢華，難道不是亦如那小鎮SPA一樣，是貴族卻又是隱士？比利時雖小，雖融於市井又不失古意的小城卻有許多，只能恨自己一支筆過於單薄。如此小城，或許可首推布魯日（Burges），魯汶（Leuven），甚至還有根特（Gant）。不過我並非是在說比利時是個無折疊的世界，其實那裡也有難以彌補的折疊，便是持兩種語言的族群僵持不下。講低地荷蘭語（或稱弗萊芒語）的群體與持法語的群體互有心結。抱歉自己畢竟無意將此寫成一部導遊書，小城風格各有千秋，只能是「仁者見仁，智者見智」了。

法國的阿爾薩斯•洛林一帶的小鎮也是我的極愛。那裡雖是與德國的葡萄酒帶穿插，葡萄酒久負盛名，先生與我卻均非愛酒之人。於我而言，那裡真正愉悅身心的，並非首推琉璃盞中那紅紫適度的葡萄酒，而是那裡小鎮的風光，石橋溪水，繞樹城郭，舊日人文。那裡曾歷經德國與法國數百年爭奪，最終於二戰終結時歸屬於法國。這番爭奪於我們不時地去那裡盤桓幾日的九〇年代依然留下了痕跡，便是常見家中祖父母一代的母語爲德語，而孫子一輩

---

69 那家店鋪的巧克力做成形狀大小色彩各異的石子形狀，店鋪裝潢的五顏六色，常是吸引許多遊客觀賞。

卻以法語爲母語，父母一代夾在中間，不得不成爲雙語人群。不過這似乎並未影響當地人的家庭氣氛，並未由此引發任何政治立場的爭拗，而是自然而然地將其視爲歷史遺跡之一。自己常見那些古舊宅院門前幼童與祖父母嬉戲，孩童們跑進跑出，祖父母是德文呼喚，小童們以法語應答，似乎都是應有之意。那些小鎮如同萊茵河串起的一條珠鏈，大小不一，亦是各有風格。

記得小鎮之一有高大的城門，沉重的木質鑲銅皮的大門。城牆之上建有橋頭堡，自己不禁會聯想到華夏古城的風格。其實那些小鎮曾經是一個個獨立小王國，因而建有牢固的衛城設施。那麼當年必定還要有孔武的守城戰士吧？如今那些戰士都去了哪裡？如今與小鎮一條道路相隔的都是翠色無邊的葡萄園，層層葡萄葉中勞作的身影，或就是當年鐵盔鐵甲武士？那小鎮的岩石城牆繞鎮而建，有一面卻是片密密的杏林，不知種於何時，如今樹冠早已經高過城牆。春風起時杏花盛開，如雪追霜般擁擁簇簇地枕在牆頭懸在牆外，入夏便化成青黃參半的累累果子，而此時的葡萄田裡僅見綠芽吐鬚綠葉初展，葡萄還只有晶瑩如露水般嬌小，只一味地掩藏在層層綠葉下。

那些城鎮雖小卻亦曾代有名人出。例如某座城內有小河蜿蜒，有窄窄石橋跨河，其中一道通向一位名人故居。那卻是位生前戴罪，逝後多年才被尊爲聖者的名人。如同故事，卻是眞實的昨夜星辰。那名人跟從馬丁•路德（Martin Luther）從事宗教改革，因而成爲神聖羅馬帝國的罪人，之後數年囚禁，又是數年流浪，小鎮卻收留了他。不記得是哪次在那小鎮盤桓，途經小鎮的大教堂，見到大大的畫幅從教堂頂端幾達地面，便是他的頭像，是慶賀他被教會尊爲「聖者」，還是公佈他已經並非罪人之身？無論原因爲何，那慶賀距他在世已經有數百年的時光，他已經消失於世間。是耶，非耶，由何人論定？蛹化爲蝶，是爲了何人的救贖？

若抵小鎮時已至春暮，則是杏花歸塵，那堆霜似雪的風流已是消融於世間。孔夫子時代視杏花盛時爲文人郊遊聚會、弦歌賦詩的最佳季節，歐洲人卻似乎欠缺華夏古人遺留至今那傷春悲秋的敏感。即便是萬花歸塵的暮春或晚秋，小鎮也依然是遊客不斷，路燈柱上都掛了鮮花結編的五彩花球，花團錦簇的熱鬧更勝過天然的花季。自己最愛的卻是那些住宅門前攀藤的薔薇與窗臺上一籃籃懸掛的草花，粉紫藍白，襯了綠葉，是柔和溫暖的別樣風流。本是天下最平凡的草花，但含了凡人悉心生活的心意，便成爲人間永遠的記憶，即如我四歲那年姥姥爲我種下的鳳仙花。小鎮的姑娘們多在鎮中店鋪打工，也或是自己經營自家小店。晨風中會見到她們穿戴如十八世紀的女子，長裙蓬袖，腰間紮了漿洗得無一絲褶皺的小圍裙，見到遊客，會微微彎膝一笑。自己常感覺那一笑似乎是允諾了一天的平和美好。這些女孩心中會有折疊麼？沈從文先生說「美麗總是愁人的」，也有人說「美麗總是寂寞的」。這些美麗得數百年不變的平和小鎮中也有人會寂寞麼？那些年少的女孩們會始終對這日復一日的景色與人生安之若素麼？是否會有人厭倦了這無波瀾起伏的日日如常？「芭蕉不展丁香結」，必定也有人會吧？不過小鎮的城堡大門如今只是擺設，晝夜大開，所以也不會阻擋那些孩子們思量去城堡外的大千世界另尋衝浪人生的腳步。想必是有吧？

這小鎮也走出過不只一位學者名人。或許人於少年時，都或多或少不自覺地有些逆反之心，愈是大道朝天任人行走，許多人反而寧願宅在家中；而一旦知道不可自由出行則心生抗拒，執意奪路出走。這心理也有些像是M市封城期間居民的反應——平日可隨意出門，許多人週末卻寧願享受整日在家侍弄花園，甚至是清潔家宅的樂趣。封城期間則心理逆反，例如允許市民每日有一小時外出健身或遛寵物的時間，則這一個小時便如同「春宵一刻值千金」般珍貴，每人非出門不可。小鎮中那些每日輕盈地走出家門的姑娘是怎樣想？我不知道，也無從看出。我只是從未見到小鎮店鋪門前有人攬客，也從未見到遊客與遊客或與本地店鋪中人有過任何齟齬，從未聽到有人口出惡言。那些在大陸旅遊打卡地常見的爭執，在這裡卻是銷聲匿跡，似乎是世界特意折疊出的另一副靜好模樣，用以慰藉因各式各樣的原因動盪的人心。

這些小鎮並非寂寂無名，似世人不知的「桃花源」。自然也並非遊客寥寥之地。這裡有歐洲聞名的人文與景色相交，出產歐洲聞名的葡萄酒，也與德國力薦的「葡萄酒之路」相交。若問這裡究竟是「清泉在山」之地，還是「清泉出山」之地？還是這世界本不應有「清泉在山」與「清泉出山」的界限？那界限僅是千年皇權極權之爭鬥不斷，而在世間劃下的醜陋疤痕之一吧？若這世間本不該有所謂「山中」與「世間」的界限，而是泉水可以無阻地流經處處，蕩滌凡塵，我們爲何不可有「清平世界，蕩蕩乾坤」式的「一統天下」，因而便有毋須折疊的人生呢？歲月更迭，自人類於地球存在起便生出的爭戰或戰爭的陰影時遠時近，卻永懸在天高雲淡之上，而天高雲淡被烏雲遮沒也可能是在一瞬之間，僅在享有極權的獨裁者一念之間。遠古時的華夏，有長城烽火臺上驟然點燃的火把，壬寅年則是驟起的俄羅斯入侵烏克蘭的炮火。不過人類並未因災難不時降臨的現實而停止日常的生活，他們在那窗櫺下懸掛的粉紫藍白中，隨歲月的推移不休不止地紡織出乾淨且又是繽紛的錦繡，同時也將小鎮織入那途經小鎮的河水中，似是一抹清新注入渾濁世間。

二〇一九年初夏的某個晚間，那時庚子大疫還懸在高天捲雲之外，俄烏戰爭更是超出人類可預見的天際，先生與我對坐於小鎮城牆下餐館的露天桌位。夜風徐徐，玻璃罩中的燭光撒下緩緩搖擺的樹影，雖無梅花疏影橫斜，亦無杏花疏影下的笛聲作伴，依然感到那天地間迴旋的清透與溫和。從俗地要了本地的葡萄酒，燭光樹影中，明暗變幻的玻璃盞中酒色也時深時淺，紅紫皆相宜。詩人北島寫過，「如今我們深夜飲酒，杯子碰到一起，都是夢破碎的聲音」。那一晚有酒的醇香，卻未聞夢破碎的聲音。也或許那晚是自己身在夢中，夢中的天地裡丟失了戰爭，丟失了期待希望與焦慮失望的憂心，也丟失了夢。不過那無夢的酒香，那忘卻世間一切折疊的夢，那夜風中走失了自己，不知身在何處的片刻卻是我永遠的懷念。

「井蛙不可語海」麼？

古人長是歎息落花有意但流水無情，喻事與願違。不過若反其意，是否也可喻作雖是無心亦可「插柳」呢？我雖只能止步於「業餘寫手」，一支筆是否也可植出弱柳。弱柳扶風，搖曳出薄薄一片柳蔭，是否也可視爲是我撿拾的記憶在現世留下一、兩縷痕跡？回想，也要感謝我這隻亦生於井中之蛙有幸有遊走過許多歐洲古城或古舊小鎮的機緣。無論這機會來自於何種福禍相依的偶然，終是讓我心中見識到風景各異的人間。那是上帝允諾我的幸運，讓時間如一匹五色絹紗在我心中慢慢紡織，讓如珠如露的葡萄慢慢釀出清新與凜冽融合得不辨滋味只覺醇厚的飲料，只是那色澤滋味一旦落在筆下，終自然而然地參雜了些「洗硯池頭」梅花的墨痕⑩，是來自於跟隨我四處旅行的那些記憶。不過那也非刻意爲之，大千世界，萬千氣象，身歷其境便融於其中，才會有夢隨性而生，又怎能不時時提醒自己，莫要全被困於舊時記憶之中？

隨大陸中國開放，民間亦有人漸漸不再活得捉襟見肘，也能省下些餘錢去見識大陸之外的國度。歐洲遂成爲大陸民間首選的旅遊去處之一。來自大陸中國遊客的風格也並非能一語概之。例如我在中學微信群裡看到一對素未謀面的夫婦，他們並非豪富，只是普通的退休職員。二人自己將中型麵包車改裝成可坐可臥亦可自炊的旅行車，便自攜旅行用具開車出遊，拋棄日常累贅，以簡為佳，自炊、夜宿於車內自造的床鋪。他們便是如此遊走了大陸與異國山水，看到倉央嘉措的布達拉宮，也看到俄羅斯、東歐數國的高山湖泊。他們在微信群中的照片，將那些異國風情的山水傳到大陸之內，雖已年逾花甲卻是樂此不疲。也是在微信群中看到庚子大疫各國封鎖邊境解除後，他們又是在整裝，準備遠行。雖素未謀面，卻感覺他們是與我同類的遊客，雖然每人的關注未必相同，但我們都會「我見青山多嫵媚，料青山見我應如是」。我們會單純地去愉悅那些異國山水，好奇地去見識這世界那「天外有天」的遼廓，欣悅那異域全然不同的生活氛圍與人文市井，不會囿於大陸華夏王土盛行（尤其是官方推許）的標準，對目中所見作一番「好與壞」甚或「是與非」的評判。

不過許多大陸遊客或因久坐於極權制度構建的「井」中，久而不覺其逼仄，反而認定其於井中所見之天才是唯一的人世正統，因而其中不乏自覺或不自覺地以「井」為標準而評判異域風光之人。大陸網路微信中也為此類人作出稱號，稱為「負井旅行者」。

---

⑳「洗硯池頭樹」在此處的含義引自《方寸天地看人間——燈火闌珊處，尋一代少年背影》，華夏出版有限公司，二〇二二年版。

自己也時常看到微信群裡從異國旅遊歸來的大陸遊客的各式評判，褒者貶者各持其詞。貶辭常見的有「歐洲城市，哪怕是一國首府，也少有我們帝都的高樓大廈。滿街的舊房子，難道那就算是發達國家？」、「城裡的乞丐，滿街亂走，員警就不抓一抓嗎？」也有人對於那些聞名已久的景點表示失望：「原來那個『撒尿小童立像』，只有那麼一點點大啊？」、「看到歐洲的火車站，原來那麼陳舊低矮的，和我們高鐵車站的高大敞亮相比，差得遠了」，等等。遊過那些美國或是澳洲天然郊野公園的客人，也不免常有失望之評，例如山不夠險峻，登山路缺乏修整，更無那些國內近幾年新興起的助興設施，例如山澗玻璃棧道……如此等等，不一而足。華夏王土歷來自稱是「地大物博」，其實如今看來「物博」似有溢美之嫌，例如現代工業不可或缺之鐵礦砂、石油天然氣等等，均不得不賴以大量進口，不過「地大」確實是當之無愧，且天然風景之美也不輸任何國家。於我的審美而言，天然風光其實是無從比較，例如若以黃山奇松怪石去比美國黃石公園的地理奇觀，只能說是迥然不同，各有千秋，不過偏偏要扯在一起去評比的大陸遊客，確實也不在少數。

大陸旅遊客中抱怨更多的則是飲食，例如「沒有熱水可喝」，「義大利麵實在不如一碗蘭州拉麵」。歐洲人確實從無喝熱水的習慣，似乎也很難理解寡淡無味的熱水，怎可能喝得下去，除非是用來泡茶。據說有大陸遊客因域外酒店無熱水供應而大鬧酒店，於是許多酒店不得不增添電熱水壺，同時注明「請勿用於煮麵」。其實異國旅遊，嘗試各國飲食風味實在應是旅遊的大樂趣之一。若偏要固守家中口味，那又何必去行千里路呢？走過那些歷經幾個世紀風霜的古建築，難道沒有人體會到歐洲那些古舊建築的韻味麼？事實上，那些歷風霜數百年的房檐上雕刻的繁複紋樣，都有不同年代的痕跡，難道它們不是在講述時光與歐洲國家改朝換代的故事？他們可曾想到那些顯得陳舊的鋼結構火車站，曾經是人類工業化的先驅？而歐洲的工程師們曾在清朝來到華夏，努力想說服清王朝修建鐵路？生活在大陸帝都的人們，是否注意到前門一側那座如今的鐵路博物館？前門一側的拱形建築雖不高大，卻是華夏第一條現代鐵路的起點。那便是由比利時工程師設計監造的。

城市建築物的形貌隨時代推移而不斷變遷，同一座城市中古建築的形貌、雕飾與漸次發生的建築物的變化，豈不正是那城市乃至國家的文明、生活理念與審美觀逐漸演化的人間歷史麼？若將一座城市的古舊建築一併推倒拆除，重新建起現代化甚至是顯示政權等級制的嶄新高樓大廈，豈非是毀去那座城市的發展歷史？其實更是毀去人文審美觀念漸進（也或是漸退）的歷史。難道只有商業化的高大與新潮建築，才是意味一國發達與否的標準麼？如梅貽琦先生曾對大學的評價：「大學者非謂有高樓大廈之謂也，有大師之謂也。」如今大陸帝都滿是些形狀光怪陸離、常遭尋常百姓嘲諷的高樓大廈，被譏嘲爲如今的帝都「有鳥有蛋還有褲襠」……。難道那些高樓大廈裡面有大師的靈魂麼？還是只有新富豪與掌權者矜誇權勢財富的淺薄？

不過全然地視大陸遊客爲「負井旅行者」，對於他們也並非完全公平。旅遊這枚硬幣也是雙面的，一面是遊客，另一面則是旅遊公司。一趟旅遊對於遊客是可以愉悅身心的休閒觀光，組織運營一趟旅行對於旅行社而言則僅是一筆生意、一次賺錢的機會。事實上，許多大陸遊客囿於語言不同與簽證不易，只能選擇加入旅遊公司安排的集體之旅，乖乖地聽從擺布，成爲旅遊公司的錢袋。遊客們每日清晨集體坐入旅遊團大巴中，不辨城市南北地被送往旅遊公司決定的「城市著名景點」。每個景點由導遊匆匆講解，掐頭去尾停留半個小時，還未及品味景點的妙處，又被趕回大巴前往下一個景點。一路只爲不延誤事先安排的行程而緊趕慢趕，昏頭漲腦，大巴中污濁的空氣催人入眠，又如何領略到街景的人文氣韻？大巴緊趕慢趕，緣由多是爲遊客盡可能擠出更多購物時間。購物才是大陸遊客一程遊覽的高潮，亦是旅遊公司與導遊額外賺到回扣的錢囊。其實如此安排也是順應多數大陸遊客（無論豪富或並非豪富的遊客）的心意，大陸遊客顯然對於在歐洲繁華都市購物的嚮往，遠超觀覽博物館的興致。既然是兩方皆大歡喜的旅遊項目，那又怎能何樂而不爲呢？於多數普通人而言，那些奢侈品牌在大陸中國市場的標價如同天價，而在歐洲雖然也是昂貴，但卻低於王土標價，且旅遊歸國後告知他人自己此物是在奢侈品之都購買，似乎更值得炫耀，何況這輩子也只會有這唯一的到此一遊吧？

我是兒時從自己母親那裡首次聽到那句話——「世上本無景，只有人看人」。庚子大疫之前，大陸遊客自身已經可謂爲異國當地人眼中的「異域一景」，頗具特色，可簡稱爲「購物遊客」。記得我姥姥家族舊居的W城有句俗話，是「客隨主便」，與古歐洲人口中的「**Do as Romans do in Rome**」（入鄉隨俗）可說是完全一式一樣心理與禮儀。想來我們一代幼時都從父母那裡學到過這華人傳統的做客禮節，是否那幼時教導經過文革與下鄉的磨礪，已經完全丟棄腦後？或是坐井觀天近乎一生後再見外部世界，已經是心理固化了，反而將那井中生活的行爲模式、規矩與禮節（或稱爲「無禮」），作爲異域都應該接受的標準？如此，他們的行爲方式成爲歐洲人心中「粗俗的新富人」的典型，不過大陸遊客或許也不在意那些陌生人的評價？

購物對大陸遊客雖是如同海外旅遊的激素，卻也是對體力的挑戰。常見他們在一排排商品陳列架前擠作一團，爭奪不休，對服務小姐們高聲叫嚷。一番品頭論足與爭奪吵嚷之後，獲得購物的享受與果實——全身橫七豎八地掛滿大包小包的奢侈品牌衣飾，他們的體力也消耗到極限。出得店門，便將那些包裝或精緻優雅或靚麗奢華的購物果實散放於地，隨之雙腿叉開，斜倚店鋪外牆，席地而坐，一副家中常見的慵懶「大爺」模樣。歐洲人購物後也常會小憩，但多是尋一家冷飲店或咖啡館解乏。天朝王土的遊客則是購買奢侈品時狀似腰纏萬貫，但一杯咖啡的花費卻多是吝於從囊中掏出。這與我當年同事們無論如何不捨得去嚐那半隻在我眼中神奇的龍蝦，其實也並無差別。其實個人選擇本也無可厚非，「白菜蘿蔔各有所愛」，自己的錢自然可用於最滿足自我感受之處，毋須他人置喙。大陸遊客如此風格，只怕是會讓當地人詫異於華人文化的素養，或許也讓歐洲人過往對華夏文化傳統神話般的玄想轟然碎裂，抑或是感歎那數千年華夏文采風流竟全無傳承痕跡。

雖然以購物爲最高快樂源泉是個人選擇的權利，他人無可厚非。於我而言，則依然是大陸王土小民人格扭曲（或曰折疊）的顯示。將身上披掛了奢侈品牌視爲個人地位的顯示，同時對異國風土人情視若無物。且不談品味高下，只想問天朝王土的小民，難道眞是不懂大庭廣眾之前何謂禮儀麼？兒時我的姥姥曾告訴我，無論何時何地要「坐有坐相，站有站相」，更具體些，是「坐如竹、立如松、行如風」。我相信這也是很普遍的家教，並非是我姥姥格外嚴苛。爲何這些大陸遊客出得前朝，便會如此不在意禮貌與儀表呢？若深究，他們購物時撒潑、購物後慵懶無儀，多是王土內經幾十年極權體制管制下形成的通行心理，其一是「有權勢者就是爺」，其二是「有錢便是爺」。此處「爺」字何講？並非指家中長輩，而是「爺」字在社會語境中的涵義：可指「官僚」、「財主」，也可指「有財之人」，例如「財神爺」。他們購物時便自認是「爺」，自認是爲店家「送錢來的」，即使並非高官，至不濟也是店家的「財神爺」，是異國旅遊業的「財神爺」。平時在王土內行事須小心翼翼，如今出門在外，既然是難得地做一次「爺」，自可自矜，自可放肆，爲所欲爲，包括吆五喝六地指使那些「店小二」。反觀歐美當地人心理，購物只不過是平等交易行爲，以禮待客是盡店員本分，雙方本無身分高低貴賤之別，因而期待各自行爲均是有受禮而不逾矩。他們或許也難以理解這些大陸客那種彎彎繞繞的折疊心態，只能按一般邏輯看作是招惹了一群「粗俗蠻客」。

其實那些所謂的「粗俗蠻客」，也不過是依照他們坐在井中所見所學的邏輯與行爲模式做事而已，並非是有意在異國招惹當地人非議，抑或是招惹了也不在意，因爲反正是這輩子再也不會見的陌生人，何必在意？這「何必在意陌生人」的做人風格，怕也是因井底逼仄而養成的畫地爲牢心理吧？各自防範他人入侵自己的領地？自己在維也納大街小巷看景時也常是迷失了方向，只能向路人詢問。路人大都是停下匆匆腳步，細細指點路徑，甚至會將自己一路帶到目的地。他們與我豈非亦是陌生人？卻爲何是友善待人，傾心相助？我想僅是由於他們自己生活在善意中，因而對這人世亦自然而然地報之以善意，不必區分「相識」還是「陌生」之人。如此，活在世間之人才不會成爲彼此的地獄，而是成就了平和理性善待彼此的生活空間。天朝皇朝治下，人分爲層層等級，極權社會中人人身分地位分明，則按其身分地位應有之態度行事乃要中之要，小民才會折疊如此，且折疊而不自知，追根溯源還是「那口井」禁錮了他們人生的視野，也模塑了他們行事爲人觀物的標準。

自己曾以爲華夏王土曾經深築的那口井，已經進入坍塌過程，井壁已經碎裂，且任何正常人都不會期待那口井再被修復，更無人妄想日月可以倒轉。畢竟，有誰想回到那每日基本吃穿用度要仰仗權力「恩賜」配額的日子呢？不過習氏一尊的再次上位（甚至可能成為終身一尊的現實），卻證明自己還是書生觀世，往往以常理論之——常理，即天經地義的常規道理，卻未忽略手握大權之人不按常理行事，且掌控權力之心只會愈益膨脹，不會自行理性地收縮。華夏自古有權臣「挾天子以令諸侯」，如今的習氏則是「挾黨之名以令天下」，雖依然是華夏古帝王時代之智，其孜孜以求權力之心則可謂是青出於藍勝於藍了，是在毛氏遺留的骷髏城堡之上再疊床架屋，甚至是比毛氏離帝王體制更進一步，直接掌控錦衣衛、東廠西廠吧？豈不知危樓高聳，有若累卵麼？

我始終記得距今逾四十年在紐約街頭與音樂的邂逅。我曾在之前的拙作中描述自己某次在紐約參加聯合國會議時，那場不期而遇的音樂演奏。那次「音樂會」居然是在林肯中心旁。「那些天，林肯中心旁的行人道旁，不知是何人放了一架鋼琴。那鋼琴極破舊，幾乎褪成原色的琴架，頂蓋不知去向，一排排琴鍵裸露在外，卻每日看到有個流浪漢模樣的人站在鋼琴前，弓起腰，目不旁顧地敲打著，一排排琴鍵被鋼索牽動，瘋狂又快樂地上下跳動，像是一群小姑娘肆無忌憚地跳舞。不知為什麼在我聽來那輕揚的叮咚聲，似乎帶著淡淡的憂鬱，一直飄進四月的春風裡，似乎柔和了那夾道大廈的線條。琴聲叮咚，將放浪不羈的情緒不停地散入四月溫暖爽利的風中。眞的很愛那一刻的紐約街頭，似乎所有人的夢境都可以相容，都可以融進那個四月傍晚醇風乍起的瞬間。

紐約是貧富懸殊可稱「世界之最」之一的城市，林肯中心是紐約的古典音樂界中心，任何鋼琴家若有幸在那裡獨奏一首鋼琴曲，只怕都是彈奏家本人一生中的幸事，卻依然可以寬容流浪漢與殘破的鋼琴，在那音樂殿堂前盡興地擊鍵瘋狂一場。從頭到尾，沒有員警來阻攔、來呼喝或是將他強行架走。因爲他並未犯法，沒有一項美國法律禁止流浪漢在林肯中心旁彈奏鋼琴，且無論那架琴如何殘破，都無法律禁止它被擺放在紐約的音樂聖殿之旁。紐約確實有無與倫比的貧富折疊，但是也依然有法律保護的個人自由。如今的大陸帝都人口階層間的貧富折疊，只怕也當的是「世界之最」之一了，可有大陸國人見過有架殘破鋼琴擺在那官稱「國家音樂廳」（而民間稱爲「巨蛋」）之旁？員警或保安隊可會任憑一個不知來自何方的流浪漢，在那裡面對「巨蛋」聊發音樂狂麼？

儘管我極愛那在紐約與音樂邂逅的場景，愛那自由的風從心中悠然飄過的一瞬，那些「負井旅行者」或許還是會固守那「井」中的規矩吧？是否會認爲那殘破鋼琴與流浪漢，是在帝都有帝王尊嚴的建築前有意「尋釁滋事」或「挑戰權威秩序」？我年逾花甲終於領悟，若無人，便無人間；若無人與人之間生而平等作爲理念基石，則人間永無靜好之日；若極權於其領地可仗恃傳統警力與現代技術結合，而建立一套只爲強權永存的秩序，將個人權利全然置於其刀俎之下，則此極權即是邪惡的化身，無論其以何等華彩的紅色裝扮自己。百姓與國家天下，孰先庶後才是正道？因而我望那自由的風終有一日可飄過大陸帝都，飄滿如今的華夏王土，井壁開裂，「井蛙」得以舒展肢體，敞開折疊的胸襟，見到天外之天，可悟到人之爲人自有人的尊嚴、權利，皆因「人人生而平等」。

佛教曰「淨土晨鐘・淨土指歸」，「唯以般若爲導，淨土爲歸」。那便是佛教徒的解脫了。自己出生於基督教世家，則只能做「入世」之人，在世一日便力求爲世人日常生活增添一點鹹味；同時亦只能捫心自問，自己生如一粒鹽，是否已經盡力而爲？不過化外之人如我，雖可「妄議」，卻無能挽住華夏王土那倒轉的日月，無能擊碎那囚禁了數億人的制度之井，甚至無力說服井中的舊識去看井外之天地。自認我頂多是撿拾我們一代人記憶碎片的旅人，背負起那些記憶遊走於世，同時爲五斗米辛勞，且爲守底線（無論是自認的專業還是人生底線）而不時面對「to be or not to be」的困局。花甲之後，心中不捨將那些記憶與觀察，在未來某時與我一併化爲灰燼，因爲那是我們一代人生旅程的痕跡，便是這些痕跡織成了民間歷史的一頁，那是不見於大陸官方版歷史的人世眞實。若自己的文字中有一、兩筆可以破繭化蝶，也可謂是還了少年心願，也稍稍補償些自己對於家族長輩的虧欠與愧疚。同時領悟到自己其實是無能之人、妄想之人，有補天之心卻補天無路，不免惘然若失。

古人訪友，興起而來，過友人家門不入而返，皆因興盡而歸，自己便藉此句擱筆。並非因興盡，卻是悟到自己的心願或終是虛妄。抑或是欲速則不達？或許這世間事世間人，終將隨時間推移，花自飄零水自流罷了。

「平蕪盡處是春山，行人更在春山外」。

後記之一——人性的歷程

相信有耐心將前文第一部與第二部都讀過的舊識新雨或許會評說，「此兩部的內容難道不是風馬牛不相及？如何合為一本書」？如此的組合，實在是由於自己心中相信兩者內容並非是風馬牛不相及。

「照花前後鏡，花面交相應」。其實大陸中國皇庭與民間各自的生態，社會昨日與今時的人性亦如鏡中影像——高層與百姓、昨日與今時莫不是交相相應，而人性則於大陸中國社會被極權輾軋得不時翻覆之中相應地扭曲折疊，只為謀求個人（或亦有個人利祿）的生存空間。花自飄零水自流，人性又流向何處？民國才女林徽因曾寫道，「王朝更迭，江山易主，世事山河都會變遷，其實我們毋須不辭辛勞去追尋什麼永遠。活在當下，做每一件自己想做的事，去每一座山和自己有緣的城市，看每一道動人心腸的風景，珍惜每一位擦肩的路人，縱算經歷顛沛，嚐盡苦楚，也無怨悔」。自己想，這必是於華夏大陸改朝換代之交時，她對自己的理性勸勉。不過同是她本人，日後面對紅色政權對學人的步步緊逼，逼學人納入毛氏極權之時，只怕也會生出全然不同的心境。例如亦是自她的筆下流出，道是，「即使打算在人世生存，就不要奢求過多，不要問太多爲什麼。且當每一條路都是荒徑，每一個人都是過客，每一片記憶都是曾經」。斯人已隨黃鶴去，空餘數行文字，我未能考證到這文字是寫於何種背景下？但讀時可感覺得出內心倔強、才氣鋒銳逼人的林徽因先生，此時已經從對人生路的篤定轉爲迷惘，甚至隱隱含有放棄塵世的憂傷。自己也曾讀到林徽因另幾行文字：「紅塵陌上，獨自行走，綠蘿拂過衣襟，青雲打濕諾言。山和水可以兩兩相忘，日與月可以毫無瓜葛。那時候，只一個人的浮世清歡，一個人的細水長流」。自己的直覺是這段極美的文字出自她更年少時的手筆，其中隱含的憂傷，全然不同於前段引文中的憂傷。那是少年人生中回味人世之美的憂傷，是獨行之勇伴隨的一絲傷感，絕非無奈之下的放棄，而是少年獨行中浪漫情懷的表達。若讀者喜歡聯想，也可以回溯到南宋詞人蔣捷那首〈一剪梅・舟過吳江〉，起首是「一片春愁待酒澆。江上舟搖，樓上簾招。秋娘渡與泰娘橋。風又飄飄，雨又蕭蕭」。那還是詞人「爲賦新詩強說愁」的少年情懷，憂傷中亦隱含愉悅的期待。依然是蔣捷，暮年時筆下流出的期待已然不見，只餘無奈：「而今聽雨僧廬下，鬢已星星也。悲歡離合總無情，一任階前，點滴到天明」。蔣捷之無奈緣於南宋亡國。那麼又是什麼使得極柔弱又極堅忍的林徽因先生，起始相信即使是「改朝換代」，其人生亦可做自己想做之事，最終卻只能告誡自己不要奢求呢？其實林徽因先生在世的最後幾年，豈不是亦被迫逐漸將自己無比華彩與豐富的內心折疊起，折疊到方寸病榻中？

華夏先民亦曾在這片土地勞作數千載，勞作時擊壤作歌。歌曰「日出而作，日落而息，鑿井而飲，耕田而食，帝利於我何有哉」！何等的心境磊落，自信、自由、自在。自何時起，華夏王土之民失落了自己的土地、財產，失落了那如歌的磊落、自信、自由、自在？那「擊壤歌」中的勇氣與蔑視——「帝利與我何有哉」再也無能回歸麼？若要回歸，需賴何人之勇？爲何居於華夏王土之人，凡是有獨立人格，以清白風骨抵禦被洗腦或被「醬缸」污染者，無論是平民學人還是文人，皆是艱難跋涉於人生，多是鬱鬱而終？而恬不知恥，不憚於將「皇帝的新衣」視爲人生目標者，如現任王土皇帝習氏，步步踐踏於千萬人屍骨之上，卻終能踏上人生青雲路的頂點？爲何多數王土之民人性中的良知、同理心與愛心，逐漸深深埋在那千層折疊的心中，無論天性是狼還是羊，都要揣摩「上意」對外披上惡狼的外衣，同時對上級官員配上諂媚的嘴臉？華夏人性之殤，究竟是歸結於劣根之惡，還是皇權污染的土壤之惡，或直言之，是極權制度壓抑改造洗腦之惡？不同於魯迅關注於批判國民性之惡，沈從文卻另有見地。他認爲追根溯源，那是國家掌權者的無能，國家體制的崩壞，更緣於我們依然遵守著幾千年的儒家傳統等級秩序，不尊重人權，只要求人民盡義務。例如沈先生寫道，「支配中國兩千年來的儒家人生哲學，它的理論看起來是建立在『不自私』上面，話皆說得美麗而典雅。主要意思卻注重在人民『尊帝王』、『信天命』，故歷來爲君臨天下帝王的法寶，前世帝王利用它，新起帝王也利用它。然而這種哲學實在同『人性』容易發生衝突。表面上它彷彿很高尚，實際上它有問題，對人民不公平。它指明作人的義務，卻不提及他們的權利。一切義務彷彿都是必要的，權利則完全出於帝王以及天上神佛的恩賜」⑪。確實，如今的王土百姓依然是期盼「恩賜」，因而如何不得不換上一副奴顏婢膝的面孔？或「萬言萬當不如一默」，哪怕心中是暗暗嘲諷？

坐於M市家中漫無邊際地玄想時，常是回想到我的外祖父母生活的年代。恰值清末民初，那是無數文人學者如魯迅、胡適如春筍般綻露世間的年代，是華夏王土的青年學者，初見自然科學以及實用科學如西方醫學的年代，那也是在清末遺留的一片文化與文明的廢墟或荒蕪之上，可見華夏公民社會顯露雛形的年代。那時，有無數文人學者、現代專業人士如醫生、律師與工商業者，都在經歷自己的「創業年代」，例如我外祖父與他的弟弟們。那是他們可以憑興趣選擇人生道路的歲月，是民眾普遍呼喚或喜見「德先生」（指民主）與「賽先生」（指科學）光臨華夏大地的歲月。如此歲月自春秋戰國終結之時，即於秦始皇一統天下建立起極權皇朝之時，便消失於華夏大地。不過數千年的消失，卻未能阻擋華夏王土昔日的人性回歸，未能剝奪華夏人性中那可辨別黑白善惡、是非曲直的天賦能力。那時於華夏大地生活的人，不再自覺或不自覺地折疊起自己的人性。他們的人性舒展開來，袒露而張揚，因而那土壤中長出的詩歌，如花兒盛放之時般色彩絢爛，熱情外露，緣於那是不再受到極權壓抑的花兒。那些張揚與直白的詩詞樂章，不同於大陸中國七〇年代生出的「朦朧詩」——將話語隱藏在朦朧意境之中，得以存活於當年依然佔據權力主流的紅色意識形態治下。不過歷史並未厚待華夏當年的公民，那清末民初時公民社會的萌芽，不幸地於依然幼弱之時，便被歷時超過半個世紀的各式戰爭阻斷——日本侵入華夏領土之戰、繼後是國共兩黨逐鹿之戰、毛氏建政後的朝鮮戰爭，以及隨之而來的漫長冷戰……。大陸華夏王土從此再也未容得公民社會的重生，也再未容得「德先生」與「賽先生」的靈魂駐留。為此，我願懇請上蒼詛咒一切戰爭的發起者，也詛咒那些視獨立人性與思想自由為權力之敵的獨裁者。

若大陸中國仍有持續張揚與堅守的人性與公民社會，而非是緣於極權制度掌控，而使人性折疊到極致的軟弱黑暗或扭曲；非是小民從被迫坐井觀天直到停止自我思考，渾渾噩噩地與井融為一體，則庚子大疫在大陸王土即使是不幸地，與極權體制下的黨魁換屆糾纏在一起，亦未見得必是如今之萬民皆殤的結局。相比較庚子大疫期間天朝王土的「封城」，乃至權力將家家強行以鐵索封條地封門，又或是令大白們強行砸門破窗地入戶，女兒一家的三年大疫可謂是度過得風平浪靜，除因小兒子無法按預期進入社區學前幼童中心外，而生出不時需要尋找**nanny**的煩惱，日常生活的狀態一如往常。女兒曾染疫，也只是自己居於家中隔

71 沈從文，《國人極度自私的根源》，寫於一九三五年。

離，全無他人干涉，更莫提會有「大白們」破門而入。若是他們其時正生活在大陸中國，會是怎樣的場景？寫到「破門而入」四字，卻不禁聯想到如今依然鏖戰正酣，不知已經致使多少士兵與平民喪生於戰火的俄羅斯入侵烏克蘭之戰。俄羅斯正是對烏克蘭破門而入，如同直入自家後院。不宣而戰，分毫無視烏克蘭的主權與領土。那是與「大白們」擁有同樣的心理基礎嗎？似乎相差無幾。極權制度與獨裁者其實是兩位一體的怪獸，他們的內心同樣是折疊到極限，只見到自己手中的權力，而權力欲望將無窮盡地驅使他們去獲取更多的權力，無論那權力腳下踐踏了多少無辜的生命。若有公民社會存在的制衡，那怪獸是否不會如此肆無忌憚地膨脹？

我亦曾是那體制內之人，雖純粹是機緣如此，但也曾因此享受到某些特權，例如前文描述的八〇年代初期，便可有機會見識異域人間風景。也曾有朋友問我，是否後悔過未留在那體制之中，卻是選擇遷往異國，面對的是吉凶未卜的茫茫前程？回想，自我將女兒纖小軟嫩的身體抱起、走入去往異國的機艙至今，我從未後悔過這一選擇。這並非是說自己面對的人生盡是陽關道，更並非是對於舊時家鄉、舊時風景，與將從此遠隔千里萬里的家人朋友沒有眷戀。不過，有誰會在與那永遠懸在小民頭頂的強權之刃、且明知那刀刃隨時可僅憑操刀人之意志，落向小民頭項的極權王土告別時後悔麼？

我相信，自我偕幼女告別故鄉的時刻起，女兒的人性便得以避免被強迫、被自覺或非自覺地被折疊，更不會體驗到我們一代尚是少年懵懂時，便如同羊群般被整體驅趕「上山下鄉」的命運。她的人性可以如一條自在地流經天地間的小溪，溪水中有天光雲影共徘徊，有選擇流向竹林深處還是喧囂市井的權利——無論那選擇最終使她感受到生活愉悅還是艱難，那都將是她自己選擇的人生，而非是強權脅迫下的人生旅途。

如同那些歐洲小鎮中成長的少年，家鄉雖是美麗平和，但那扇通向更廣大天地的城堡大門永遠敞開，任憑他們自己選擇是否將走出小鎮，去探索那更喧囂的人世間。

後記之二——瑣記二則

此節〈瑣記〉可說是與庚子大疫在有關與無關之間，因爲〈瑣記〉中的旅行發生在二〇一九年夏，正在庚子大疫發生之前。回望那個夏天，自己領悟到那人性與市景與庚子大疫期間大陸民生的潛在關聯，感悟到曾佔據歐洲東部的極權，對百姓的禁錮與對人性的摧殘，雖是異域，卻是與華夏王土一脈相通。

瑣記之一——浮光掠影東西之間

「東」與「西」原本是指地理方向而已，不知何時起被賦予了意識形態的意涵，例如毛氏尚在世時即興起的「東方紅」，「東風壓倒西風」等等詞語。

德國自二戰結束被一分爲二，即各自獨立的東德與西德。東德加入蘇聯爲首的「東方陣營」（East Block），西德自然成爲「西方陣營」的組成部分。東德與西德分別處於冷戰中對立的陣營，而兩德的地理位置，也恰對應了那意識形態的含意。繼後兩德合併爲一，成爲蘇聯解體的標誌之一，時距今已將近三十年，「東方陣營」與「西方陣營」也成爲歷史詞彙，但是那德國西部與東部一分爲二的四十年是否仍有印記留存？

我與德國似乎也有些許莫名而起的緣分。初次結緣是一九九一年，離開大陸中國後，那年始在德國覓得第一份在西方世界的全職工作，從此斷斷續續地在德國輾轉居住了幾個城市，不過那時只限於西部德國，因工作之地全部位於西部。中國改革開放以來，國人關注歐洲多是在冷戰時期的「西方陣營」國家。自然這也可以理解，畢竟原東方陣營國家那時多數尚自顧不暇，對於中國的「經濟起飛」難有助益，對於想脫離紅色極權生存環境之國人，自然更是興趣缺缺。近年辭去全職工作，隨著先生在德國不同大學的研究課題，卻是在德國逐漸從西向東漂移，見識了幾個東部德國的小城——魏瑪（Weimar）、耶拿（Jena）與哈勒

（Halle）。二〇一九年夏天又繼續向東，在捷克的奧洛穆茨（Olomouc）駐足。

「行萬里路，如讀萬卷書」，行走不同的路，看不同的人間，必定會有不同的感觸吧？

浮光掠影之一——「內陸城市」的錯覺

此次抵達德國東部之前，我從未關注過位於東部的城市。在法蘭克福看到有些街道以東部德國的城市命名，才感受到在那些一分爲二的歲月裡，當年西德人心中也未遺忘那被天塹隔斷的歷史地域。如此無知的自己當年也知魏瑪大名，那是由於那座城因歷史上的魏瑪共和國而知名於世，上面提及的耶拿與哈勒於我都是聞所未聞。

抵達東部後，第一感覺是無論魏瑪、耶拿還是哈勒，城市規模都遠遠小於德國西部城市。城市中心都在腳程可及的範圍內。甚至從火車站到市中心一般也可以步行抵達，且是隨意散步的腳程即可，無須費時費力。除魏瑪城市中心入眼全是巴洛克式建築，建築外牆的浮雕與色澤的粉白淡藍美輪美奐，其他城市則入眼皆是不堪的駁雜，城市中褪色失修的舊日巴洛克式建築雖依然可見，毗鄰的卻可一眼認出是蘇聯時代那些僵硬粗陋的所謂「工人宿舍」，或同樣是蘇聯式的宏大市政建築，雕砌了陽光光芒與立於那光芒之前的工農兵形象，也讓我即刻聯想起大陸王土那五〇年代建成的「十大建築」的形象。那些典型的蘇聯印記猶在，則尷尬地提醒著那個逐漸遠去的「冷戰時代」（不過如今（2023年）重讀舊文，則想到庚子大疫後的俄烏戰爭，是否已經重啓那冷戰時代？）。自己便有些先入爲主的印象——這些城市可能類似大陸中國內地處偏遠的所謂「內陸城市」，從未被開發。小住數月後才知道自己委實是孤陋寡聞，錯得離譜。這幾個城市都曾有過輝煌歲月，淪落成爲「內陸城市」的樣貌，全然是二戰之後「兩大陣營」對壘的結果。

一戰與二戰之前，東部德國的發展程度遠超西部德國，無論是經濟發展、思想開化與文化的活躍，都是歷史發展榜上的佼佼者。西部德國實難望其項背，甚至可說於十八、十九世紀的德國，西部德國在東部德國人眼中如同一片蠻荒，封閉保守，全不開化，這看法並非偏見，委實是當年史實。當年東部德國的城市，才是德國各種創造性概念的發源地。例如，從德國漸漸流行至全球的「包豪斯（Bauhaus）」設計理念（即「現代主義風格」）便是起源於魏瑪。魏瑪共和國當年爲何是在魏瑪發起？也是由於那裡觀念的開化、人文氛圍深厚所結出的果實吧？魏瑪城當年可謂群星璀璨，聚集了德國文化界名人，除歌德、席勒，還有巴赫、赫爾德，甚至是尼采，更有主張無數社會改革的燃燈者。那些燃燈者如今雖大都未在世界史上留下姓名，卻留下了一部通稱爲《魏瑪憲法》的《德意志憲法》，是德國歷史上第一部試圖將未來的德意志建成民主共和國的憲法。它制定了議會民主制度與聯邦共和國，至今其某些條文依然保留在今日的《德國基本法》中。

再例如，如今岌岌無名的耶拿，才是世界聞名的德國蔡斯光學鏡頭的老家。其實不只是光學鏡片，耶拿一座小城出產的還有世界上最著名的玻璃，曾占全世界玻璃出口總額的40％強，用於各種精密科學儀器。哈勒則是德國最早的巧克力產地，所產「哈勒人」牌巧克力，曾在德國獨佔鰲頭，那如今聞名的「林德」牌巧克力，其時還未出生於世。哈勒大學在德國率先宣導學術自由與教學自由，因而被譽為現代大學的先驅。或許由於哈勒崇尚自由開放的風氣，這座城市還是德國最早將歌劇推向平民的城市，那時的歌劇不僅僅是於西部德國，而是於全歐洲尚是唯有殿堂貴人才可享用的盛宴。哈勒的木製手工也曾在全歐洲首屈一指，直至冷戰時期，依然是爲當年的東德賺得外匯的榜首產品。歌德與席勒均是當年德國的「東漂」——因爲他們的反叛精神不見容於西部容克貴族朝廷而移居向東部，並終其一生再未返回位於西部德國的故鄉。

上述幾座小城，在當年的繁榮並非是孤立現象，而是東部德國經濟、金融發展與文化繁榮開化的組成部分。例如距離哈勒三十公里之外的萊比錫，是當時德國的出版業中心，而德萊斯登則是那時德國的經濟、金融與文化重鎮，甚至是全歐洲消費水準最高的城市，當年的繁華可見一斑。

這些城市在二戰後均劃爲蘇聯的勢力範圍，當年於東部城市首先起家的那些知名企業聞訊，紛紛於西部德國另起爐灶，例如德勒斯登銀行、蔡斯光學鏡片等等。東部德國那些曾輝煌一時的城市，遂從此與無論是經濟還是思想都活力蓬勃的西方世界隔絕。西歐包括西德於二戰結束後勃興，而曾經輝煌的它們則無可挽回地漸漸衰落，從耀目的城市明星淪爲名不見經傳的「內陸城市」。一座城市的興盛可能過程漫長，從興起到繁盛可能需要歷經數百年，而衰敗卻往往只在一念之間，或更確切地說只在「城頭變換大王旗」的瞬間。那大王旗的變換，注定了那些城市成爲極權政權的犧牲品。

或許有人會質疑——難道離開西方世界便必定要落伍麼？我無意在這散碎瑣記中爭辯政治議題，僅是記下我的觀察而已。

浮光掠影之二——「樓以詩顯，詩以樓傳」

「樓以詩顯，詩以樓傳」，原是武漢人對於武漢黃鶴樓的感歎。一樓一詩，相得益彰，均得以流傳千古。「樓以詩顯」，黃鶴樓何其幸哉！泱泱華夏大地雖有文字歷史數千年，如同黃鶴樓或岳陽樓一般倖存至今的古建築並不多見。多數古建築或者葬身於歷代農民起義軍的燎天烽火中，或砸毀於文革大小紅衛兵揮舞的鐵棒下，或是失於保護而坍塌，而九〇年代大陸城市興起所謂「城市改造」，由政府促成的蠻橫拆遷，對於華夏大地數千年積累而成的古代建築的消失則是那「最後一根稻草」。「君不見南朝三百六十寺，至今一一荒煙裡」。

其實莫說是遙遠南朝的古寺，即便是明清兩代建成拱衛煌煌帝都的四道城牆與九座城門，亦已經於文革中化爲煙塵。追尋者只能去搜尋那些舊照片中的幻影。

二戰之中，德國的重要城市幾乎被夷爲平地，則是戰火所致。半數是毀於希特勒之手，毀於他當年「哪怕是赤地千里也要決一死戰」的命令，半數是毀於盟軍的炮火。因而多數德國西部大城市的建築——凡建於二戰後的五、六〇年代的——都可見到那匆促建成的尷尬，建得粗糙，盒子般地缺乏線條之美，頗有些因陋就簡爲應急需而建的意味。而七、八〇年代的建築則是現代品味，簡潔而高挑。傳統建築的身形則是漸行漸遠。越是經濟重鎮越是明顯，例如法蘭克福。舊建築得以存留的大多是鄉間小鎮，例如幸運的海德堡。先生與我在法蘭克福工作時，曾喜歡去那附近的馬堡（Marburg）度週末，小城依山面水，入眼滿是傳統德式民居，色彩豐盈，雖非巴洛克式的精緻，但不失民間風味的美輪美奐。

德國東部城市的建築物保存程度，似乎遠勝於西部德國。猜想是由於二戰時盟軍是從西歐登陸，配合盟軍部隊攻城的轟炸，也是從西部德國開始，東部德國則由蘇聯軍隊推進，盟軍的轟炸則未達到同等烈度，似乎東部德國遭受盟軍轟炸重創的，僅僅是金融重鎮德勒斯登與首都柏林。東部德國許多城市其實是毀於希特勒之手。不過哈勒古城卻得以存留，存留是駐守該城的德軍將領違背希特勒命令的結果。我們見到城市中心一座建築物上的銅牌，銘刻了幾位當時守城德軍將領的姓名。他們違背了希特勒炸掉城市的命令，主動掛出白旗，從而挽救了城市與城中居民的性命。這些德軍將領也值得被永遠銘記，因爲他們秉承良知行事，不忘軍人的首要職責是衛護百姓生命。甚至在東德時代這些銘牌亦得以保留，並未因這些將領是蘇聯軍隊當年的敵人而遭鏟除。就此而言，德國（無論東部還是西部）對於歷史的尊重遠勝於大陸中國，尤其是其毛氏與其共黨。

德國城市有將重要歷史事件勒石銘記的習慣。這習慣非獨屬德意志民族擁有，歷史上的華夏亦有勒石以銘的傳統，將重要歷史事件立石碑以記，或是直接銘刻於岩石。在德國如今常見的則是以銅牌刻字敘事，鑲嵌於相關建築牆面，或直接鑲嵌於地面。例如從科隆的民間人士開始，已經擴展到全德國以及歐洲五個國家的「絆腳石」活動，以一塊兩寸見方的小銅牌嵌於老宅街旁，其上刻有原居住於此處、在二戰中被納粹虐殺的每位猶太人的姓名、生辰、被送往的集中營名稱與死亡年月。昭昭天日之下，言簡意賅，卻撼人心靈，便是被納粹奪走了生命的猶太人一生的銘記。在哈勒還見到另一種「勒石銘記」，那是沿主街道旁人行道中嵌入的一列銅牌，記載的是東德的「走路運動」，其發生在柏林牆倒下的幾年前，由東德教會引領發起，於每個「主日」由神父帶領教徒，沉默地行走於街頭，以十字架與橫幅表達東德人對於自由與民主的訴求。運動溫和，但從者漸眾，有越來越多的城市居民加入那行走者行列。這是促成柏林牆倒塌的民間行動奠基者之一。自己心中很羨慕德國人對於歷史認眞且坦蕩磊落的態度，將史實刻於銅上，置於公眾街道，人人可以閱讀之，可以記之於心。

若有人日後想改寫這歷史，是否會對民眾的反應有所顧忌？

我們所駐足的幾個東德城市依然可見轉型的痕跡。一是雖然城市中心多留有古舊建築，但似乎多數正在維護或修整，覆以幔帳，以遮蔽建築揚塵，感覺未來會大多用作博物館、購物中心或餐館、咖啡館；二是一些建築上依然可見「蘇聯式」宣傳畫，例如工農兵造型與鴿子、地球儀與飄揚的紅旗，等等。許多是馬賽克鑲嵌，或是一時難以替換吧？抑或是保留下來亦是歷史的遺跡，爲何必要清除淨盡？再是居民區多見德國東部尙屬於「東方陣營」時期建造的長方塊居民樓。使我聯想起北京的「大院」，統一式樣的長方盒子，整齊劃一排列的佈局，毫無美感可言，不過亦是與我屬於同一代的東德人居住了幾乎一輩子的家。有自幼在東德出生長大的朋友說，那些居民樓中缺乏供暖設施，她還記得五〇年代的冬天，她永遠是雙手長滿凍瘡，晚間摟住一只熱水瓶取暖。雖地域遠隔萬里，她與我們一代的幼時記憶，豈非是從同一個模子裡刻出？東德併入西德後，西部地產商也投資改造這些當年建造的住宅，例如變更內部結構、添加供暖設施等等，不過由於這些居民樓其時依然是居民住宅的主要來源，尙不可能拆除。東德城市中自然亦可見另起爐灶建起的新式民宅，完全是西德城市公寓的翻版，例如在哈勒。不過哈勒的朋友也抱怨說，這些公寓價格高昂，原東德居民積蓄微薄，只能是望梅止渴。這些公寓大都被原西德人買去，再用來出租。他說時有些悶悶的心中不平，甚至說覺得這是「資本在剝奪東德人的權利」。我也並非不理解他的鬱悶。這世界是否真有「不負如來不負卿」的解題之道？究竟是「不患寡而患不均」才是正道，還是「先富者可以帶動後富」是可行之路？或每個人只能自救才是做人的正道？

我不知該如何答此大題，不過還是相信由極權恩賜治下之民「絕對的公平」的制度，終會導致一個極權控制每條生命，決人生死的結局，那絕對會是人間的地獄。難道東德人忘記了柏林牆坍塌的時刻，他們那種因獲得自由而相互擁抱陌生人，且是喜極而泣的時刻麼？他們如今已經獲得了當年所求，便應有決心做出擁抱那自由的努力，而非是龜縮於那舊日極權政府恩賜下的方寸天地間等待，等待有更多的幸運降臨。這天下有通向不勞而獲的捷徑麼？或許是有的，大陸天朝官場的層層貪腐便是答案。難道不可追問一句，那樣的制度與社會會通向終極的天堂，還是終極的地獄？自己感覺西德政府對於原東部城市的援助資金，似乎更多用於修復古建築物，特別是一些有歷史意義的公共建築，例如博物館，舊歌劇院等等。幾乎每座城中都隨處可見鷹架、吊車以及遮蔽工地的帷幔，自己不覺生出戰後重建的聯想。

不過東部工業的恢復確實明顯地滯後。一路進入東部城市則罕見有廠房，頂多有市政供水供電的設施。或許西部德國的工業已經過於發達，甚至是產能過剩，西部的製成品直接進入東部的消費市場已經足夠。東部德國的舊工業設施早已經遠遠滯後，難以在原有基礎上拔步追趕，因此是「廉頗老矣」，英雄無用武之地了。事實上，一路見到的東部城市超市、購物中心等等，大都是西部德國商業的連鎖店，售賣的貨品也是來自西部，罕有東部自有品牌。

城市中心的餐館、咖啡館反倒是都不蕭條，客來客往，或是說明東部人雖心中有怨日子卻並非過得捉襟見肘。不過各處均是以老年人居多，許多老人面前一杯咖啡，或加一角蛋糕，便一直靜靜坐著。據說德國東部城市人口一直在外流，流向西部城市，且離去的多是年富力強的人口，剩下的便是老人。離去的原因多是西部城市提供了更多的工作機會、更好的薪酬，乃至更吸引人的現代化生活條件，等等。德國本不是人口擁擠的國家，但是與西部城市（例如科隆）街頭的人氣相比，東部城市確實顯得行人更爲疏落，氣氛也有些暮氣沉沉。惟其有那些千姿百態的古建築物擁抱著一間間咖啡館，爲城市加了些意趣，溫馨、沉穩，似乎歲月眞的可以靜好，人眞的可以與歲月共存，即使不是每一個人，也是一代繼之一代的人類在時間行程中留下的痕跡。

若以建築論，我最喜歡的小城當屬魏瑪。據說原東德政府對於魏瑪也是極盡維護，因爲魏瑪本是德國民主制度的發源地，而東德政府希望彰顯自己是民主制度的繼承者。自然這也可能是個笑話，因爲蘇聯式體制與民主本是背道而馳。若本來有民主，又何來柏林牆？又何來柏林牆的倒塌？

魏瑪實在是迷人之至，滿城是巴洛克風格的建築，雕梁畫棟，屋簷下隨意站著或禽或獸或小小神像，窗臺處掛下簇簇或紅或紫或白的花球，綠樹掩映中更襯出萬紫千紅。建築物色彩柔和，粉紫、奶白或淺淡的藍，像是夏天沿街可見的蛋筒霜淇淋。每一棟建築都是古蹟，甚至不必去歌德或席勒故居都可以感到古意沁潤。隨意走去，走累了可以挑一間咖啡館稍坐，也可以肆意地躺在大片草地上放鬆身心。躺在草地上仰望藍天，藍天高遠不可及，藍天可有終極麼？那裡可有我們天上的父，對於這座小城格外眷顧的目光？歌德與席勒的故居相距不遠，均是鬧中取靜的好去處，也均是被城市管理機構打理的一絲不苟。不過歌德故居有花園環繞，可以循花園小徑的石階登上山坡，可見坡下延展的茸茸草地青翠欲滴，清風拂過，清心入肺，卻是席勒故居沒有的。或許也可顯示二人當年在人文學界地位與囊中深淺的差異。魏瑪雖是魏瑪共和國的發源地，先生與我卻未能尋到任何魏瑪共和國的遺跡，只在一座建築物側面牆壁上嵌有一塊銅牌，說明這曾是魏瑪共和國的議會大廈，是《魏瑪憲法》誕生之地。我們很想走進那座建築，看看是否有其他遺跡留存？卻看到一群中學生正嬉笑打鬧著從那大廈的木門中跑下石階，原來那裡已經闢作一所中學。我們只能作罷。

德國人一向做事嚴謹，應當不是忽略了那段共和國建立的歷史吧？是否緣於當年的東德政權與魏瑪共和國理念相悖，因而無意留下歷史遺跡以爲紀念？更擔心那些遺跡會燃起民間再度追求民主的意念？似乎也是不無可能。作爲包豪斯文化的發源地，魏瑪包豪斯博物館自是不可或缺，不過內容卻稍讓人失望，更像是一些包豪斯式產品的展示廳，也或許如同魏瑪共和國的消失是同樣的緣由——囿於當年東德政府並不情願再度開啓民間追尋「現代理念」

吧？與包豪斯博物館毗鄰的是家啤酒館。德國的啤酒館通常都有庭院，供客人於夏夜花叢矮樹遮蔽的露天席地環境中飲酒談笑，直到夜半後才盡興散去。這家酒館房屋低矮陳舊，卻有寬敞的庭院。我們隨意走進園中，意外地見到簡易木樁圍牆周遭掛了蘇維埃著名人物的照片，切•格瓦拉那英俊的面孔也在其中。聽聞這是魏瑪著名的懷舊場所，常有懷念那「東方陣營」年代的當地人聚集於此，豪邁地灌下啤酒的同時，高唱蘇聯盛行的歌曲，甚至歌聲夾雜了哭聲，喧囂直上干雲，通宵達旦亦是常事。德國自是保護言論自由的國家，雖明文將懷念希特勒納粹的言論，排除於言論自由保護範圍之外，但懷念「東方陣營」並未遭禁止，那些蘇聯歌曲無妨公開高唱。不過那些「懷舊」之人，真的願意回到那祕密員警處處設防的東德歲月麼？

浮光掠影之三——「甘蔗沒有兩頭甜」

柏林牆倒塌於一九八九年十一月。間隔不到一年之後，東德議會便決議將東德併入西德。東德萬民當時皆是一腔歡喜，因爲雖未知來日面貌，但觀念中未來必是廓朗新天地將在他們面前展開。從此他們可以成爲自由人——他們不必再受到祕密員警監控；不必再憂心有些什麼未知但陰暗地窺視著他們人生路的個人檔案中；不必再擔心因言獲罪。他們可以像西德人一般自由地前往世界各地度假旅行，自由地遷徙，自由地選擇工作。他們不必再久久地等待被「組織」分配給一間住宅。他們的薪酬所得將是如西德人一樣的強勢貨幣，那是世界各國都接受的貨幣。不過他們在那狂歡的時刻忘記了一項常識：天下沒有免費的午餐。制度變更，原東德人不再被捆綁爲極權制度的工具，而是成爲他們曾豔羨的「自由人」。不過他們當時是否也領悟到成爲自由公民，獲得更多個人權利與自由，卻也是要付出代價的？

德國民族似乎是極理性的民族，雖會有一時的激動狂熱，但總會回歸理性的思考。狂歡過後，東德人逐漸回歸理性，才領悟到他們在獲得自由的同時，也失去了一些已經習慣了的便利。在未併入西德之前，東德人人都有工作，或者更確切地說是在東德人人必須工作。東德的極權制度，未賦予其治下之民選擇不工作的自由。因而在東德年代裡，雖然薪酬不如人意，卻不存在失業。人人都可以分到住房，雖然需要等待，雖然住房無法挑選，雖然條件簡陋不如人意，卻無需擔心因失業無收入付不出房租而可能露宿街頭。繼後他們看到西德商業企業攜來大量錢財，來購買商業地產，購買住宅用地，蓋起現代設施一應俱全的公寓。這些公寓大都是由西德人購得，以供出租，因爲他們或囊中有積蓄，更是在銀行有信用記錄可獲得貸款。那些所謂「老東德人」只能在自己的城市裡看到「外地人」成爲業主，而他們卻淪爲看客。如同站在列車月臺上心中渴望旅行，卻因無錢購票而無法登車，眼見那火車隆隆地駛過，漸行漸遠。他們逐漸失去心理平衡，嫉妒轉化爲怒氣，也或許可說再次失了理性，失了思考應有的邏輯，雖此次失去理性的原因不同。有些激進的東德人甚至說，東德已經淪為西德的「殖民地」。

我並非全不可理解東德人的失意，他們預期的美滿未來，如今似乎半是空夢。若從行政管理的角度反思，或許可說東德併入西德的決定太過倉促，而之後兩德之間的協定，並未對東德體制過渡過程中的細節與實施措施考慮周全；也或許過渡期本可以更長一些，使東德人可以逐漸適應完全不同的體制。不過當年的原東德人曾那樣夢想一日之間併入西部德國，迫不及待，似乎若有一日延遲，都是原東德強權在阻礙他們獲得自由的人生權利。東德議會當年僅是遵從民意而行之吧？我雖可理解卻並不認同東德人的憤懣與怨恨。從自身體驗推及他人，在極權體制下生活過久的人都有一種通病，那便是不懂得反省自己，凡有不如意都是他人之過，凡有生活條件需求未能滿足，皆是由於他人權力或競爭力的強大。他們既然已經不再是強權的附庸，為何不能立足於己身之能力去步步進取？畢竟魚與熊掌不可兼得，東德人需要想清楚什麼對於他們更重要。他們當初一致選擇了民主制度下的自由與人權，且得償所願，便要知道自由與選擇的涵義——他們既然是自由之身，便不可再依附於權力的施捨。我自己也經歷了「鐵飯碗」換自由之身的過程。回望來路，也有千般艱辛與焦慮，並非步步是坦途，卻因而識得人生的豐富原是以艱辛換來，識得換來自由之身是萬般值得。我絕不會再換回去。

我們在西德的城市也經常遇到原東德的「西漂」，尤其是年輕一代，活得自由而努力，如魚得水。我甚至遇到與我同代的原東德人，因追求獲得大學教育的權利而「漂」向西德，如今也是如願以償，完成了她喜愛的大學教育，一份工作雖非薪酬豐厚，卻是她興趣所鍾。對於他們，人生不再禁錮於一隅之地，難道不是人生中最厚重的禮物？他們必定不會想回到那不自由的日子吧？

浮光掠影之四——「池魚」捷克

依然是二〇一九年夏，我們繼續「東漂」，一路漂到捷克。歐洲有許多小國，由於地理位置或由於文化淵源，不斷地成爲大國之爭的犧牲品。依據二戰期間盟國與蘇聯間的協議，各自軍隊擊潰德軍而首先攻入的國家或城市，便屬於戰後各自的勢力範圍。二戰間蘇聯軍隊首先攻入維也納，而布拉格則由盟軍首先攻入。這結果似乎有些陰差陽錯，因爲從地理位置以及維也納與布拉格對各方當年的勢力範圍劃分重要性而言，西方盟國寧願選擇維也納，而蘇聯則更願將捷克納入囊中。捷克夾在兩大陣營之間，無法掌控自己的命運，因而成爲兩方交易的犧牲品，從此被劃入「東方陣營」。

捷克是原東歐陣營中轉型最順利的國家，轉型後的民選政府一直運行平穩，經濟穩定，於二〇二二年按人均收入計算已經加入「發達國家」之列。若追本溯源，回到十八、十九世紀的歷史，或許可以說捷克人的意識觀念並不屬於「東方陣營」，卻不得不成爲大國妥協的犧牲品。捷克歷來是「東方陣營」中受教育程度最高、民氣最開化的國家。捷克位於九州通衢之地，連接歐洲東部與西部。教會改革本是發源於捷克，甚至早於德國的馬丁路德改革。擁有如此「開民氣之先」的歷史，也無怪捷克是「東方陣營」中，最早追求擺脫蘇聯轄制、追求變革的國家，最終引發「布拉格之春」的慘劇。布拉格市中心的一處廣場設有滾動的螢幕畫面，廣場周邊也懸掛有照片，皆是當年蘇聯坦克輾軋在布拉格街道的情景，也是顯示永誌不忘吧。不過若從商業發展的角度而言，捷克如今仍是遜於原西方陣營企業的經營能力。我們在捷克所見稍有規模的零售商，全部是來自德國、荷蘭或奧地利，而本國商業則多集中於咖啡館與餐廳。若當年未被劃入「東方陣營」，今日的捷克會是怎樣一番景象？不過感覺捷克人並未因那「延誤的數十年」而心生怨恨，無論是對西方還是對原本同屬「東方陣營」的各國。捷克人心態平和廓朗，心中是向後看不如向前看的常識，且通透明智，遇事則理性處理，甚至對於每每導致國際間領土之大與小計較的議題亦淡然待之。例如捷克、斯洛伐克本爲一國，但兩個民族之間於一九九二年大選結果而僵持不下。捷克於是提議既然無法達成合作不如各自立國，提議獲雙方贊同，結果是世界於一九九三年一月一日見到各自立國的捷克與斯洛維尼亞。

我們此行的最終駐足之地是Olomouc（奧洛穆茨）。奧洛穆茨距布拉格大約有三小時的車程，曾是捷克最富庶的地域。小城擁有捷克最豐沃的土壤，因而農業收入可觀。除農業外，小城也是捷克的交通樞紐與商業流通樞紐，擁有紡織、製鐵、機械化工等，亦居住有龐大的商人群體。據說捷克在屬於奧匈帝國的時期，對帝國經濟貢獻良多，而在歸入「東方陣營」時期，也是向該陣營「上貢納糧」的佼佼者。奧洛穆茨城中至今保留的建築，也可見當年小城的富庶程度。城市不過十萬人口，卻有三十九座規模宏大的教堂，有被列入聯合國文化遺產的「三位一體柱」，造型精美。城中道路皆是礫石鋪砌，拼接齊整，入城則滿眼建築也是極盡精緻華麗，雕梁畫棟，屋角甚至屋頂均可見精美的石雕，氣派不亞於德國城市。奧洛穆茨的大學始建於一五六九年，也是歐洲最早的大學之一，也可以佐證其當年的發展程度。

今日的奧洛穆茨，城中氣氛安靜從容，悠閒淡泊。教堂鐘樓上從晨到晚都有鳥兒盤旋，而鐘樓俯瞰地面，好似寬厚的老人。沿人行道排列的燈柱上垂著花球，設有座椅，常有老人閒坐發呆，歇腳順帶看有軌電車轟轟駛過。咖啡館與餐館隨處可見，都設有戶外散座。這裡算不得旅遊城市，因而食客也多是本城居民，攜家帶口地在外晚餐，或吃下午茶，或有孩童在買蛋捲霜淇淋，似乎是日常生活的組成部分，並非是週末或節日偶爾爲之。奧洛穆茨人的薪酬水準自然遠低於德國，不過物價水準也相對地低，據聞住宅價格更是低了許多，似乎足可以安居樂業。有時會恍然想到辛棄疾的詩，「看盡人間興廢事，不曾富貴不曾窮」。這是否便是人生的終極境界呢？

瑣記之二——旅途記病

一向認爲自己雖看來體型瘦弱，卻是中學時練就的「好筋骨」，因而一貫是個懶人，尤其是懶得看醫生。有些小病「挺一挺」也就過去了。或許這也是自幼在大陸中國受「紅色教育」時形成的潛意識——過於在意自己便是「嬌氣」。在我們一代人長大的那個紅色年代，「嬌氣」是貶義詞，總是與「舊社會（即指一九四九之前）資產階級的生活方式」相連。那個紅色年代的大陸中國有一句名言，「小車不倒只管推」，似乎先生與我趕赴其將開始工作的大學這一路的情景也差相彷彿，自己一路「推著自己」疾走，完全忽視自己那具身體的病態。

記病之一——有病何妨「挺一挺」

我們計畫離開科隆轉去捷克的前兩天，科隆氣溫驟降。是夜無風無雨，晨起見天朗氣清，陽光明媚。先生與我便照常去科隆羅馬時代遺址下的小廣場吃早午餐，那裡有間小餐館，中午的餐單有西班牙小食，小小花色碟子裡裝了蘑菇、小魚等等，我一向喜歡。

出門才知降溫，風極清冷，大約可比北京的晚秋，陽光毫無暖意。我只穿T恤，本應該回去加衣，卻決定「挺一挺」，便雙臂抱緊，似乎可以減少些被風帶走的熱量。傍晚略有感冒，但已經約好第二天去法蘭克福看朋友，所以決定再「挺一挺」，行程照舊。在法蘭克福盤桓的一整天，雖然依舊是陽光明媚，自己卻只覺冷到骨子裡，午餐的一盆熱湯也未能暖身。晚間回到科隆，夜間高燒，無法起床，不得不請房屋管理員電話叫醫生上門問診。醫生來得很快，一輛救護車載來兩個人高馬大的年輕醫生，身材很配那車型。他們笑嘻嘻地留下一盒退燒藥（布洛芬），叮囑次日去醫院檢查。看來高燒仍是感冒，不過是虛驚一場。

先生生於二戰後歐洲baby booming（嬰兒潮）時期，同齡人之間競爭激烈，自博士學業結束後，至今始終是如我一般視工作爲第一要務，至老年雖非志在千里，卻依然是「老驥伏櫪」。

我們不想推遲行程，畢竟先生按時去大學報到才是正事。自己一路高燒不退，不過好在有退燒藥。在哈勒休息一晚，繼續上路。到達布拉格依然高燒不退，胃口全失，卻也未發生其他症狀，於是安慰自己，發燒依然是感冒，只是由於旅途勞頓而無法好轉。在布拉格小憩兩晚卻無力起床，如同往常一般去閒逛看景，心中不免遺憾。不過恰逢有些臨時緊急工作要完成，於是打開電腦如常製作文件。雖是高燒，但是工作不可誤。前面提及工作，自己亦是視工作爲自己一生裡的重中之重，這次依然是同樣的慣性思維——first thing first——第一要務永遠是工作，工作，工作，且先生要趕上既定的大學報到時間表。

坐在往奧洛穆茨城的火車上，從車窗玻璃中看到自己的臉，兩頰青黃，唇色烏紫，彷如電影中的僵屍，不過我們終於按時於星期一晨抵達目的地。大學派人來接我們去事先租好的居處，來人看到我的情景，便建議先去大學附屬醫院掛急診，其他一概不急。事實證明他的建議才是明智之道。

記病之二——「病去如抽絲」

護士量過我的血壓，便將我直接收入急診室，跳過了排隊輪候的其他人。聽到護士應該是向眾人解釋了一句。不過到了這裡滿耳是捷克語，先生與我與聾子無異。只是直覺這裡在急診室輪候的人比起國內要溫和許多。若是在國內，不知道有多少人會爲此跳起來，口出惡言？

急診室那天輪值的是位年輕的女醫生，語速極快，決斷極快。後來住院期間觀察到似乎捷克老一代醫生均是男性，而新一代醫生卻是女性多於半數。待血液檢查完畢，她說了什麼，護士便動手將我裹進毯子裡，移到一張擔架上。之後她用磕磕絆絆的英語向我們解釋，我必須即刻被移入ICU。奥洛穆茨大學附屬醫院的醫療設施與水準在捷克排名第二，這也是我的幸運。之後才知道入急診室時，我的血壓在休克壓之下，低壓只略高於30mmHg。回想起來我當時意識正常，只是反應略有遲鈍，實在是身體本身的奇蹟。

自己渾然不覺，醫生卻是緊張。她曾對我先生解釋說，如果二十四小時之後低壓依然不見起色，可能會引起身體機能崩潰，預後不詳。初進ICU，大部分時間似乎是在昏睡，醒時只感覺護士來換輸液袋，不時地來觀察心臟顯示幕。自己似乎只是疲勞，卻無格外身體不適。二十四小時之後顯然是血壓有所回升，自己的身體才感覺到各種不適，各種疼痛與虛弱俱同時襲來。似乎身體早些時是失去知覺——或許它失去知覺是爲支持我們的旅行吧。人體自身意志可支撐體能的奇妙，竟一直被自己忽略，確實是辜負了造物的恩典。

雖然我只是個語言不通的不速之客，醫院卻十分謹慎盡責。我入院時的血液污染值是正常讀數的二十倍之多，這應該是高燒的主要原因。醫生認爲一定要弄清楚污染的細菌種類，而不僅僅是退燒與提升血壓。爲此爲我做遍全身器官的檢查，也將血液等等進行生物培養。爲此我在ICU住了兩天，直到一切檢測結果各就各位，我的血壓也有所改善。ICU的醫生送我去普通病房，說，「現在你可以去普通病房了，別害怕」。我一時未能反應過來，之後才明白醫生是在寬慰我，病情好轉，不需害怕。心中頗有暖意。

進入普通病房依然是日夜輸液不停，不時地測量血壓與體溫，直到一週後，我的體溫才逐漸接近正常，卻依然時有反復低燒。醫生向我先生在本地大學的同事解釋了我的病情，是由於初起的感染未能控制而引起血液感染。醫生曾極擔心是金黃葡萄球菌感染。若是，即爲敗血症，預後不良，虧得生物培養顯示只是普通細菌的感染。不過由於拖延過久，我本身的抵抗力幾近耗竭，所以治療效果較常人緩慢，即使完全退燒後，也要繼續一段時間的抗生素治療，以防細菌復燃。連續高燒也使我的血象不佳，尤其是極度缺鐵、錳，等等，只能等待機體慢慢恢復。

經此一病，自覺體質大大下降。「不知筋力衰多少，但覺新來懶上樓」。出院許久之後依然無力行走，血液的讀數依然未達健康人標準，精力全失。生病非趣事，談自己的病更是寡淡無味。在此記下生病過程，只是希望朋友們記取自己的教訓——有病千萬莫拖延，千萬莫過度相信自己的身體抵抗力，更千萬莫要再記住文革時的名言「小車不倒只管推」——莫要使家人擔憂，莫要因自己的不慎而使家人孤獨於世。

記病之三——治病救人醫生事

先生的同事帶我去複查時說起捷克現行醫療制度，似乎頗爲滿意。捷克雖已經改行民主制度，之前限制人口流動遷徙以及個人自主擇業的制度規則均已廢止，卻保留了原有對於居民的醫療福利制度。改制後的捷克雖然凡有收入之人需每月繳納醫療保險，但數額極低，所繳保險費無論金額多少均全額覆蓋家人。先生同事是四口之家，兩個幼子皆有過重疾，全部醫療與住院費用均由捷克保險機構支付，毫無個人負擔。皆因由此福利制度，在捷克無人會擔憂因病致貧。

住院期間也觀察到捷克醫院確實秉承傳統觀念，即醫院與醫生職責之第一要義是治病救人。收我入院時，醫生明知我只是不速之客，外來人口，卻並未有絲毫猶豫，也未詢問我將如何支付醫療費用。只有在我入院數日後病情有所好轉時，醫院才向我先生詢問我們將如何支付醫療費用。幸運的是在我於從M市啓程之前，便買好了澳洲一家保險公司的旅行醫療保險。醫院拿到我的保險單影本便表示一切妥當，醫院會委託捷克保險機構向澳洲保險機構收取費用，完全不必我們擔心。我們之後確實也未爲此支付分毫，醫院過後亦再未詢問我們付款之事，想必一切已經就緒。我留意到大陸國人往往忽略購買出國旅行的醫療保險，或認爲外出旅行生病只是意外，萬分之一之事，有這筆錢還不如留下買些好物。我只勸諸位千萬莫忽略保險，這也算是此次生病的經驗之一。若無保險公司支付，單單入住ICU二十四小時的費用即是不菲。

我住的病房是三人一間，四白落地，別無裝飾，但地板潔淨，氣味清爽。據說這是捷克的標準病房，全國均是如此標準，不會向任何人包括任何級別的官員提供特別待遇。哪怕是病人自願額外出錢以求獨居一室也絕無可能，因為不會允許其「買下」病房中其他床位。醫院只關注治病，對所有病人一視同仁，無貧賤富貴尊卑之分。醫生與病人也無涉及病情之外的交流，但凡是涉及病情，醫生都友善而耐心地一一說明。

三人一間的病房，病人之間以布簾隔開。每人一張病床，一個床頭櫃。病床均是電動，可以自己調節升降，床頭櫃備有一壺熱茶，一種稍酸的水果茶，每日清晨與傍晚均有護士來換。三人共一房間，自然不可能十分安靜，夜間護士會不時地來為不同病人更新輸液袋，也有病人起夜，相互難免攪擾，但無人會無事生非。我的一邊「鄰居」夜間鼾聲震天動地，另一邊的「鄰居」有時會發「噓噓」聲制止，居然頗有效用。白天二人都會客氣相待，也會閒聊幾句，互不介意。

病人的日常照顧全靠護士，絕沒有病人各自聘請護工的行為，病房亦不允許留有「閒雜外人」，因而相比國內病房，這裡的病房清靜整齊、秩序井然。每日早晨會有護士來清潔病房，之後將溫水送到每張病床前供病人洗臉擦身。夜間若有需要，病人按響床頭電鈴，即可召喚夜班護士前來，我也從未見有過護士久喚不至的情形。全部床上用品與病人的衣服均是隔日更換一次，所有送來更換的衣物均是漿洗熨燙過。一日三餐由醫院供應，且絕無額外收費。早餐簡單，有熱茶與麵包，配以黃油果醬。中午是中規中矩的三道菜，湯、主菜與沙拉，碗碟刀叉餐巾紙，一律放在保溫箱盤中，由護士一一送到每位病人面前的小桌上。晚上則是輕食。每週七天的菜式都不重複。我胃口全失，面前的餐盤常是原封不動地端回，但是可以體會到醫院照料病人每日生活起居的不易。一日三餐，所有病人每人一份，且之後要收拾清洗餐具，每日如此，也是極大的工作負荷。不知道醫院是自備廚房，還是外包到其他企業？我也留意到每日我會有單獨一瓶營養飲料作爲加餐，我的盤中也特意以蜂蜜替換黃油，等等。我的鄰居之一是糖尿病患者，因而也有不同菜式。這些小細節也是做得一絲不苟。

自己極少有住院的經歷，此時才切實體會到「病有所醫，且費用全免」是多麼寶貴的一份人生保障。捷克並非強國富國，且困於「東方陣營」數十年，家底與西歐國家無法相比，但這份醫療保障卻始終都在。各國都向居民徵稅，但是稅收取之於民、用之於民則是任何政府都應遵從的國之根基。醫療保障並非恩賜，恰是稅收應有用途。終究捷克政府在變革之中維護了這一制度，也是功不可沒。回想天朝王土，近年來煊赫的世界第二經濟強國，對小民的稅收與醫療保險都是照收如懿，爲什麼做不到提供全民醫療保障呢？許多官員反對全民醫保的理由是全民醫保會被濫用，會有人浪費國家資源，因而不可持續。對照捷克醫院管理的秩序，覺得那些辯詞完全是強詞奪理。只有在醫療資源不能被全民均衡所用時，才會產生濫用，才會產生腐敗，才會有人將有限的醫療資源作爲尋租的權力來謀取個人利益。若醫療資源人人都可以享用，醫療資源便失去了尋租的價值，也就沒有了濫用的理由。大陸天朝的數十年經濟制度「改革」，常見被所謂「改革」一刀切去的，全是經濟制度改革之前覆蓋居民的社會福利，本是政府應從稅收所得中取出，且應用之於民。例如政府對於醫療制度的補貼，對於公共交通系統的補貼，對於「國家義務教育」系統的補貼，是否天朝王土之小民應追問政府官員——這是爲什麼？醫生的天職本是治病救人，爲什麼醫生卻要被迫地成爲極權政府賺錢的工具？醫院卻要被迫地成爲唯利是圖之地呢？讓天使的歸於天使、讓撒旦的歸於撒旦才是正道，不是嗎？

在捷克小城奧洛穆茨病倒住院自然是場意外，但是意外也有收穫。若無意外，又何來機會可以親身體會到捷克的醫生與醫療保障給予眾生的那份踏實與關愛。所謂緣分原是起於意料之外。既有緣分，莫要輕慢，只是書生無他，唯有筆墨，所以記病亦是記謝。記謝於此，是對於奧洛穆茨城醫生之謝，對於捷克始終維持全民醫療保障制度之謝。〈瑣記之二——旅途記病〉便以「致謝」作結，願這隔山隔海的謝意可直達捷克醫生心間。

庚子大疫結束後，先生與我再見奧洛穆茨，也再次去了那醫院，卻只是遠遠觀看，並未踏入，以免打攪了醫生治病救人的忙碌。大疫顯然未打亂醫院的運行。醫院依然是運轉得井井有序，白衣的醫生與淺藍的護士進進出出，襯了湛藍的天，如「空山新雨後」，清純透心。若大陸中國亦有此全民醫療制度保障，有此道德秩序巋然不動、只一心治病救人的醫院與醫生，三年大疫在天朝王土又何至於有無可悉數的闔家被病毒滅門？有無可計數（或官方拒絕計數）的亡魂？又何來民間無奈的暗夜集體怒吼？何來「樹洞」？何來上元節與清明那鋪天蓋地的白幡與白菊花？何來「雖千萬人吾往矣」的「四通橋坦克人」的孤注一擲，與繼後的「白紙」與「白髮」革命？華夏王土的大疫三年是起於天災還是人禍，尚無證據確鑿的結論，但習氏皇庭的罔顧科學、罔視法律、殘暴待民確實是擴大災難後果，增添亡魂的原因。這世間雖災禍不斷，但人類若有仁心、理性，有「德先生與賽先生」，至少可以減低災難的傷害；反之，則可擴大災難對小民的傷害。不幸，華夏王土的帝王皇庭挾共黨之名的行爲恰是後者。庚子大疫病三年，華夏王土之民親眼見到那帝王如何無知狂妄地先是「清零」、再是「雙手一攤」地放開，任憑百姓毫無防備地掙扎、溺亡與病毒襲擊大浪中。自此，華夏土地上以共黨之名建立的帝王朝廷與萬民之間便劃下天塹之隔，民心之變。忘記是哪本網路小說中看到一句對話，道：「人間萬患，其患在人。」那麼可否追加一問：是何人有能力爲患人間萬民？唯有獨裁者。獨裁者得益於操控極權制度驅動強權，肆無忌憚地爲患人間。若極權制度不能從華夏土地中連根拔除，人間將會見繼續見到人間萬患，皆來自於極權制度與獨裁者對於強權之操控。

生於華夏王土之萬民，如我的同代人，不幸地如同生於漫漫暗夜中。極權制度自我標榜的盛世，正是萬民之至暗時刻。此時暗夜沉沉，覆蓋生活於華夏王土的萬民萬靈，每條生命都是暗夜的獵物，是暗夜的囚徒。不過我始終相信人的生命雖微小，卻非卑賤，因爲人是按神的面貌而造。我相信神造人不是爲這世上增添奴隸與囚徒，而是若無人則何來人世萬景？螢火孤光亦可爲人世一景。暗夜中行走，唯有秉燭。燃起自己的生命之燭，只爲還自己生而爲人的義務，還自己的少年心願。燭光熹微，惟願雖熹微亦可爲他人增添些許溫暖，增添些許同樣暗夜中行走的勇氣。上蒼會見證到無數生命終會在暗夜中織起一片燭光的網。期冀這並非「轉燭漂萍一夢歸」，期冀「某日」那些暗夜秉燭的生命終將向剪燭西窗下，共話當年巴山夜雨。

期冀相遇同人，或許是我過於貪心。自己即是「獨行願也」，便須安然接受孤獨，莫論世間他人，莫要詢問有鴻雁來否。冷冷七鉉上，靜聽千年松聲，看易水寒星，自信那古調並非是人世間永遠的絕響。

「一點浩然氣，千里快哉風」。

國家圖書館出版品預行編目資料

燭光織成歲月：不遺忘，不原諒 / 逸之&Lauren X. Ma 著. -- 初版. -- 新北市： 華夏出版有限公司, 2023.9

面；　　公分. - -（Sunny文庫；324）

ISBN 978-626-7296-61-5（平裝）

855　　112011259

Sunny 文庫 324

燭光織成歲月：不遺忘，不原諒

著　　作　逸之&Lauren X. Ma
印　　刷　百通科技股份有限公司
　　　　　電話：02-86926066　傳真：02-86926016
出　　版　華夏出版有限公司
　　　　　220 新北市板橋區縣民大道 3 段 93 巷 30 弄 25 號 1 樓
　　　　　電話：02-32343788　傳真：02-22234544
E-mail　pftwsdom@ms7.hinet.net
總 經 銷　貿騰發賣股份有限公司
　　　　　新北市 235 中和區立德街 136 號 6 樓
　　　　　電話：02-82275988　傳真：02-82275989
　　　　　網址：www.namode.com
版　　次　2023 年 9 月初版一刷
特　　價　新台幣 480 元　（缺頁或破損的書，請寄回更換）

ISBN-13：978-626-7296-61-5
《燭光織成歲月》由逸之授權華夏出版有限公司出版繁體字版